作者身份与中国古代文学活动

石中华 著

WUHAN UNIVERSITY PRESS
武汉大学出版社

图书在版编目(CIP)数据

作者身份与中国古代文学活动/石中华著. -- 武汉：武汉大学出版社,2025.6. -- ISBN 978-7-307-24854-0

Ⅰ. I206.2

中国国家版本馆 CIP 数据核字第 20259K70A9 号

责任编辑:龙子珮　　　责任校对:鄢春梅　　　版式设计:马　佳

出版发行: **武汉大学出版社** （430072　武昌　珞珈山）

（电子邮箱: cbs22@ whu.edu.cn　网址: www.wdp.com.cn）

印刷:湖北云景数字印刷有限公司

开本:720×1000　1/16　　印张:17.25　　字数:218 千字　　插页:2

版次:2025 年 6 月第 1 版　　2025 年 6 月第 1 次印刷

ISBN 978-7-307-24854-0　　　定价:96.00 元

目　　录

绪　　论

一、缘起

在传统文学研究中，人们往往将文学活动中的"作者"视为一个非常稳定的因素，即文学作品就是作者的独自创作，作品属于作者；并且，对作者身份构成的认识也显得较为单一，即往往只认识到了他们作为"文学作者"或其他几个显在的身份，而对这些身份之间的联系、"文学作者"之外的身份对文学活动的影响认识不足。即便有些时候注意到了这些因素的影响，也并未将其视为文学活动中的天然成分和本质因素，是其丰富多样性的自然显现，更多的是从审美的角度来看待这种影响。如王国维先生在其《宋元戏曲史》一书中就认为，元杂剧的兴起与元代科举时兴时废、文人地位下降有关。以文人之才力进入杂剧创作，必然会超出民间艺人之水平而使杂剧成为"千古独绝之文字"，从而提升了俗文学的审美价值。① 可以看出，王国维先生虽然注意到了文人身份变异对其文学活动的影响，却仍偏重于从审美的角度来评判这种影响，没有把这种影响看成文学活动构成中的自然成分和本质因素。也就是说，过去的许多文学研究活动，依然着重于从文学审美这个较为单一的角度来研究和分析作家及其创作活动，而对审美之外的影响因素关注甚少。

---

① 王国维．宋元戏曲史[M]．北京：中华书局，2010：91.

但西方"身份"理论的兴起却让我们注意到了过往研究中存在的不足。在20世纪以来的理论家们看来：不仅现代学者所推崇的那种无限自由、在世界中占据主导地位的主体理念应该被质疑，而且，就主体意识的形成受到了多种因素的遮蔽来看，现代学者所认为的那种"文本是作者的独自创作，是作者的精神产品"的说法，也是不可信的。因而，在结构主义学者们那里，主体便"丧失了它的阐释能力，失掉了它作为意义的创造者、知识和文化的终极因的地位"①，主体非但不是创造者，反而被认为是外部结构的产物。拉康则将主体与语言的地位换了个位，认为象征阶段的主体不是在表达语言，而是被语言所表达；阿尔都塞甚至认为不是主体制造出了意识形态，而是意识形态建构了主体……如此一来，作品显然也就不能再被认为是作者的精神独创，而是如福柯在《作者是什么?》中所提议的那样，把作者"作为一种复杂多变的话语作用来分析"②。萨义德在其东方学的研究中也谈到了这一点，他认为建构主体的话语作为一种知识和现实，久而久之会形成一种传统，因而对文本"真正起控制作用的是这一传统或话语的物质在场或力量，而不是某一特定作者的创造性"③。也就是说，文本之于作者，并非完全独创，而是在人们经受知识或话语洗礼后所形成一套复杂话语规则。在这里，作者似乎已经被解构，并且变得不再重要。然而，仔细分析后我们发现，后结构主义以来的文学理论家们对作者的解构，实际上解构的是那个有着"创造性地位"的作者，而不是那个起着"话语作用"的作者——自然主体。因此，抛开现代学者对主体意识主导地位的强调，

① 乔治·拉伦. 意识形态与文化身份：现代性和第三世界的在场[M]. 戴从容，译. 上海：上海教育出版社，2005：202.

② 米歇尔·福柯. 作者是什么? [M]//王逢振，盛宁，李自修编. 最新西方文论选. 桂林：漓江出版社，1991：458.

③ 爱德华·W. 萨义德. 东方学[M]. 王宇根，译. 北京：生活·读书·新知三联书店，1999：122.

后结构主义者们开始关注主体的社会属性，即主体的身份。在后结构主义和后现代学者看来，"'我'既是生理学意义上的存在，也同时是社会和文化意义上建构的无数身份特征的综合体"①。正是这无数的身份，共同建构了一个有意义的主体。而主体身份的建构，又是多种因素共同作用的结果。当代文化学者丹尼·卡瓦拉罗在他的《文化理论关键词》一书中，从身体、心理、政治、意识形态和种族五大方面对主体的社会身份进行了论述，认为这五大方面在主体社会身份的构建中起到了重要作用。人类只有在具备某种以上述因素为基础构成的社会身份时，其自身的属性才能更好地被展现出来。② 比如人的身体的意义就并不是来源于它的自然实体，只有当它作为文化的产物或者文化知识的受众被建构与阐释后，它才具有意义。可以看到，后现代理论的宗旨就是挑战那些被实物化和具象化了的人和事，并将关注点放在其存在的"符号学"意义上。一如罗兰·巴特在其著作《流行体系》中，摒弃了"服装"本身的物质属性，而着重强调其"流行"等符号属性操纵人们的心理从而产生了重大影响，进而影响了消费。③ 后现代的这种观念深化了人们对主体及主体身份的看法：传统的主体理论认为主体是稳定的，主体身份也是稳定的、单一的；而20世纪以来的一些西方学者却不仅认为主体"在进行中，永远不会完成，总处于形成之中"④，主体身份也是不稳定、多样的，并且是相对他者的文化、历史、社会等因素的建构。主体便是在这种被建构起来的身份中被赋予意义，从而得以存在。

① 刘岩，等. 后现代语境中的文化身份研究[M]. 南京：凤凰出版社，2008：19.

② 丹尼·卡瓦拉罗. 文论理论关键词[M]. 张卫东，张生，赵顺宏，译. 南京：江苏人民出版社，2006：73.

③ 罗兰·巴特. 流行体系[M]. 敖军，译. 上海：上海人民出版社，2016：1-2.

④ 乔治·拉伦. 意识形态与文化身份：现代性和第三世界的在场[M]. 戴从容，译. 上海：上海教育出版社，2005：202.

后结构主义以来的这种身份理论大大地深化了人们对文学活动中"作者"的认识，即作者不再被认为是意义的制造者，而是意义的传达者。并且，因为主体的身份是被建构起来的，在这个被建构的过程中，主体意识也受到了一定的影响，因此还形成了一种身份意识——尽管这种身份意识很多时候是以无意识状态存在的，支配着主体的言行。如主体在其文化身份的被建构过程中，其相关的文化信息也渐渐渗透到了作者的意识中，使主体形成一种与自身文化身份相关的身份意识，在言行中也会自觉或不自觉地表现出来。作者的写作，便在某种程度上受到了这种身份意识的影响，女性主义和后殖民学派的研究成果已充分证明了这种影响的存在。并且，"身份"理论还提醒我们，主体往往不止一个身份，而是多个身份并存，因而支配着主体言行的也就往往不止一个身份，而是多个身份交互着产生作用、相互影响。在此意义上，作为文学活动中的主体——作者，其文学活动也就必然会受到其多重身份的影响，而绝非只有"文学作者"这一个身份在起作用。

本书即是在这种"身份"理论基础上展开对中国古代文学活动的研究的。笔者发现，中国古代文学作者的身份极为特殊，与现代以来的大多数文学作者的"作家"身份不同，他们中的大多数是以"官员"或"预备官员"的身份出现的。即便他们中的许多人终身徘徊在官场之外，如因多次科举失败做不成官或做官失败后隐居，但他们的一生却始终与"官员"身份息息相关。也就是说，现代以来的大多数文学作者是以专业"作家"的身份出现的，而中国古代作者却没有这样的身份，也没有对这种身份的自觉意识。因而，与现代作家以写作谋生不同，中国古代作者绝少有以写作谋生的。这种以"官员"身份介入写作的特殊情况，不仅与一般意义上专业作家的写作相殊异，而且其身份的特殊性也使其具有极高的研究价值。按照西方"身份"理论的观点，这种特殊身份对其文学活动也一定有着重要的影响，会在很大程度上以一种无意识的方式渗入作者的写作活动中。笔者的研究即是在此意义上，从中国古代作者身份构成的特点出发，将中国古代作者的"官员"身份作为重点研究对象，试图换一个角度来理解中国古代文学活动构成的特点，强调文学之外的作者身份对中国古代文学活动所产生的影响，从一个非审美的维度来重新认识中国古代文学的某些特色和某些特殊的文学话语。

二、国内外"身份"理论研究概述

国内外关于"身份"理论研究的著述甚多，从身份理论的提出，到身份理论的发展和完善，以及用身份理论来研究文学活动，成果显著。这些著作的出现，使我们超越了传统的审美视角，不仅看到了作者身份对文学活动所产生的影响，还发现了文学活动构成的复杂性。

比如，早在 20 世纪 70 年代，深受结构主义影响的法国哲学家阿尔都塞，就在他的一系列论文中展开了对意识形态的讨论，极力质疑主体意识对意识形态的所起的作用，认为意识形态的出现有时候并未经过主体的"意识"这一环。在其著名的《意识形态和意识形态国家机器》一文中，他再一次强调了自己的想法，并彻底地颠倒了主体意识与意识形态的地位，即认为不是主体意识制造了意识形态，相反，是意识形态话语建构了主体意识，同样也是通过这种意识，意识形态把个人呼唤或传唤为主体。① 阿尔都塞的这个观点在西方学术界引起了极大的轰动，他对主体的颠覆和对话语的首要地位的强调，也"成为后结构主义和后现代主义的根本前提"②。

后结构主义的领军人物、法国著名批评家米歇尔·福柯，则在他的一

① 阿尔都塞.意识形态和意识形态国家机器[M]//哲学与政治：阿尔都塞读本.陈越，译.长春：吉林人民出版社，2011：300-307.
② 乔治·拉伦.意识形态与文化身份：现代性和第三世界的在场[M].戴从容，译.上海：上海教育出版社，2005：89.

系列研究中进一步提出主体不是话语的生产者，而是话语活动中的一个"位置"。在《知识考古学》中，他认为主体"不是说话的意识，也不是系统阐述的作者，而是一个位置，在特定情况下可以安放不同的个体"①。在谈到文学创作中的主体时，福柯在《作者是什么?》一文中提出"要取消主体(及其替代)的创造性作用，把它作为一种复杂多变的话语作用来分析"②。福柯的这种主体观念为"身份"理论的提出奠定了基础。

受福柯等人主体研究的影响，后结构主义的核心理念便是不把主体看成"一种自由的意识或某种稳定的人的本质，而是一种语言、政治和文化的建构"③。后现代主义者们则进一步"去中心化"，波德里亚在《致命的策略》一书中提出，由于主体不再像过去那样能够控制客体世界，主体的位置也就变得难以维系了。④ 这种"难以维系"的主体位置指的就是主体的不稳定和多变的身份。英国文化学家斯图亚特·霍尔因此在其《现代性及其未来》中明确提出，后现代的主体没有固定的或永久的身份，主体在不同时期会采用不同的身份，并且有的身份相互矛盾、无法统一。⑤

后现代这种"身份"理论的提出，吸引了全世界学者的目光，他们中的许多人开始进一步对"身份"理论进行详细的研究和阐述，并将其与各种社会现实相联系。其中包括：法国的格罗塞在《身份认同的困境》一书中对主体在"身份认同"过程中所遭遇的困惑的细致研究⑥；乔纳森·弗里德曼在

① 米歇尔·福柯. 知识考古学[M]. 谢强，马月，译. 北京：生活·读书·新知三联书店，2003：117.

② 米歇尔·福柯. 作者是什么[M]//王逢振，盛宁，李自修编. 最新西方文论选. 桂林：漓江出版社，1991：458.

③ 丹尼·卡瓦拉罗. 文化理论关键词[M]. 张卫东，张生，赵顺宏，译. 南京：江苏人民出版社，2006：85.

④ 让·波德里亚. 致命的策略[M]. 刘翔，戴阿宝，译. 南京：南京大学出版社，2015：98-99.

⑤ Hall, Stuart. Modernity and Its Futures[M]. Cambridge：Polity Press, 1992：277.

⑥ 阿尔弗雷德·格罗塞. 身份认同的困境[M]. 王鲲，译. 北京：社会科学文献出版社，2010：6-12.

《文化认同与全球性过程》中就人们的文化认同与全球化过程之间的关系作了非常详细的论述①；乔治·拉伦的《意识形态与文化身份：现代性和第三世界的在场》一书更是把身份理论的缘起、发展作了一个非常细致的梳理，最后在此基础上提出了公民的文化身份认同与民族冲突之间的关系，认为理性地认识文化身份对世界和平有着重要的作用②；阿马蒂亚·森在《身份与暴力：命运的幻象》一书中把人们对身份单一性的认识理解为种族冲突的根本起因，认为应该从主体具有多重身份的认识角度去化解这些矛盾③；女性主义研究的代表朱迪斯·巴特勒则从女性身份的建构的角度去发掘隐藏在这种性别背后的知识话语权，在《性别麻烦：女性主义与身份的颠覆》一书中，巴特勒否认了那种认为社会性别产生于生理性别，而生理性别总是天生的、自然的观点。她认为女性身份的建构总是同她的民族、阶级、地区、种族等多种因素联系在一起的。所谓性别，没有社会性别与生理性别之分，它只是一种社会法则，具有建立在权力基础上的合法性，并且相对封闭（即必须排斥不符合这种法则的他者）。这一法则被反复引用，其结果就是书写出我们（具有性别特征）的身体，建立起我们的主体。在这个意义上，巴特勒认为具有社会性别的身体是表演性的，是各种各样的行为构成了它。④

在这种身份理论发展和完善的同时，一些文学理论家们把目光投向了"作者身份"对其写作所产生的影响上，其中影响最大的当数后殖民主义的研究。后殖民主义的领军人物萨义德在其《东方学》一书中认为，"东方"形

---

① 乔纳森·弗里德曼．文化认同与全球性过程[M]．郭建如，译．北京：商务印书馆，2003：117-135．

② 乔治·拉伦．意识形态与文化身份：现代性和第三世界的在场[M]．戴从容，译．上海：上海教育出版社，2005：220-225．

③ 阿马蒂亚·森．身份与暴力：命运的幻象[M]．李风华，陈昌升，袁德良，译．北京：中国人民大学出版社，2009：21-25．

④ 朱迪斯·巴特勒．性别麻烦：女性主义与身份的颠覆[M]．宋素凤，译．上海：上海三联书店，2009：168-185．

象是被一批生活在西方的所谓"东方学家"制造出来的：东方学家所使用的特定技巧——词汇学、语法学、翻译、文化解码——重建、充实、确认了存在于古代东方以及传统语言学、历史学、修辞学和宗教论辩中的价值。"但在此过程中，东方和东方学学科都发生了变化，因为它们都不能以其原始的形式存在。"①另外，萨义德还分析了不同国籍的东方学家对"东方"话语表述的影响，比如，对于英国作家来说，东方就是印度，是一个已被帝国占领的殖民地，因而他们东方想象的空间受到了政治性的限制。与此相反的是，法国作家的东方表述则较富于感染力和文学性，较少有英国那样的关于帝国使命的厚重的、几乎是哲理性的意识。这主要是因为法国的朝圣者对他所来到的地方没有政治上的控制权，他们所规划、所想象、所酝酿的地方主要局限于他们的头脑中，如内瓦尔和福楼拜就在其作品中对东方作了最富文学性的描述。② 可以看出，英国作家和法国作家在对东方进行表述时，深深地受到了各自民族身份及文化身份的影响。萨义德的另一著作《文化与帝国主义》，同样也是从作者的文化身份角度来谈的，他认为小说中的故事是殖民探险者和小说家讲述遥远国度的核心内容，同时也成为殖民地人民用来确认自己的身份和历史存在的方式。正是在这个意义上，他举例说，在具有欧洲作家身份的狄更斯笔下，几乎所有的商人、任性妄为的亲戚和令人生畏的外来人，都与帝国有着一种相当正常的、稳定的联系；而康拉德也是在以西方人的视角描写非西方世界，"这样的视角根深蒂固，他看不到除此之外的历史、文化和观念——康拉德所能看到的，只是一个完全由大西洋沿岸的西方所统治的世界"③。

---

① 爱德华·W. 萨义德. 东方学[M]. 王宇根，译. 北京：生活·读书·新知三联书店，1999：159.

② 爱德华·W. 萨义德. 东方学[M]. 王宇根，译. 北京：生活·读书·新知三联书店，1999：219.

③ 爱德华·W. 萨义德. 文化与帝国主义[M]. 李琨，译. 北京：生活·读书·新知三联书店，2003：8-11.

　　萨义德的研究成果引起了极大的关注，许多后继学者也把目光转向了作者的文化身份对其写作的影响上，如斯图亚特·霍尔在其《文化身份与族裔散居》一文中就一部描写加勒比海的电影展开了研究，认为电影中所表现的黑人主题，体现了一种新的后殖民主义视角。讲述人和被讲述的主体绝不是一回事，更不在同一种位置上。电影中表现的散居在西方（和亚洲）的非裔加勒比"黑人"，事实上已经受到了文化改造，是在西方文化语境中被建构起来的"黑人"主体。在此意义上，文化身份认同是一种身份政治学、位置的政治学。电影讲述人实际上是以一种西方强国的眼光在看"他者"，而不是真正的"黑人自述"。① 很明显，这与电影制作人的文化身份视角有着特定的关系。另外，还有一大批与研究作者身份相关的文学批评流派兴起，如华裔美国文学、非洲裔美国文学、女性文学等，它们无一例外都把关注的重心转到了作者身份对文学话语形成的影响上。这说明"作者身份"这一理论视角不仅给当下的文学研究带来了许多意想不到的收获，同样也符合了后现代语境下文学发展的需求。

　　我们看到，国外学者的"身份"理论研究，主要是以探讨主体"身份"本身的构成特点，以及从"身份"角度出发去探讨某个文化现象或文学现象为主的。国内在这方面的研究起步稍晚一些，相较于国外学者偏重于理论研究，国内学者更侧重于在借鉴和深化这些"身份"研究理论的同时，从身份维度来探讨某些文学现象和重新解读某些文学作品。比如朱立立《身份认同与华文文学研究》，把中国台湾地区和东南亚的华文文学作为重点研究对象，从台湾文学中所呈现的历史记忆与作者身份认同，台湾旅美作家群体的身份认同，以及东南亚华文作家的文化认同，来探讨作者的身份认同和历史记忆对这些作家写作所形成的影响。② 李自芬《现代性体验与身份认同：中

　　① 斯图亚特·霍尔. 文化身份与族裔散居[M]//罗钢，刘象愚主编. 文化研究读本. 北京：中国社会科学出版社，2000：212-228.
　　② 朱立立. 身份认同与华文文学研究[M]. 上海：上海三联书店，2008：218-234.

国现代小说的身体叙事研究》一书，侧重于后现代"身份"理论中的"身体"概念，将中国现代小说中的"身体"形象作为研究对象。她在书中列举了中国现代文学对身体的一系列关注方式：近代中国常被视作"病相身体"，因此"患病"成了从晚清到五四以后的小说指责传统的最富于刺激的隐喻①；民族革命必须从改造身体开始，但革命的身体又不得不承载过多的意义，于是一些"不太革命"的作家(如新感觉派和张爱玲)，回到处在日常琐事中的身体，回到身体凡俗欲望的细节描写。② 其研究的灵感来源于"身份"理论中将"身体"作为一种符号的看法，现代小说中的"身体"，只是一种感觉、一个比喻，折射出现代性冲击下作者的心理彷徨，归根结底，它突出的还是作者对于自己民族身份和文化身份的无所适从。

黄华的《权力，身体与自我：福柯与女性主义文学批评》，则是在"身份"理论的奠基人之一福柯对权力与身体的阐释基础上，把女性主义文学批评作为研究对象，研究其在发展过程中受到了福柯哪些理论的影响，以及女性主义的身份政治是如何在这种影响下建立起来的。③ 这种理论视角可以说是对西方"身份"理论研究的深入和细化。除此之外，由刘岩主编的《后现代语境中的文化身份研究》论文集和何成洲主编的《跨学科视野下的文化身份认同：批评与探索》论文集，都是当下中国学者在"身份"理论的基础上对文学研究的进一步探讨，并且是较为全面的一种"身份"研究，将触角伸向了各种各样类型的文学作品，以及我们文化生活的方方面面。比如，《跨学科视野下的文化身份认同：批评与探索》一书中，研究者们有的

---

① 李自芬. 现代性体验与身份认同：中国现代小说的身体叙事研究[M]. 成都：巴蜀书社，2009：114-143.

② 李自芬. 现代性体验与身份认同：中国现代小说的身体叙事研究[M]. 成都：巴蜀书社，2009：258-271.

③ 黄华. 权力，身体与自我：福柯与女性主义文学批评[M]. 北京：北京大学出版社，2005：51-80.

集中于分析文化身份的多元理论视角①，有的则把目光投向传媒、全球化
在人们文化身份认同中所起的作用②，以及论述各种类型的文学在发展中
与文化身份认同之间的关系③。《后现代语境中的文化身份研究》一书，则
是专门集结了许多当代学者对文学作品中的人物身份和作者文化身份的研
究论文，他们在国外"身份"理论研究的基础上，重新审视文学经典中的身
份④，探讨少数族裔的身份政治是如何被建构起来的⑤，审视多元文化中
的亚洲人⑥，以及挑战异性恋文化中的身份观念⑦。此外，还有对身份理
论进行专门探讨的著作，如张静的《身份认同研究：观念、态度、理据》一
书就对身份认同的理论方法进行了细致研究⑧、刘永谋的《福柯的主体解构
之旅：从知识考古学到"人之死"》专注于福柯的主体理论⑨等。

近年来，随着身份理论研究的进一步深入和成熟，国内许多关于此领
域研究的著作和论文层出不穷，并且视角和思考也越来越广泛和深入，较

①　何成洲编. 跨学科视野下的文化身份认同：批评与探索［C］. 北京：北京大学
出版社，2011：3-164.

②　何成洲编. 跨学科视野下的文化身份认同：批评与探索［C］. 北京：北京大学
出版社，2011：167-280.

③　何成洲编. 跨学科视野下的文化身份认同：批评与探索［C］. 北京：北京大学
出版社，2011：283-379.

④　刘岩，等. 后现代语境中的文化身份研究［C］. 南京：凤凰出版社，2008：3-
69.

⑤　刘岩，等. 后现代语境中的文化身份研究［C］. 南京：凤凰出版社，2008：73-
143.

⑥　刘岩，等. 后现代语境中的文化身份研究［C］. 南京：凤凰出版社，2008：
147-209.

⑦　刘岩，等. 后现代语境中的文化身份研究［C］. 南京：凤凰出版社，2008：
213-274.

⑧　张静. 身份认同研究：观念、态度、理据［M］. 上海：上海人民出版社，
2005：27-81.

⑨　刘永谋. 福柯的主体解构之旅：从知识考古学到"人之死"［M］. 南京：江苏
人民出版社，2009：55-115.

多的是聚焦于现当代华人作家、少数裔作家的身份建构上，甚至出现了关于抖音与传统文化身份建构的相关研究①。这些著作和论文不仅进一步证实了身份理论研究的切实可行性，呈现出文学活动构成的多样性和复杂性，还为笔者的研究提供了多方位、多角度的思维方法，以及许多宝贵的材料，极大地丰富了本书的理论架构。

三、中国古代作者及文学活动研究概述

（一）从特定的文化角度，研究文化、文学与作者某种身份构成的关系

从这种角度研究的著作，大多把目光聚焦于某一特定文化对作者某一身份构成的影响上，通过探讨这种文化对作者价值观念、心态的影响，推出其与创作的关系。这为笔者研究中国古代作者身份构成的文化渊源提供了大量丰富的材料。国内这一领域的代表作有余英时的《士与中国文化》②；孙适民、蒋玉兰的《古代士文化与知识分子现代化》③；扬之水的《古诗文名物新证》④、《终朝采蓝：古名物寻微》⑤、《奢华之色：宋元明金银器研究》⑥等一系列作品；巫仁恕的《品味奢华：晚明的消费社会与士大夫》⑦；王宇根的《万卷：黄庭坚和北宋晚期诗学中的阅读与写作》⑧；张聪的《行万里路：

---

① 王楚，等.抖音迷因框架下高校青年的传统文化身份构建[J].文化教育，2020(5).

② 余英时.士与中国文化[M].上海：上海人民出版社，2003.

③ 孙适民，蒋玉兰.古代士文化与知识分子现代化[M].长沙：湖南人民出版社，2008.

④ 扬之水.古诗文名物新证[M].天津：天津教育出版社，2012.

⑤ 扬之水.终朝采蓝：古名物寻微[M].上海：上海三联书店，2008.

⑥ 扬之水.奢华之色：宋元明金银器研究[M].北京：中华书局，2010.

⑦ 巫仁恕.品味奢华：晚明的消费社会与士大夫[M].北京：中华书局，2008.

⑧ 王宇根.万卷：黄庭坚和北宋晚期诗学中的阅读与写作[M].北京：生活·读书·新知三联书店，2015.

宋代的旅行与文化》①等。国外同类型的研究著作则以艾朗诺的《美的焦虑：北宋士大夫的审美思想与追求》(*The Problem of Beauty*：*Aesthetic Thought and Pursuits in Northern Song Dynasty China*)②为代表。

余英时先生在书中以《古代知识阶层的兴起与发展》开篇，以《中国知识人之史的考察》结尾，中间历叙"士"在先秦的变迁："士"逐渐作为一个知识分子的团体出现，"士大夫"成为中国古代知识分子的代名词；到汉时的"有恒产"而居；再到唐、宋时的发展；直至明、清时出现士商互动。该书成为第一部有头有尾、完整地梳理中国"士"文化的代表作。其中心思想在于驳斥了传统研究中学者们对于中国古代文人身份的一个定论，即往往视"士"或"士大夫"为"学者—地主—官僚"的三位一体是只见其一、不见其二的偏见，是以决定论抹杀了"士"的超越性。因为"士"的传统虽然在中国延续了两千多年，但这一传统并不是一成不变的。相反地，"士"是随着中国历史各阶段的发展而以不同的面貌出现于世的。③ 这种对"士"的认识超出了学界以往的眼界，是对长久以来学界对"士"形成的"封建卫道士"印象的有力反驳。而且，从中国古代作者"士"的身份和精神自觉性的层面出发，我们可以重新审视他们的文学创作心理，得出不同的理解。孙适民、蒋玉兰的《古代士文化与知识分子现代化》一书，则主要是从中国古代"士"文化的成型、变化、发展来探讨中国古代"士"文化的发展变迁，以及中国近代知识分子是如何从"士"渐渐过渡为具有现代"知识分子"意义的先驱的。作者从"士"和中国现代"知识分子"所具有的精神内涵上面，看到了"士"文化的传承，认为就中国传统中"士"以"道"为己任的责任心这一面

---

①　张聪. 行万里路：宋代的旅行与文化[M]. 李文锋，译. 杭州：浙江大学出版社，2015.

②　艾朗诺. 美的焦虑：北宋士大夫的审美思想与追求[M]. 杜斐然，刘鹏，潘玉涛，译. 上海：上海古籍出版社，1999.

③　余英时. 士与中国文化[M]. 上海：上海人民出版社，2003：引言.

来说，中国古代文人和现代的"知识分子"是一脉相承的。但"士"与西方（主要指欧洲）古代所谓的"知识分子"却又不同，主要表现在经济地位、独立性和所处的政治局势上；与近代西方定义严格的"知识分子"（即那些既有文化知识而又对现存制度持否定、批判和反对态度的人）相比，也有所不同。作者摒弃了近代西方对"知识分子"的定义，而将通行的社会学所认可的、从书本中吸取文化知识以从事对人类、对社会有贡献的职业的社会成员视作他们心目中的"知识分子"人群。作者认为这个人群在现代中国被称为"知识分子"，在古代则被称为"士"。① 这是一部从比较意义上研究中国古代作者身份对其思想影响的力作。

扬之水的古名物系列研究，表面看来与文学作品研究毫无关系，但是，她在对古名物研究中，穿插讲述了许多当时物质文化变迁与中国古代士大夫的欣赏趣味及文风变化的密切关系：政治的变化在某种程度上影响了士大夫的生活，而士大夫阶层的欣赏趣味又在某种程度上影响了一代风尚，进而影响到他们的文学趣味。② 扬之水在她的这一系列书中虽然将论述的重点还是放在古名物的变迁上，但其中总有点睛之笔把这些物品与士人的生活、创作联系在一起作深层次的探讨，别出心裁地从"物"这个角度来看中国古代士大夫文人的文化生活，这让我们有了一个解读古代文人创作心理的全新视角。巫仁恕的《品味奢华：晚明的消费社会与士大夫》，其研究路径一如扬之水的古名物研究，选择从物质文化方面切入文学研究主题。作者在书中采用了许多文化人类学与社会学的理论与方法，重新审视晚明士大夫的消费文化，如他们特殊的消费活动：文化消费如旅游、购买文物与艺术品等，物质消费如乘轿等。作者在这个层面看到了士大夫对自

① 孙适民，蒋玉兰. 古代士文化与知识分子现代化[M]. 长沙：湖南人民出版社，2008：1-18.

② 扬之水. 终朝采蓝：古名物寻微[M]. 上海：上海三联书店，2008：149.

身身份的追求和维护，因为"艺术与文化消费的品位鉴赏能力，天生就倾向具有实现使社会区分合法化的社会功能"①。另外，晚明士大夫还有意地塑造着与自己身份、地位相匹配的消费文化，以区别于一般人，如积极地自创新风格、新形式的服饰衣冠，以强调自己的身份与地位；乘轿、旅游和布置家具也是一样。他们处处都在树立自己这个阶层的独特风范，以使自己与其他阶层尤其是平民区别开来，这可以说是士大夫群体身份意识形成的重要表现。因此，诸如游记、书房铭刻文字、"文人化食谱"等特殊文学现象的兴盛，以及高濂的《遵生八笺》、文震亨的《长物志》等有关鉴赏品位的文学作品的出现，都可以说是士大夫群体所独有的，是士大夫身份话语在文学话语中的渗透。

张聪《行万里路：宋代的旅行与文化》一书，从宋代文人"旅行"（此旅行并不等同于现代意义上的旅行游玩，而是包含着文人求学、考试、赴任新官、贬谪等情况下产生的特殊"旅行"）这个独特的研究视角，考察文人们在这些"旅行"中所途经的名山大川及就任官职所在地的风土人情对他们诗文创作所产生的影响。比如作者认为"数万年轻人在其家乡和所就读的学校之间来回旅行，说明了宋代文学何以流行旅行故事"②。苏轼在其所任官之地黄州就书写了与当地风情人物相关的大量诗篇，而后人为缅怀、瞻仰苏轼去黄州参观也创作了与黄州名胜古迹相关的诗篇。③ 其他还有诸如这种特殊"旅行"引起的饯行、接待、娱乐、交通等一系列活动而产生的文学创作题材和素材。可以说，这是一个前人未曾特别关注的新颖角度，非常深入和

---

① 巫仁恕. 品味奢华：晚明的消费社会与士大夫[M]. 北京：中华书局，2008：导论.

② 张聪. 行万里路：宋代的旅行与文化[M]. 李文锋，译. 杭州：浙江大学出版社，2015：39.

③ 张聪. 行万里路：宋代的旅行与文化[M]. 李文锋，译. 杭州：浙江大学出版社，2015：249-276.

细致地从一个非审美的角度阐释了宋代文人与其文学活动的关系。

王宇根的《万卷：黄庭坚和北宋晚期诗学中的阅读与写作》一书，则是从宋代印刷术兴起这个特殊的角度入手，研究这一时期印刷术兴起如何使书籍更容易获得、人们的可阅读书籍大大增加，以及这些变化带给诗人们的影响。在他看来，过去由于书籍的难得，人们善于精读，而印刷术的兴起让许多士人家族家藏"万卷"变成可能和现实，在阅读方面却反而变得"懒惰"起来。黄庭坚诗学中所谓的"技法"，强调的恰好是阅读能力。作者通过黄庭坚诗文中的自述及其与友人的通信，通过他对杜甫和韩愈的讨论，发现他非常强调阅读能力和体悟，这与前代诗人和评论家强调诗歌出自天赋和性情感悟截然不同。而这种阅读能力的提升和写作空间的扩大，由于印刷术的发展成为可能。也就是说，"这一文本物质生产领域的新发展为这个时代的读者和作者打开了一个巨大的文本阐释和写作的新空间"，并且，"其所造成的书写和阅读乃至思维观念、方法和模式方面的变化"①，对于我们理解当下数字革命给文学创作所造成的影响，也意义重大。

另一位美国汉学家艾朗诺在其《美的焦虑：北宋士大夫的审美思想与追求》中，将关注的焦点放在了北宋士大夫对美的追求空前热烈这个点上。整个宋代是中国古代文人对美的追求达到极致的一个时代，北宋尤甚。这一时期著名的文人士大夫如欧阳修、苏轼、黄庭坚等人，对美都有着格外的追求。欧阳修是历史上第一个写"诗话"的人，这种文体的出现为当时的文人们提供了一个可以"商榷诗歌技巧的平台"，导致"诗话"这种文体在当时颇为兴盛。欧阳修的《洛阳牡丹记》出现后，许多文人纷纷效仿，"全世界最初可观的花木培植和鉴赏文学，就这样在北宋末年的中国产生了"②。另外，由于苏轼和米芾等人热爱书画收藏，以及由此兴起的著文探讨：如

---

① 王宇根. 万卷：黄庭坚和北宋晚期诗学中的阅读与写作[M]. 北京：生活·读书·新知三联书店，2015：25.

② 艾朗诺. 美的焦虑：北宋士大夫的审美思想与追求[M]. 杜斐然，刘鹏，潘玉海，译. 上海：上海古籍出版社，1999：2.

给艺术品划定等级、识别优劣等；还有北宋时期商人阶级品位对士大夫文人的影响，都对北宋这一时期的文人创作思想及其内容产生了巨大的影响。

以上这些从物质文化等传统文化发展的角度来阐释特定文化对作者及其文学创作的特殊意义的代表作，为笔者多维度的思考和研究提供了极其重要的思路。

（二）着重研究单个作者或单个群体，在论述过程中点出其身份与文学活动的关系

此种研究路数与笔者的研究思路在某种程度上有一定的契合，为本文研究中国古代作者多重身份的构成与其创作的关系提供了丰富的材料。国内此类的研究中，如赵园的《明清之际士大夫研究》①、《制度·言论·心态：〈明清之际士大夫研究〉续编》②、《聚合与流散：关于明清之际一个士人群体的叙述》③等系列论著，把目光集中在明清之际的士大夫（其实就是所谓的明末"遗民"）这一特殊群体上。对于这个拥有着特殊身份的文人群体，赵园认为他们在明亡后苦苦坚持的一些东西，如"不侍二主"的心态、行"可不贫之贫，非必死之死"的极端行为、不齿农事的言行等，与他们长期以来受到儒家文化的影响是分不开的，是他们为"士"的后果。④ 很明显，赵园的研究是从特定群体的身份出发，研究身份文化对作者思想和心

① 赵园.明清之际士大夫研究[M].北京：北京大学出版社，1999.
② 赵园.制度·言论·心态：《明清之际士大夫研究》续编[M].北京：北京大学出版社，2006.
③ 赵园.聚合与流散：关于明清之际一个士人群体的叙述[M].北京：中国文联出版社，2009.
④ 赵园.明清之际士大夫研究[M].北京：北京大学出版社，1999：14.

态的影响，而这种影响在一定程度上也影响了他们的创作。

余英时《朱熹的历史世界：宋代士大夫政治文化的研究》①一书，从以朱熹为代表的宋代士大夫政治文化（此处的"政治文化"有两层意思，一层是英语中"political culture"意义上的，另一层是兼指政治和文化两个彼此区别而又相互关联的活动领域）入手，探讨政治现实与文化理想之间是如何彼此渗透、制约以至冲突的。宋代士大夫身份上的政治属性，以及伴生的纠葛、讨论、权力之争都在他们后来的政治主张、文学讨论和创作中有着明显反映。张仲礼的《中国绅士：关于其在十九世纪中国社会中作用的研究》②及其姊妹篇《中国绅士的收入》③的主要贡献在于，他第一次系统地梳理和阐述了中国古代知识分子作为"绅士"④的这种特殊身份，并对这种身份的形成、特点及其对中国社会文化的影响做了具体深入的阐述。

唐史专家赖瑞和的《唐代基层文官》一书也基本上是从这个思路出发，

① 余英时. 朱熹的历史世界：宋代士大夫政治文化的研究[M]. 北京：生活·读书·新知三联书店，2011.

② 张仲礼. 中国绅士：关于其在十九世纪中国社会中作用的研究[M]. 上海：上海社会科学院出版社，1991.

③ 张仲礼. 中国绅士的收入[M]. 费成康，王寅通，译. 上海：上海社会科学院出版社，2001.

④ 张仲礼认为，"绅士的地位是通过取得功名、学品、学衔和官职而获得的，凡属上述身份者即自然成为绅士集团成员。功名、学品和学衔都用以表明持该身份者的受教育背景。官职一般只授给那些其教育背景业经考试证明的人。"虽然这种功名"有的可以用钱买到，有的是通过读书而取得的"，但"以受教育的水准和社会地位而言，这些通过考试而获得其身份的绅士要高于由捐纳而成为绅士的人"。而且，"绅士乃是由儒学教义确定的纲常伦纪的卫道士、推行者和代表人，这些儒学教义规定了中国社会以及人际关系的准则。绅士所受的是这种儒学体系的教育，并由此获得管理社会事务的知识，具备这些知识正是他们在中国社会中发挥领导作用的主要条件。"因此，"从理论上说，儒家经典的教育使绅士拥有对人们行使权威的知识和品质"，而功名则"是符合此种所设资格的合法证书"。（张仲礼. 中国绅士的收入[M]. 费成康，王寅通，译. 上海：上海社会科学院出版社，2001.）这与本书要研究的中国古代作者身份可以说在很大程度上具有相似性和一致性。

专门就唐代基层文官的一些官名做了研究，不仅解了官职之惑，还从唐时有名的文人大多是从基层文官做起的这个身份特点上，看到了以往为人所忽视的一面。比如，赖先生在书中重点提到，唐代文官因要遵守"本籍回避"制而不得不离乡"宦游"，这一点是促使唐代大量"宦游"诗出现的重要原因①，而这种"宦游"诗正是因为他们"官员"的身份而产生的，因而可以说是作者身份话语在文学话语中的渗透。另外，赖先生还提出了一个更有创见的说法，即因为唐代官制中的"守选"制度，许多人在上一任期满而下一任期还未开始的"空闲"期，不得不暂时处于"归隐"状态，但这不是一种诗意的归隐，而是无奈之举。在"归隐"的状态下，他们的收入大为减少，若无积蓄便要过着四处筹借的窘迫生活，因此，很多人为了赚取"润笔"费，写墓志铭来补贴家用，这从另一个方面促进了墓志铭的风行②，这也是现当代研究中少有注意到作者身份对文学活动影响的研究视角。除此之外，国内类似的研究还有陈弱水《唐代文士与中国思想的转型》③、孙国栋《唐代中央重要文官迁转途径研究》④、费孝通《中国士绅》⑤、陈明《中古士族现象研究：儒学的历史文化功能初探》⑥、马自力《中唐文人之社会角色与文学活动》⑦、查屏球《从游士到儒士：汉唐士风与文风论稿》⑧、胡

---

① 赖瑞和．唐代基层文官[M]．北京：中华书局，2008：294-300.
② 赖瑞和．唐代基层文官[M]．北京：中华书局，2008：279-294.
③ 陈弱水．唐代文士与中国思想的转型[M]．桂林：广西师范大学出版社，2009.
④ 孙国栋．唐代中央重要文官迁转途径研究[M]．上海：上海古籍出版社，2009.
⑤ 费孝通．中国士绅[M]．赵旭东，秦志杰，译．北京：生活·读书·新知三联书店，2009.
⑥ 陈明．中古士族现象研究：儒学的历史文化功能初探[M]．北京：文津出版社，1994.
⑦ 马自力．中唐文人之社会角色与文学活动[M]．北京：中国社会科学出版社，2005.
⑧ 查屏球．从游士到儒士：汉唐士风与文风论稿[M]．上海：复旦大学出版社，2005.

翼鹏《中国隐士：身份建构与社会影响》①、朱萍《明清之际小说作家研究》②等。

国外汉学家也不乏此类型的研究，具有代表性的有蒲立本《唐代文人生活中的新儒家与新法家》(Neo-Confucianism and Neo-Legals in T'ang Intellectual Life)③、包弼德《斯文：唐宋思想的转型》(This Culture of Ours：Interllectual Transition in T'ang and Sung China)④、史蒂文·J. 罗迪《帝制晚期中国文人身份及其在小说中的呈现》(Literati Identity and Its Fictional Representation in Late Imperial China)⑤等。美国汉学家包弼德在《斯文：唐宋思想的转型》中，从"斯文"这个儒家学者心目中潜存的"道"着手，来探讨唐宋这个历史时期的思想转型。作者在书中颇有建树地指出，"士"的身份随着时代在变化：在 7 世纪时，士是家世显赫的高门大族所左右的精英群体；在 10 世纪至 11 世纪，士是官僚；在南宋，士是为数更多而家世不太显赫的地方精英家族，这些家族输送了官僚和科举考试的应试者。因此，对于"士"来讲，官位、家世和学识是确定他们整体身份的首要因素。⑥ "士"掌握的学识只是为其彼此的身份认同提供部分的依据，通过学识获得思考和阐发的价值观都是与士的政治生活、社会生活相联系的，这种影响也会反映到其文学创作中去，形成一种与其身份和学识相关的文学风格。因此，对于包弼德来说，他眼中的韩愈、欧阳修、王安石等杰出的政

---

① 胡翼鹏. 中国隐士：身份建构与社会影响[M]. 北京：社会科学文献出版社，2011.

② 朱萍. 明清之际小说作家研究[M]. 北京：中国传媒大学出版社，2009.

③ Pulleyblank，Edwin George. Neo-Confucianism and Neo-Legals in T'ang Intellectual Life[M]. California：Stanford University Press，1960.

④ 包弼德. 斯文：唐宋思想的转型[M]. 刘宁，译. 南京：江苏人民出版社，2001.

⑤ Roddy，Stephen John. Literati Identity and Its Fictional Representation in Late Imperial China[M]. California：Stanford University Press，1998.

⑥ 包弼德. 斯文：唐宋思想的转型[M]. 刘宁，译. 南京：江苏人民出版社，2001：35-80.

治家和知识分子，是通过自己手中的权力将自己的文学主张付诸了行动①。也因此，他认为北宋的思想文化本质上体现出一种存在于个人修养和社会政治责任之间的张力。

此外还有一些倾向于个别作者研究的著作，如尤金·法菲尔在哥伦比亚大学的博士论文《作为谏官的白居易：他在 808—810 年间呈给唐宪宗的奏疏》(*Po Chü-i as a Censor：His Memorials Presented to Emperor Hsien-tsung During the Years 808-810*)②、伊利诺伊大学厄巴纳·香槟分校汉学专业学生华莉莉的博士论文《元稹：诗人兼政治家，其政治与文学生涯》(*Yuan Chen，A. D. 779-831：The Poet-Stateman，His Political and Literary Career*)③、阿拉斯的博士论文《曹丕（前 187—226）的三重身份：皇帝，批评家和诗人》(*The Three Roles of Ts'ao Pi. A. D. 187 - 226：Emperor，Literary Critic，Poet*)④等。他们的特点是都注意到了中国古代作者的多重身份，并认为一些文学写作者之外的身份对他们的创作产生了一定的影响。国外汉学家们对中国古代作者多重身份的关注，不仅体现了国外汉学研究的创新精神，对我们研究中国古代作者身份与其创作也有着重要的借鉴意义。

（三）从中国古代的社会、政治、历史等维度探讨作者身份与文学活动的关系

按照后现代"身份"理论的观点，作者身份的构成与社会、政治、历史

---

① 包弼德．斯文：唐宋思想的转型[M]．刘宁，译．南京：江苏人民出版社，2001：144-288.

② Feifel, Eugene. *Po Chü-i as a Censor：His Memorials Presented to Emperor Hsien-tsung During the Years 808-810*[D]．Columbia University，1952.

③ Hwa, Lily. *Yuan Chen，A. D. 779-831：The Poet-Stateman，His Political and Literary Career*[D]．University of IIlionis Urbana-Chanmpaign，1984.

④ 转引自王晓路．中西诗学对话：英语世界的中国古代文论研究[M]．成都：巴蜀书社，2000：35.

等因素都有着密切的关系。国内外学者从此种角度对中国古代作者及其文学活动的研究，虽然不一定都是受到了这种"身份"理论的影响，但他们的这种研究视角却恰恰契合了后现代"身份"理论的思维，为笔者研究中国古代作者多重身份的构成与文学活动的关系提供了许多难能可贵的材料。

国内此类研究中比较具有代表性的有阎步克的《士大夫政治演生史稿》，该著作主要是就士大夫的政治身份来论述的。他认为中国古代的官僚政治是以文士兼官僚的"士大夫"作为治国者为基础的，士大夫阶层的存在，是一种独特政治文化形态的体现。① 因此，他在书中就这种"士大夫"政治的演生过程展开叙述，并对这种政治文化模式的特点和机制加以解析。作者把士大夫的最初形态追溯至周代的"士"与"大夫"，战国以来分化为"学士"和"文吏"两个群体，最终在汉代儒生与文吏、儒家与法家的合流过程中，奠定了中国"士大夫政治"的牢固基础。② 正是从这种独特的政治文化形态中，我们看到了社会、政治身份对作者文学创作的诸多影响。雷池月的《帝国的仕途：大宋文官的政治与人生》，则是关于宋代的文人官僚在整个国家中的地位和命运，以及他们对国家所起作用的专题研究。作者关注的重心并不在这些文官的文学活动，而是在其政治表现上。③ 但即便如此，其研究对象却与本书有着相似之处，因此也为本书的研究提供了一些材料和视角。此外，傅璇琮《唐代科举与文学》④、王勋成《唐代铨选与文学》⑤、程千帆《古诗考索 唐代进士行卷与文学》⑥、郑晓霞《唐代科举诗研究》⑦以及祝尚书《宋代科举与文

---

① 阎步克. 士大夫政治演生史稿[M]. 北京：北京大学出版社，1996：1-2.
② 阎步克. 士大夫政治演生史稿[M]. 北京：北京大学出版社，1996：439-454.
③ 雷池月. 帝国的仕途：大宋文官的政治与人生[M]. 北京：中国工人出版社，2009：序言.
④ 傅璇琮. 唐代科举与文学[M]. 西安：陕西人民出版社，2007.
⑤ 王勋成. 唐代铨选与文学[M]. 北京：中华书局，2001.
⑥ 程千帆. 古诗考索 唐代进士行卷与文学[M]. 武汉：武汉大学出版社，2008.
⑦ 郑晓霞. 唐代科举诗研究[M]. 上海：复旦大学出版社，2006.

学考论》①等著作，都是从隋唐时兴起的考试制度——科举入手，来探讨这种考试制度带给作者的一个特殊身份——作为预备官员的"进士"——对文学活动所产生的影响。

　　外国学者在这方面的研究，具有代表性的有盖博坚的《皇帝的四库：乾隆朝晚期的学者与国家》(*The Emperor's Four Treasuries：Scholars and The State in The Late Ch'en-Lung Era*)②。盖博坚在此书中将关注的焦点放在"清王朝知识分子在政府中充当的角色"这一问题上，认为"该角色是(当时)大量中国文人从事创造活动的基础"③。作者认为士绅知识分子是清王朝的支柱，乾隆皇帝组织编纂《四库全书》的目的是美化他以及其他清朝前期统治者的功绩，甚至试图抹去历史文献中满汉之间的不愉快，这导致了汉族精英虽然参与了编纂活动，却也因此产生了不少冲突。而清王朝统治下编纂的《四库全书》内容之所以如此具有丰富性、复杂性和创造性，与不同层次的精英参加该项目的意图不同有很大关联，这些知识分子曾频繁地在其演讲和写作中表达自己的观点。该书是从中国古代文人政治身份和立场上来探讨其对文学活动产生的影响。此外还有邓尔麟《嘉定忠臣：十七世纪中国士大夫之统治与社会变迁》(*The Chia-ting Loyalists：Confucian Leadership and Social Change in Seventeenth-Century China*)④、麦大维《唐代中国的国家与学者》(*State and Scholars in T'ang China*)⑤、美国学者卡法拉斯《重要的内容与不重要的形式：

　　① 祝尚书. 宋代科举与文学考论[M]. 郑州：大象出版社，2006.

　　② 盖博坚. 皇帝的四库：乾隆朝晚期的学者与国家[M]. 郑云艳，译. 北京：中国人民大学出版社，2019.

　　③ 盖博坚. 皇帝的四库：乾隆朝晚期的学者与国家[M]. 郑云艳，译. 北京：中国人民大学出版社，2019：1.

　　④ Dennerline, Jerry. *The Chia-ting Loyalists：Confucian Leadership and Social Change in Seventeenth-Century China*[M]. New Haven：The Yale University Press，1981.

　　⑤ McMullen, David L. *State and Scholars in T'ang China*[M]. Cambridge：The Cambridge Press，1988.

政治与晚明小品文》(*Weighty Matte and Weightless Form：Politics and the Late Ming Xiaopin Writer*)①、达德斯在 1973 年和 1983 年分别出版的《征服者与儒家学者》(*Conquerors and the Confucian Scholars*) 和《儒家与独裁政治》(*Confucian and Authoritarian Rule*)②、柯睿格《宋初文官制度》(*Civil Service in Early Sung China*，960-1067)③、村上哲见《科举の话：试验制度と文人官僚》④、高木重俊《唐代科举の文学世界》⑤、宫崎市定的《九品官人法研究：科举前史》⑥等。它们大致上都是从社会、政治、历史等方面去谈作者身份的特殊性，以及这些因素给作者的写作带来了什么样的影响。虽然因为文化的关系，他们往往如萨义德在讨论东方学时所说的，在论述时是以一个外国学者的眼光看中国文学，必然会打上自己文化身份的烙印，使得他们的研究往往有点不够全面和深入，但是，外国学者们客观、公正的研究态度，是我们应该学习和借鉴的。

四、主要研究内容和章节介绍

基于以上研究现状，在对中国古代作者"身份"构成的特点进行详细分析解读的基础上，笔者就其中最具特殊性的身份——"官员"对文学活动的影响作为专题展开研究。围绕着这个主题，笔者首先简要论述了本文的理

---

① Kafalas, Philip A. Weighty Matte and Weightless Form：Politics and the Late Ming Xiaopin Writer[J]. *The Mings Studies*，1998(39)：50-85.

② Dardess, John Wolfe. *Conquerors and the Confucian Scholars*[M]. New York：The Columbia University Press, 1973; Dardess, John Wolfe. *Confucian and Authoritarian Rule*[M]. California：The California University Press, 1983.

③ Kracke, Edward Augustus Jr. *Civil Service in Early Sung China*，*960-1067*[M]. Cambridge Mass：Harvard University Press, 1968.

④ 村上哲见. 科举の话：试验制度と文人官僚[M]. 东京：讲谈社，1980.

⑤ 高木重俊. 唐代科举の文学世界[M]. 东京：研文出版社，2009.

⑥ 宫崎市定. 九品官人法研究：科举前史[M]. 韩昇，刘建英，译. 北京：中华书局，2008.

论依据：西方后现代"身份"理论，依次论述了"身份"理论的提出并逐步发展、完善的过程，以及总结"身份"的后现代特征。在此基础上，进一步分析"身份"理论的提出在很大程度上影响和深化了人们对文学活动中"作者"的看法，并因此激起了人们对作者身份与文学活动之间的关系的研究兴趣，认为作者文学之外的身份对文学活动产生了重要影响，这种研究业已获得一系列的研究成果。以这种理论和研究成果为依据，笔者把笔触延伸到了中国古代作者的身份构成及特征上，试图通过分析中国古代作者的身份和身份构成的特殊性，来重新认识中国古代一些特殊的文学现象。对这些内容的研究，笔者力图采取理论与实践相结合的方法，联系中国古代的政治、文化环境，分析中国古代作者多重身份，尤其是"官员"身份背后的渊源和形成机制，并将20世纪西方学界在"身份与主体""作者身份与文学活动"等方面的理论研究成果有选择性地用于本文。在此基础上，笔者先是重点分析了中国古代作者身份构成的特点，点出他们最为特殊的身份："官员"，然后就这种特殊身份的形成，以及与作者其他身份之间的关系进行阐述，并选取了中国古代文学活动中的一些较为突出和特殊的文学现象进行分析，论证"官员"这个特殊身份对中国古代作者的文学活动产生的重要影响。

　　绪论部分重点阐述了选题的缘起，是在人们对中国古代文学作者身份构成的特殊性，以及作者身份对文学活动的影响认识不足的基础上提出的。笔者梳理了国内外研究现状，把对本研究提供了借鉴意义的著作分为两大部分进行具体介绍：第一部分专门就国内外学者对"身份"理论的阐述，以及用"身份"理论切入文学研究所获得的成果作了简要介绍；第二部分则就国内外学者对中国古代作者及文学活动的研究作了一个系统梳理，并在其中分别阐明了这些研究成果对本书的借鉴意义。在此基础上，笔者指出了当下研究的不足，即现有的研究成果对中国古代作者身份构成的特点，尤其是"官员"身份对作者其他身份构成的影响和制约的研究仍然不够深入，缺乏从中国古代作者整体身份构成的特点来看其对文学活动影响的专题研究。因而，本文将中国古代作者多重身份构成的特点及其特殊身份："官员"身份对文学活动的影响作为专题，试图从系统和整体的层面上讨论作者身份构成的复杂性和特殊性，以及这种身份上的特殊性对文学活动所产生的影响。

第一章"从身份、作者身份到文学活动"，重点就 20 世纪以来，西方文论界对现代主体理论的质疑和解构，以及身份理论的发展作简要梳理。首先，阐述了 20 世纪西方对现代主体理念的质疑和颠覆，"身份"概念由此形成，并总结了"身份"的后现代特征，以及主体"身份意识"的形成过程；其次，重点论述了"身份"理论出现后，人们对文学活动中"作者"的看法发生变化，深化了人们对"作者"及作者身份复杂性的认识；最后，重点从作者的多重身份与文学话语复杂性、身份选择与特殊文学话语的形成，以及作者的文化身份对其写作立场所形成的影响等三方面，来论述作者身份对文学活动产生的重要影响。

在此基础上，笔者把触角延伸到了"中国古代作者的身份构成及特点"上，将其作为独立的一章，分为两大部分进行论述。在第二章的第一部分"中国古代作者的身份特点"中，重点分析了中国古代作者身份构成是以"官员"身份为主导的这一特点，这使得他们有着区别于现当代作者最为典型的创作特征，即非专业化的文学写作。并且他们有着自己独特的身份确认——"士"，"士"与"官"从先秦开始就有着密切的渊源，因而这种身份文化在某种程度上也大大地影响了他们的身份构成。笔者还将中国古代作者与中国现代作家、西方文艺复兴以来的文学作者作了一个身份构成的对比，以显示出中国古代作者身份构成的特殊性。在此基础上，笔者点出了中国古代作者最为特殊的身份："官员"，并通过统计数据来证明中国古代大多数作者曾有过这种特殊的身份。第二部分"中国古代作者特殊身份："官员'身份的构成"，则是专门就中国古代作者"官员"身份的构成作了详细论述。笔者从文化和政治体制两大方面来分析他们"官员"身份的构成，认为作为"官学"的儒家文化和中国古代的人才选拔制度在他们的身份构成过程中起到了关键的作用。

第三章"'官员'身份与中国古代文学活动"，就中国古代作者多重身份的建构过程中"官员"身份的重要地位和作用，以及这种身份构成特点对文学活动的影响作了重点分析。第一节"'官员'身份与作者多重身份的构成"，依据后现代"身份"理论中所提到的影响主体身份构成的各种因素，从文化成因、社会政治体制和个体意识等三方面，来逐一论述它们是如何建构了中国古代作者的多重身份，并突出这些因素与作者"官员"身份的关系，从侧面证明了"官员"身份对作者其他身份构成的影响和牵制作用。笔者认为，儒家文化作为"官方文化"的特殊地位和影响力、中国古代特殊的人才选拔制度以及魏晋时期个体意识的觉醒，是中国古代作者多重身份构成的决定性因素。而在这个建构过程中，"仕"的观念一直在影响着作者身份的构成，这也从侧面说明了"官员"身份在作者其他身份的构成过程中所产生的重要影响，这种影响模式正是中国古代作者身份构成中最为特殊的地方。第二节"个案分析：'官员'身份影响下的文学活动"，选取了几个颇具特色的文学现象来谈论其与作者特殊身份的关系。通过"进士"身份对唐代传奇小说勃兴的影响，官员身份与乡愁诗、边塞诗兴起的密切关系，以及作者身份变异对通俗小说的影响等三方面的探讨，笔者发现这些文学活动均或多或少地受到了作者"官员"身份的影响。

第四章"'官员'身份与中国古代文学话语"，具体阐述了中国古代作者的"官员"身份与文学话语的关系。笔者主要从官方意识形态的影响、"官员"群体身份的认同、他者的"凝视"这三方面来讨论作者"官员"身份意识的建立。笔者认为，正是这种"官员"的身份意识，在很大程度上影响了作者的写作，从而形成了一些颇为特殊的文学话语。因此，在第二节和第三节依然采取了"个案分析"的方式，从"'官员'身份对作者文学观念的影响""'官员'身份对作者文学趣味的影响"两个方面去探讨。笔者认为，中国古代的"文以载道"观、"温柔敦厚"的诗教说，以及"美刺"的文学功能论等文学观念，正是基于他们"官员"的身份产生的；"官员"的身份强化了他们的某些责任感，进而赋予了文学某些特殊的功能和使命。而"隐语"、从"心怀魏阙"到"寄情山水"以及"以文为戏"等文学趣味的形成，也与作者"官员"身份分不开："隐语"很大程度上是他们迫于"官员"身份不便明说而采用的一种言说方式，到后来则渐渐变为文人们创作的一种趣味。而为官及做官失败的现实状况则使得中国古代文人的文学话语呈现出了"心怀魏阙"和"寄情山水"两个相反的趣味：在他们刚入仕或官运亨通的时候，"心怀魏阙"是他们精神和创作的主旨；而当他们做官失败时，"寄情山水"便成了他们的首选，以使自己受伤的心能在山水田园的惬意、舒适中得到修复。另外，"以文为戏"的文学趣味也是抒发他们官场不得意的最佳选择，在这种游戏文字间，他们所有的不满、愤懑都可以得到宣泄。这种文学趣味的出现在一定程度上还促进了通俗小说的盛行。

本书的结语部分"非审美因素对文字活动的影响——从'身份'理论看中国古代文学研究"，强调西方后现代"身份"理论的引入，不仅深化了我们对文学作者的认识，还为我们的文学研究提供了一个全新的思路和视角，尤其是启发了我们对中国古代作者身份与文学活动的全新认识。这种新的研究视角，以及将中西文论相结合的研究方式，是我们以后的文学研究打破成规、走向创新和深化的好方法，值得借鉴。

第一章 从身份、作者身份到文学活动

"身份"理论是西方后结构主义以来文学理论研究的热点，它的提出大大地深化了人们对文学活动的认识，尤其是对文学活动中"作者"的认识，并在一定程度上影响了人们对文学话语构成的认识。这种理论也是本文的主要参考依据，是笔者研究中国古代作者身份与中国古代文学活动具有可行性的基础。因而，研究"身份"理论的提出，探讨它如何影响了人们对文学活动中"作者"的认识，以及作者身份与文学活动的关系，就显得很有必要。

第一节 从"主体"到"身份"

对"主体"问题的讨论，一直是近现代以来西方哲学思考的重心，而这种讨论又主要是伴随着现代"主体"观的诞生形成的。从奥古斯丁在对上帝的渴望中言说自身①开始，到蒙田在《随笔》中追求"灵魂与肉体的紧密结合"，至笛卡儿之"我思，故我在"强调人的精神意识，一种不同于中世纪把人作为神的附庸的主体观——对"主体"在世界中主导地位的强调，即现代"主体"观念开始萌芽乃至逐渐确立。笛卡儿之后的哲学家，无论是拉罗什福科、帕斯卡尔，还是伏尔泰、狄德罗等人，都曾在不同程度、不同层

①　彼得·毕尔格．主体的退隐[M]．陈良梅，夏清，译．南京：南京大学出版社，2004：21.

面上对此有过精彩的论述，都把关注的重心转移到了个体的精神、情感层面，强调人的意识之主观能动性。虽然其间还是有对主体的绝对地位持怀疑态度的人，如卢梭，但这一时期对主体地位的高扬却是无法否认的事实。

但现代主体在被高扬的同时，也存在着一个自身的理论缺陷，这也可以说是自它诞生起就存在的一个自我悖论，即"它一方面清楚自己是一个与他人绝对不同的个体，另一方面又徒劳地赋予这一认识以具体的形象，因为它不能说出它是什么"①。这个困惑也因此导致了主体地位在19世纪中后期以来的西方文论中地位下降乃至消失，人们开始质疑现代主体的那种完全自由和绝对地位，转而强调语言、符号等因素对主体意识形成的遮蔽作用，如拉康和阿尔都塞的理论就基本上颠覆了代表着绝对精神的现代"主体"，在他们那里，主体成为语言的产物；而福柯、德里达等人则把主体作为符号的动物予以解构……可以说，"主体"在现代西方基本上是遭遇一个从巅峰跌至谷底的戏剧性命运。并且，在20世纪后半期，主体似乎已经不再重要，逐渐从人们视野中消失了，取而代之并渐渐热门起来的是一个由语言、文化、心理、政治等诸多因素建构起来的被称作"身份"的新概念。

一、20世纪西方学界对"主体"观念的质疑

现代"主体"观自笛卡儿起逐渐确立，经过帕斯卡尔、狄德罗、伏尔泰等人的阐述，以及霍布斯、洛克、康德、黑格尔等人的高扬，度过了它最为辉煌的一个时代。可以说，近代以来的西方哲学界，对于主体精神、意识层面的重视和关注，大大地超过了以往任何时候。现代"主体"观的核心

---

① 彼得·毕尔格. 主体的退隐[M]. 陈良梅，夏清，译. 南京：南京大学出版社，2004：95.

理念是强调意识的主导作用，有学者认为其确立者笛卡儿之名言"我思，故我在"所包含的理念便是："'我'是一个自主的主体，它能有意识地进行思考，并能够自动地意识到自己的存在"①。黑格尔也曾断言："现代世界的原则就是主体性的自由，也就是说，精神总体性中关键的方方面面都应得到充分的发挥"，"我们时代的伟大之处就在于自由地承认，精神财富从本质上讲是自由的"②。这种对主体意识的高扬不仅把人从神的附庸地位解放出来，还使其获得了无限的自由，获得了知识话语权，一幅幅"自由、平等、博爱"的理性王国蓝图被描绘后摆在了人们面前。

然而，主体真的这么自由吗？真的这么无拘无束吗？对此，19世纪中后期的一部分哲学家表现出了质疑，如叔本华就提出了"意志"一说。这个"意志"，不同于笛卡儿之类的现代哲学家所谓的"意识"，这个"意志"指的是：人不但是认识表象世界的主体，不但有意识，还有身体，身体与其他表象一样，同是世界的一个表象③。所不同的是，身体的这个表象受某种内在的机制控制，"这个内在的机制，就是欲望，就是意志"④，人通过自己的身体，可以清楚地发现意志的存在，并发现是意志在支配着我们的行动。因而，相比身体等物质的维度，意志才是主体性的定义，是"一种盲目的，无意识和一往无前的求生的欲望"⑤。也就是说，叔本华的主体观念是认为主体既不自由也不能获得客观知识，知识建立在单纯的外表上，

① 丹尼·卡瓦拉罗.文化理论关键词[M].张卫东，张生，赵顺宏，译.南京：江苏人民出版社，2006：86.
② 转引自于尔根·哈贝马斯.现代性的哲学话语[M].曹卫东，译.南京：译林出版社，2004：20.
③ 叔本华.作为意志和表象的世界[M].石冲白，译.北京：商务印书馆，1982：165.
④ 张汝伦.现代西方哲学十五讲[M].北京：北京大学出版社，2004：28.
⑤ 丹尼·卡瓦拉罗.文化理论关键词[M].张卫东，张生，赵顺宏，译.南京：江苏人民出版社，2006：86.

主体自身可以被认识的也只是它外在的方面，如作为物质的身体和作为肌肉的活动。可以看到，叔本华对主体的这番阐述主要是基于现代以来的那种理性主体而言的，也就是说，是对现代主体的理性和绝对自由的一种怀疑。叔本华的这番理论经由尼采的发挥，即把生命看成是一种创造性的权力意志，它需要始终面对危险和苦难而得到了更多的关注。与现代主体理论强调理性不同，尼采强调的是主体非理性的一面，"超人"①就是这种非理性主体的代表，其通过永不停息的创造性的努力，改造存在。然而令人遗憾的是，在整个人类的历史中，"超人"的活力不断被压制，那些敢于挑战道德、宗教和科学戒律的主体被打上邪恶的反叛者的烙印。因而，主体并不自由，它是一个如丹尼·卡瓦拉罗所总结的"不完全的生物存在，并不能毫无疑问地在本性上感觉无拘无束"②。

以叔本华和尼采为代表的哲学家们对现代主体自由性的怀疑，深刻地影响了 20 世纪的西方学界，思想家和理论家们开始质疑现代主体的那种优越地位和无限自由，并开始强调各种因素对主体所形成的遮蔽和掩盖性，尤其是语言对主体的遮蔽和建构作用更是引起了人们的极大关注。如弗洛伊德的弟子拉康，就通过把语言放在性心理发展的中心对弗洛伊德的学说进行了重读，在他看来，主体是语言的产物，在语言之外别无他物。他把主体的发展分为三个阶段：想象、象征、现实，在"想象"和"象征"阶段，人得到的关于自身的形象其实都是一种虚构，是一种误视，"主体错误地把自己当成能够独立自主进行表达的创造者，实际上，这时它只是被语言所表达"③，西方

---

① 尼采. 查拉图斯特拉如是说[M]. 孙周兴，译. 上海：上海人民出版社，2009：8-11.

② 丹尼·卡瓦拉罗. 文化理论关键词[M]. 张卫东，张生，赵顺宏，译. 南京：江苏人民出版社，2006：88.

③ 丹尼·卡瓦拉罗. 文化理论关键词[M]. 张卫东，张生，赵顺宏，译. 南京：江苏人民出版社，2006：92.

以"我思"（想象的自我）为中心的主体哲学传统因而与人类在婴儿时期的镜像阶段之"误识"相去不远。而所谓的"现实"阶段，却是语言和文化都不能命名和表现的阶段，因为语言有自己独立的生命，并且由于语言中的"能指"和"所指"的不完全对称所导致"不确定性"特征，因而，它并不能毫无问题地抓住一个客体世界。在此意义上，主体显得无能为力，并处于被消解的危险境地。拉康还进一步指出，语言是先于主体的一种存在，是"语言产生了'我'，语言创造了人的主体"①。因而，"尽管拉康本人有意为主体留下一个位置，但事实上他的理论已经颠覆了自笛卡儿以来西方传统的主体哲学"②。拉康对主体的这种认识，在 20 世纪的西方理论界产生了重大影响，不但推动了结构主义向后结构主义的过渡，同时也为主体在后现代的解构埋下了伏笔。

1964 年，阿尔都塞发表《弗洛伊德与拉康》一文，用拉康在镜像阶段理论中关于自我"想象性误认"来阐释意识形态的"误认的结构"。在他看来，历史和主体都是没有中心的，如果有的话，那也只是意识形态的一种"误认"，意识形态就像拉康的文化无意识一样确定人的生存意义，总是把个体召唤成主体，始终支配着人的观念，控制人的欲望，人只能在它的架构中"认识"自身。也正是在这个意义上，他断言："人生来就是意识形态的动物。"③这就意味着，意识形态不是被任何主体构建，反而是塑造和构建着主体。阿尔都塞认为，意识形态是一个表象（现）体系（a system of representations），但这些表象"在大多数情况下和'意识'毫无关系；它们多

---

① Lacan, Jacques. *Ecrits*：*A selection*［M］. London：Tavistock，1977：61.

② 赵一凡，等. 西方文论关键词［M］. 北京：外语教学与研究出版社，2006：876.

③ 阿尔都塞. 意识形态和意识形态的国家机器［M］//哲学与政治：阿尔都塞读本（下）. 陈越，译. 长春：吉林人民出版社，2011：303.

数情况下是形象，有时是概念。它们首先作为结构而强加于绝大多数人，因而不通过人们的'意识'。"①这不仅颠覆了现代主体观中把人的意识作为知识和经验来源的途径的主要看法，还因为"意识形态塑造和构建着主体"这种对话语首要地位的强调，而在以后"成为后结构主义和后现代主义的根本前提"②。作为解构主义的早期代表人物，米歇尔·福柯则主要是从特定历史和意识形态的语境中讨论构建主体的方法。与阿尔都塞不同的是，福柯不同意主体是由意识形态构建的，相反，"主体是由权力通过他或她的身体，而不是他或她的意识塑造出来的"③。因此，他试图运用"考古学"和"系谱学"的方法，从特定的历史时期或一些特定的事物如疯癫、性等上面去发现主体被构建的过程。然而，在福柯那里，主体并非一个完整的主体，而是一个分裂的概念，它将相互排斥的因素连接到一起，主体由此成为权力实践和自我塑造的图式。在《我为什么研究权力：追问主体》一文中，福柯自己明确表示："主体一词有两重含义：借助控制与依赖而受制于某人，以及通过意识和自我认识与它的自我同一性联系在一起。"④并进一步认为，根本没有一个至高无上的、作为根基的主体(即无处不在的、普遍性的主体)，如果有那也只能是形而上学的虚构；人是历史的产物，其本身是由话语实践决定的，主体被刻写在语言中，是语言的一种功能，它变成说话主体仅仅是通过使其言语符合作为差异系统的语言规则系统。因而，他提出了一个非常重要的概念，即主体的"位置"，认为主体根本不是现代主体观认为的那样是话语的生产者，是说话的意识，同样也不是系

① 阿尔都塞．保卫马克思[M]．顾良，译．北京：商务印书馆，2010：229.

② 乔治·拉伦．意识形态与文化身份：现代性和第三世界在场[M]．赵从容，译．上海：上海教育出版社，2005：89.

③ 彼得·毕尔格．主体的退隐[M]．陈良梅，夏清，译．南京：南京大学出版社，2004：130.

④ 转引自彼得·毕尔格．主体的退隐[M]．陈良梅，夏清，译．南京：南京大学出版社，2004：7.

统阐述的作者，而是一个"位置"，一个在特定情况下可以安放上不同的个体的位置①。从这里可以看出，福柯实际上已经消解了过去那个被大写的、无所不在现代精神主体，取而代之的是一个形而上的主体，是一个安放主体身体的位置，这个"位置"其实就是后来被我们称作"身份"的东西。

无独有偶，就在福柯大谈主体虚构性的同时，与他同时代的著名思想家、解构主义大师德里达也在其一系列著作中掀起了一场动摇整个传统人文学科基础的革命，即在颠覆西方根深蒂固的"在场的形而上学"（metaphysics of presence）和"逻各斯中心主义"（logocentrism）的基础上，解构了"主体"。在德里达看来，传统西方形而上学把存在看作是绝对的，认为所有的实体都有它们的起源和中心，并且存在着一种二元对立的逻辑结构和等级体系；以及认为语言符号与现实具有明确对应的关系，意义是现存的"在场"，透过语言符号可以看到真实等观点全是谬误。他从结构主义语言学的奠基人索绪尔那里获得了解构的灵感，即"结构主义语言学认为所有的话语都是一个符号系统，其中每一个符号与它所表示的事物之间的关系都是任意的"②。德里达认为，既然如此，这种任意性就意味着符号没有一个固定的位置，符号系统变成了没有特殊对应物的系统。符号内部既不存在统一性，也不存在中心性，符号因此也就并不存在明确的、固定的和单一的意义。决定一个能指的意义不需要有一个所指，决定它意义的是漫无边际的其他一系能指，并且这一过程将无休无止地进行下去，使"在场"表现为一个无限的"延异"状态。德里达的哲学正是通过"延异"的不确定呈现，即以一种不断变动的解构方式来取代西方的形而上学。在这种变

①　米歇尔·福柯. 知识考古学[M]. 谢强，马月，译. 北京：生活·读书·新知三联书店，2003：117.

②　赵一凡，等. 西方文论关键词[M]. 北京：外语教学与研究出版社，2006：878.

动之中，主体和真正的幻象在书写的延异链上分崩离析："由于文字既构造主体又干扰主体，文字自然不同于任何意义上的主体。我们决不能将文字纳入主体范畴之下……作为文字的间隔是主体退席的过程，是主体成为无意识的过程。"①至此，现代主体可以说基本上已被消解了，或者如彼得·毕尔格所说，呈现为一种"退隐"的状态②。昔日的辉煌已然不复存在，尤其在经过后现代主义者们的进一步发挥和解构后，主体在后现代几乎已呈现为支离破碎的状态。然而，即便如此，"人类个体的存在却自有其'不可消逝性'"③，因而，在现代主体被解构的同时，主体身份作为主体的社会属性和社会存在意义逐渐受到了理论家们的关注和重视。

二、"身份"理论的形成

20世纪的西方学界对现代"主体"的质疑和解构，逐渐导致了主体在后现代的消亡，使得后现代主义的一个核心主题便是"中心的缺失"，丹尼·卡瓦拉罗在谈到后现代意识形态的问题时认为：尽管人们对于后现代主义在意识形态上所产生的影响没有一致的意见，但"绝大多数批评家还是会同意，它的生产和消费方式从根本上解构了主体的中心地位。"④然而，主体在后现代虽然被解构，却并不意味着我们就此可以忽略它，忘记它。事实上，作为延续着人类生命和活动的个体、身体，我们不可能漠视它的存在，因而，后现代主义解构的实际上是那个在世界中占据着主导地位的理

---

① 雅克·德里达.论文字学[M].汪堂家，译.上海：上海译文出版社，1999：97.

② 彼得·毕尔格.主体的退隐[M].陈良梅，夏清，译.南京：南京大学出版社，2004：213.

③ 赵一凡，等.西方文论关键词[M].北京：外语教学与研究出版社，2006：879.

④ 丹尼·卡瓦拉罗.文化理论关键词[M].张卫东，张生，赵顺宏，译.南京：江苏人民出版社，2006：84.

性、绝对自由主体，以及具有独立、唯一、稳定特质的主体"身份"，它被福柯称为安放身体的"位置"。

纵观 20 世纪几位大思想家对主体的质疑和解构，其出发点无一不是从语言维度出发的，也就是说，后现代哲学之所以持一种反主体立场，除了与西方主体性哲学自身的弊端直接相关外，还与西方现代语言学的兴起有着密切的关系。现代语言学让人们认识到：在人类对客观世界的认识中，"语言是理解文化和社会生活的关键"①。结构主义学者因而忽视历史，"并倾向于把社会生活消解为话语"②，这从一定程度上导致了后结构主义和后现代主义的产生。如拉康便认为主体是语言的产物，男人和女人的区别并不是生理上的根深蒂固，而是由一套"把主体指定为男性或女性的符号系统的语言所建构的"③；阿尔都塞也将语言作为颠覆传统意识形态观的重要依据，认为不是主体构建了意识形态，而是意识形态的话语构建了主体。并且，为了进一步否认主体是观念的制造者和社会整体的构建者，阿尔都塞还提出，主体更应该说是为了某些表现而被制造和构建出来的，他们被视为某些客观社会实践得以具体化的场所，因而，主体只是特定意识形态含义的负载者，并由这些意识形态构建。④ 意识形态从外部而不是内部构筑了我们的"本质"和自我，因为传统中所谓本质的"自我"不过是一种虚构，占据它的位置的实际上是一个拥有社会身份的生存实体。事实上，我们是依赖于教育我们的语言和意识形态来看待自己的社会身份，来成为

① 乔治·拉伦. 意识形态与文化身份：现代性和第三世界的在场[M]. 戴从容，译. 上海：上海教育出版社，2005：80.

② 乔治·拉伦. 意识形态与文化身份：现代性和第三世界的在场[M]. 戴从容，译. 上海：上海教育出版社，2005：80.

③ 转引自丹尼·卡瓦拉罗. 文化理论关键词[M]. 张卫东，张生，赵顺宏，译. 南京：江苏人民出版社，2006：92.

④ 阿尔都塞. 意识形态和意识形态的国家机器[M]//哲学与政治：阿尔都塞读本(下). 陈越，译. 长春：吉林人民出版社，2011：299.

一个主体，我们对自我的看法不是由我们自己产生的，而是由文化赋予的，因而我们是文化的"主体"，但却不是它的创造者。在英文中，"Subject"一词本身就含有"主体"和"屈从体"两种意思，"这里的'主体'显然也应当从这两方面来理解，即所谓的主体并不是独立自持的，而是由文化建构的"①。阿尔都塞举例说，弗洛伊德曾注意到围绕着期待孩子"出生"这桩"喜事"所进行的各种意识形态仪式，就此而言，非常肯定的是，孩子一出生就将接受父姓②，并由此获得一个身份，成为不可替代的人。所以，甚至在出生前，孩子从来都是一个主体，"它在特定的家庭意识形态的模子里被认定为这样的主体，从被孕育开始，就有人按照这个模子来'期望'它了"，因而，阿尔都塞再一次肯定地说，是"意识形态把个人呼唤或传唤为主体"③。

阿尔都塞对主体地位革命性的颠覆，以及对话语首要地位的强调，使得他成为20世纪一个极具代表性的理论家，以后的批评家们在谈论20世纪的主体理论时，基本上都绕不开他的理论。将福柯与阿尔都塞进行比较会发现，二人在一个基本问题上有着相当一致的看法，即都倾向于否认主体的中心地位，认为主体是由话语建构的，这从福柯一系列著作中对权力、知识所起的重要作用的论述可以看出来。当然，二人也有着许多的不同，最重要的则是表现在福柯不同意主体是由意识形态建构的，相反，在他看来，主体是由权力通过他或她的身体，而不是通过他或她的意识塑造出来的，受尼采和弗洛伊德的双重影响，福柯提出"个体并不是给定的实体，而是权力运作的俘虏。个体，包括他的身份和特点，都是权力关系对

---

① 罗钢，刘象愚主编．文化研究读本[M]．北京：中国社会科学出版社，2000：12.

② Nom du pèpe，拉康的概念。

③ 阿尔都塞．意识形态和意识形态国家机器[M]//哲学与政治：阿尔都塞读本（下）．陈越，译．长春：吉林人民出版社，2011：307.

身体施加作用的结果"，因此，他提出"我们应该从其作为主体的构建这一物质个案的角度来理解主体性"①。并且提出了"主体的位置"这个概念，与其追随者拉克劳、莫芙一样，以表明主体只能出现在话语结构之中，并且每个话语构建着它自己的主体位置②。福柯认为主体位置的建构依赖于它所相对于对象的各种不同范围或群体有可能占据的处境："从某种明显或不明显的提问界限来看，它是提问的主体，从某种信息的程序来看，它是听的主体；而从典型特征的一览表来看，它则是看的主体，从描述典型看，它是记录的主体"③。这种被话语建构起来的、带有不确定性意义的主体实际上就是主体的社会"身份"。也就是说，以笛卡儿为代表的现代主体观所重视的主要是主体自我意识的本质意义和稳定结构，其实是一种本体论形态的身份概念；而那些对这种主体观持怀疑态度的人，却把关注的重点放在了主体意识的建构方式和认识过程上，是一种认识论形态的身份概念。因而，福柯等人所颠覆的其实是传统中那个具有统一性和稳定性的身份，而不是自然实体；他们用语言建构起来的那个变化的、分裂的主体也只是主体多重身份的一种展现。并且，对主体身份的阐述非常重要，因为从某种程度上说，只有在对其社会身份的阐述中，人的自身属性才能更好地被展现出来；人类也并不是仅仅因为存在就有意义，而是必须在赋予他们以一定的象征意味的意义上才能展现出其特质。比如，人的身体的意义就并不是来源于它的自然实体，而是只有作为一个文化的产物或文化知识的受众形成并被阐释时，它才具有意义④，福柯对身体与权力的研究已清

---

① 转引自乔治·拉伦. 意识形态与文化身份：现代性和第三世界的在场[M]. 戴从容，译. 上海：上海教育出版社，2005：203.

② Laclau E, Mouffec C. *Hegemony and Soucialist Strategy*：*Towards a Radical Democratic Politics*[M]. London：Verso，1985：115.

③ 米歇尔·福柯. 知识考古学[M]. 谢强，马月，译. 北京：生活·读书·新知三联书店，2003：56.

④ 丹尼·卡瓦拉罗. 文化理论关键词[M]. 张卫东，张生，赵顺宏，译. 南京：江苏人民出版社，2006：73.

楚地展示了主体的这一特征。

受福柯等人的主体研究影响，后结构主义的核心理念便是不把主体看成"一种自由的意识或某种稳定的人的本质，而是一种语言、政治和文化的建构"①。后现代主义者们则进一步"去中心化"，波德里亚提出："由于主体不再如过去那样能够控制客体世界，主体的位置也变得难以维系了"②。这种"难以维系"的主体位置指的就是主体不稳定和多变的身份。正是基于主体身份构成的这种复杂性，斯图亚特·霍尔才声称，后现代的主体没有固定的或永久的身份，主体在不同时期会采用不同的身份，并且有的身份相互矛盾、无法统一③，这已经是典型的后现代"身份"概念了。

三、"身份"观念的后现代性

后现代意义上的"身份"概念，在很大程度上，应该是自拉康、阿尔都塞等人对主体意识的颠覆性认识之后出现的。因为，传统中的"身份"概念，是一种本体论形态上的自我意识的本质意义和稳定结构，在《第二沉思录》中，现代主体观的奠基人笛卡儿提出"我思，故我在"的本体论观念，指出主体身份就是本体"怀疑、理解（想象）、肯定、否定、意愿、拒绝、想象和感觉"的意识④，明显地展示了"身份"构成之主体的主观能动性。而后现代的"身份"概念却是由语言、政治、文化等诸多因素构成的，没有一个确定的终极意义存在，传统"主体"已然隐退，甚至被消解。在这种意义上，后现代之"身份"与现代主体观中

① 丹尼·卡瓦拉罗. 文化理论关键词[M]. 张卫东，张生，赵顺宏，译. 南京：江苏人民出版社，2006：85.

② 乔治·拉伦. 意识形态与文化身份：现代性和第三世界的在场[M]. 戴从容，译. 上海：上海教育出版社，2005：204.

③ Hall, Stuart. *Modernity and its Futures*[M]. Cambridge：TV university and Polity Press，1992：277.

④ 王进. 文学生产与自我塑型[M]//刘岩，等. 后现代语境中的文化身份研究. 南京：凤凰出版社，2008：22.

的"身份"可以说是两个完全不同的概念，那么，后现代所谓的"身份"到底具有哪些后现代特征？笔者整理了一下，发现其最典型的特征表现在以下几个方面：

1. 被建构性。从拉康发现他所谓的"象征阶段"的主体是误认的产物，即认为"主体错误地把自己当成能够独立自主进行表达的创造者，实际上，这时它只是被语言所表达"①；以及认为男、女的区别并不是由于生理上根深蒂固的不同，而是由一套把主体指定为男性或女性的符号系统的语言所建构的以来，语言对主体"身份"的建构作用就似乎已经昭然若揭了。到阿尔都塞明确地把主体说成是由意识形态话语建构的，"所谓的本质的自我不过是一种虚构，占据它的位置的实际上只是一个拥有社会生产身份的社会存在"②以后，"身份"的被建构特征可以说已经非常明显了。福柯的研究更进一步地表明了主体"身份"的这种被建构性，在他对权力/身体的一系列研究中，他发现，通常社会所排斥和限制的那些他们认为是反常的(如精神病患者，病人和残疾人)主体的标准，也是以反常作为标尺去反对那些宣称他们是正常的观念。这种正常或反常的标尺，被福柯称作"话语"，权力就是通过"话语"来实现的。也就是说，"精神病人"这个"身份"其实是一种话语建构，是人们以一套"反常"的权力话语去建构了"精神病人"这个代表身份的名词。因而，哈贝马斯说身份"不是给定的，同时也是我们自己的设计"③。

拉康、阿尔都塞、福柯的这种"身份"观念对后结构主义和后现代的学者们产生了极大的影响，即不仅赞同身份是被建构的这个新的主体理念，还具体化了身份的建构是受到了哪些因素的影响。大卫·格里芬在谈到后

---

① 丹尼·卡瓦拉罗. 文化理论关键词[M]. 张卫东，张生，赵顺宏，译. 南京：江苏人民出版社，2006：92.

② 罗钢，刘象愚主编. 文化研究读本[M]. 北京：中国社会科学出版社，2000：12.

③ 于尔根·哈贝马斯. 新历史主义的局限[M]//现代性的地平线：哈贝马斯访谈录. 李安东，段怀清，译. 1997：135.

现代的"身份"观念时说：后现代一个最基本的精神就是"不把个体看作是一个具有各种属性的自足实体，而是认为'个体与其躯体的关系，他(她)与较广阔的自然环境的关系，与其家庭的关系，与文化的关系'等，都是个人身份的构成性的东西"①。美国著名的女性主义批评家朱迪思·巴特勒也认为身份的基本范畴从根本上说是文化和社会的产物，以及"把身份作为一种结果重新构想，就是把它作为被制造的、被生成的东西"②。后殖民主义的代表人物萨义德基于自己的研究基础也说"人类身份不是自然形成的，稳定不变的，而是人为建构的，有时甚至是凭空生造的"③。而致力于当代文化研究的英国学者丹尼·卡瓦拉罗则在主体身份"被建构"的意义上，总结了影响主体社会身份构成的几大因素，认为身体、心理、政治、意识形态、性和种族等因素在主体社会身份的构成中都起到了非常重要的作用。从以上这些学者们对"身份"概念的阐释中我们可以看到，"被建构性"确实是后现代"身份"概念的一个重要特征。

2. 未完成性。"身份"虽然是被建构起来，但在后现代的语境中它却并不具有稳定的特质，因为后现代理念中的"身份"不是一成不变的，"它永远不会最终形成，它的建构永远处于变化之中"④。斯图亚特·霍尔认为身份的重要特征是"成为"(becoming)，而不仅仅是"是"(being)。因而，或许我们先不要把身份看作已经完成的，然后由新的文化实践加以实现的事实，"而应该把身份视作一种'生产'，它永不完结，永远处于过程之中，

---

① 大卫·格里芬. 后现代精神[M]. 王成兵，译. 北京：中央编译出版社，1998：22.

② 朱迪斯·巴特勒. 性别麻烦：女性主义与身份的颠覆[M]. 宋素凤，译. 上海：上海三联书店，2009：23.

③ 爱德华·W. 萨义德. 东方学[M]. 王宇根，译. 北京：生活·读书·新知三联书店，1999：426.

④ 刘岩，等. 后现代语境中的文化身份研究[M]. 南京：凤凰出版社，2008：16.

而且总是在内部而非外部构成的再现"①。也就是说，正因为身份总是处于不断被建构的过程，因此它一直在变化，永远不会完整、全面地形成，就像霍米·巴巴所主张的："身份从来就不是假定的，也不是一件完成的产品，它只是获得完整形象的过程，而这一过程是困难重重的"②。在身份被建构的过程中，某一时刻身份的改变，或同时拥有几种身份的特征都表明了"身份"的构成永远处在过程之中，而没有一个固定或稳定的终极所指；同一个人在不同的情境下可能会有不同的身份；而在不同的情境里，身份的侧重又可能会有所不同，拉克劳和莫芙因而用"不牢靠身份"③来形容身份的这种未完成性。萨义德也指出自我身份或"他者"身份绝非静止的东西，而在很大程度上是一种人为建构的历史、社会、学术和政治"过程"，"就像是一场牵涉到各个社会的不同个体和机构的竞赛"④。这种强调建构过程而无视结果的观点，所表达的无疑就是后现代身份之"未完成性"的特征。

3. 相对性。身份是相对的，当我们作为一个个体或某个群体区别于其他个体或群体时，身份就是标明我们的个体独特性和群体共通性的参照物，没有这种参照物便无法进行区别，也就无所谓独特性。在身份的建构过程中，个体与他者的关系非常重要，因为个体身份意识的产生正是建立在与他者相对的基础上的，这个他者可以是同类中的其他人，也可以是异类中的人。早在黑格尔时，他就认为如果没有他者的承认，人类的意识是

---

① 斯图亚特·霍尔. 文化身份与族裔散居[M]//罗钢，刘象愚主编. 文化研究读本. 北京：中国社会科学出版社，2000：212.

② Bhabha, Homi K. Interrogatiing Identity：The Post Colonial Prerogative[M]//*Identity*：*A Reader*. London：Sage Publications Ltd，2000：99.

③ Laclau E, Mouffec C. *Hegemony and Socialist Strategy*[M]. London：Eph Minds Press，1985：109.

④ 爱德华·W. 萨义德. 东方学[M]. 王宇根，译. 北京：生活·读书·新知三联书店，1999：427.

不可能认识到自身的，他通过主人和奴隶的故事来举例说，表面上无所不能的主人，实际上却需要来自奴隶的确认："他的自我意识的获得要依靠奴隶的存在"①。而在现象学和存在主义的哲学传统中，他者也是主体建构自我形象的要素，正是他者赋予了主体以意义，才帮助主体选择了一种特殊的世界观并确定其位置在何处。并且，也只有在人与他人相遇时，才会思考自己是谁；而一个民族也只有遭遇另外不同的民族时，才会感觉和意识到自己的民族的独特性。因而，弗洛伊德把身份称作"同另一个人情感纽带的最初表现"②，拉康也把婴儿的自我认识与"他者"——父亲的出现相联系，认为是父亲的出现打破了婴儿最初完满的"自我"。也就是说，身份一定表现在同他人的关系之中。福柯和文化研究中的后殖民和女性主义的批评实践无不证明了后现代"身份"的这个突出特点。在福柯看来，"疯子"之所以是"疯子"，是因为他是相对于一个被所谓"正常"的话语建构起来的主体而言的，因而"正常人"的身份就是相对于"疯子"这个他者而确立起来的。同样，女性主义也把女性身份的确立看成是相对于"男性"身份的他者而建构起来的。而萨义德基于自己的批评实践也说："身份，不管是东方的还是西方的，法国的还是英国的，不仅显然是独特的集体经验之汇集，最终都是一种建构——牵涉到与自己相反的'他者'身份的建构"③。可以看出，后现代"身份"的相对性不仅体现在自我与个体他者的二元对立关系之中，也体现在自我与群体他者的多元关系之中。

4. 多重性。从身份之被建构的复杂性、未完成性和相对性的特点可以看

---

① 转引自丹尼·卡瓦拉罗. 文化理论关键词[M]. 张卫东，张生，赵顺宏，译. 南京：江苏人民出版社，2006：117.

② 转引自刘岩，等. 后现代语境中的文化身份研究[M]. 南京：凤凰出版社，2008：15.

③ 爱德华·W. 萨义德. 东方学[M]. 王宇根，译. 北京：生活·读书·新知三联书店，1999：426.

出，后现代的"身份"概念已绝对不是传统人文主义中那个单一的、稳定的身份了。后结构主义从能指和所指并非一一对应的关系上发现了在身份建构问题上，可能存在不止一个"我"：主体和与主体相伴的那种主体意识是在语言和话语中形成的，因此，"人文主义中的统一稳定主体根本是个矛盾，因为指示词和被指示物之间一对一关系的缺失，这个主体的所指变得飘忽不定"①。这样，后结构主义学者就挑战了传统语言观所形成的身份的唯一性和完整性：一个指示词很有可能对应着几个被指示物，因而一个主体也就很有可能有多个"身份"。后结构主义学者的这种"身份"观念可以说非常具有创见性，因为就后继学者的研究事实来说，主体身份的多重性正是主体的一大特征。这表现在作为一个具有社会属性的人，在他的一生中总会分别或同时扮演着多种角色，他可以在不同时刻表现出不同的身份，也可以在同一时刻表现出复杂多样的身份。而且，社会学意义上的身份原本就分为"血缘身份""法律身份""社会身份""文化身份"等几大类，这也表明一个人绝对不可能只有一种身份。比如，一个人可以毫不矛盾地既是美国公民，又是来自中国地区，还可以拥有英国血统；此外，还可以是一名佛教徒、女权主义者、小说家、电影爱好者、足球迷、钢琴演奏家等。这里的每一个群体都给予——并且可以是同时给予她一种特殊的身份，"每个人同时属于这许多个群体，而其中任何一种归属都赋予他（她）一种具体的身份。没有一种能够被视为该人唯一的身份，或者一种单一的成员划分"②。另外，身份的多重性还表现在判定身份标准的多重性上，因为没有一个统一标准的民族身份、种族身份或性别身份，并且，同样的身份在不同人身上会有不同的表达，因而，"多重性"也可以说是后现代"身份"概念的一个显在特征。

---

① 乔治·拉伦. 意识形态与文化身份：现代性和第三世界的在场[M]. 戴从容，译. 上海：上海教育出版社，2005：245.
② 阿马蒂亚·森. 身份与暴力：命运的幻象[M]. 李风华，陈昌升，袁德良，译. 北京：中国人民大学出版社，2009：4.

四、主体"身份意识"的形成

20世纪以来的主体理论，其中一个很重要的方面便是认为主体意识并不是语言的优先来源，反而是语言在说，语言在听，"语言就是我们，我们就是语言"①，这大大地削弱了主体意识的主观能动性一面。然而，身份意识的产生，却实实在在地要涉及我们的主观选择，因为社会身份系统的形成大致要从两个方面考察：一是带有强制意味的方面，它包括我们常见的政治体制、法律规则、习惯民情等，以确定怎样在不同的社会成员中分配权利、责任和义务，从而以强制的途径达成秩序；另一方面则是社会成员的主动选择，目的在于认识他们对于自我身份的期待、接受和认同，亦即他们如何进行身份建构和选择②。不难看出，前一方面是不可抗拒的因素，充分体现了后现代意义上的"被建构"特征；后一方面却饱含着主体的有意识选择，因而，如果要完全否认主体意识的主观能动性，似乎是对现代主体观的一种矫枉过正的做法。也正是因为这样，后现代"身份"理论在大谈身份的"被建构"特征时，也把主体身份意识的形成考虑进去了，其中最重要的一个概念就是所谓的"身份认同"。

关于"认同"这个概念，弗洛伊德很早就谈到过，他认为：认同就是个人与他人、群体或模仿人物在感情上、心理上趋同的过程，是一种个体与他人有情感联系的最早的表现形式③。很明显，这里的"认同"不仅包含了"趋同"的意思，还包含了"差异"，也就是说，正是"我"感到了自己的不同，所以才迫切地想把自己归属为某一群体。而且，在社会学的视野里，

① 张汝伦．现代西方哲学十五讲[M]．北京：北京大学出版社，2004：275.
② 张静主编．身份认同研究：观念、态度、理据[M]．上海：上海人民出版社，2005：3.
③ 转引自陈国强．简明文化人类学词典[M]．杭州：浙江人民出版社，1990：68.

认同原本就是与"相似"和"差别"联系在一起的。简金斯曾对认同作过分析和考察，发现"认同"一词同时包括了同一性和独特性，"就前者来说，它主要表现为在两个不同事物中具有的相同或者同一的属性；就后者来说，它主要表现为在时间跨度中所体现出来的一致性和连贯性"①。同样，一个人的前后同一特性或一群成员之间的相似性也同时构成与其他人（"他人"或"他们"）的差别。然而，"认同"这个概念在后来渐渐衍生出另一种的含义，即被人们称为"社会成员对自己某种群体归属的认知和感情依附"的意义②，这显然已与文学研究中的"身份认同"含义非常接近了。

在英语中，"身份"与"认同"都是同一个词根"Identity"，因而在当代文化研究中，"Identity"具有两种基本含义：一是指某个个体或群体据以确认自己在特定社会里之地位的某些明确的、具有显著特征的依据或尺度，如性别、阶级、种族等，雷蒙德·威廉斯的"情感结构"③和爱德华·W. 萨义德的"感觉与参照的体系"④都是就此意义而言的；二是指当某个个体或群体试图追寻、确证自己在文化上的"身份"时的一种"认同"。这表明，身份的产生不仅与种族、性别、阶级等有着密切的关系，使得主体的身份感具体化，它同时还依赖于个体的认同。"身份认同"理论起源于美国：20世纪 60 年代末，Stryker 在 Mead 的"符号交互作用"理论（symbolic interaction theory）和 James 的"自我"理论基础上提出了身份认同理论⑤。这

---

① 转引自贾英健. 全球化背景下的民族国家研究[M]. 北京：中国社会科学出版社，2005：175.

② 王希恩. 民族认同与民族意识[J]. 民族研究，1995(6)：17.

③ 雷蒙德·威廉斯. 文化分析[J]. 赵国新，译. 外国文学，2000(5)：64.

④ 爱德华·W. 萨义德. 文化与帝国主义[M]. 李琨，译. 北京：生活·读书·新知三联书店，2003：132.

⑤ Hogg M A, Terry D J, White K M. A Tale of Two Theories：A Critical Comparison of Identity Theory with Social Identity Theory[J]. *Social Psychology Quarterly*, 1995, 58(4)：255-269.

个理论假设，人们在不断地与他人交往中形成一种角色，个体则依据这些角色形成自我观，同时，在特定的情境中，个体会按特定的角色来规定自我的言行(这个所谓"特定的角色"指的就是主体的某种"身份")。福柯曾在谈到主体与身份的关系时说主体"因控制和依靠而受制于其他人，因良知和自我认识而维系于自己的身份"①，这个所谓的"自我认识"实际上指的就是一种"身份认同"过程，也有学者将主体这种下意识地使自己的言行符合自己身份的心理称为"身份感"②。因而，"身份认同"实现的条件，"用共识语言讲，身份认同建立在共同的起源或共享的特点的认知基础之上，这些起源和特点是与另一个人或团体，或和一个理念，和建立在这个基础之上的自然的圈子共同具有或共享的"③。关于"身份认同"的类型，有学者将其大致分为四类：个体身份认同、集体身份认同、自我身份认同和社会身份认同④，但不管是何种类型的身份认同，它最终都体现了主体意识的主观能动性。因为，如果没有主体的自觉选择，就无所谓"认同"，主体也就不会受到"身份认同"实现后的约束，即前面Stryker说的对个体言行的约束，以及福柯所谓的与身份相关的"良知和自我认识"。然而，这种由身份认同带来的群体归属感，很多时候往往是一把双刃剑，即一方面，认同感大大有助于加强我们与他人，比如邻居、同一社团成员等之间的联系的牢固性，促使彼此互相帮助；但另一方面，群体归属感也往往形成一

① Michael, Foucault. Afterword：The Subject and Power[M]// *Michael Foucault：Beyond Structuralism and Hermeneutics*. Chicago：The University of Chicago Press，1983，p. 212.

② 玛里琳·斯特拉森．赋予身份权力？——生物学、选择和新的再生技术[M]//斯图亚特·霍尔，保罗·杜盖伊编．文化身份问题研究．庞璃，译．开封：河南大学出版社，2010：61.

③ 斯图亚特·霍尔．是谁需要身份？[M]//斯图亚特·霍尔，保罗·杜盖伊编．文化身份问题研究．庞璃，译．开封：河南大学出版社，2010：61.

④ 赵一凡，等．西方文论关键词[M]．北京：外语教学与研究出版社，2006：465.

种强烈的排他性，造就了对其他群体的疏远与背离，这往往是民族冲突引发的根本原因①，也是男女话语差异形成的重要原因。后殖民和女性主义的研究已充分显示了身份认同所引发的这种冲突，因而，关于身份认同的研究业已成为当代最热门的话题之一。

在"身份认同"实现后，主体的身份意识可以说是基本上建立起来了，然而，这还不是全部，其中还有一个更为深层的原因常常让人们忽视，那就是"凝视"的作用。所谓"凝视"（gaze）原本是一种与眼睛和视觉有关的运动，但在20世纪的西方文学理论中，它却主要表现为一种"权力"形式，即"当我们凝视某人或某事时，我们并不是简单地'在看'（looking）。它同时也是探查和控制。它洞察并将身体客体化"②。关于凝视的权力，在福柯那里表现得最为透彻，他认为现代制度的中心是那种全景监狱式的结构：一个理想的监狱（其建筑法则也可以用于学校、医院和兵营的建筑）应是，每个囚犯都处于他/她所无法看见的观察者（observer）的持续不断凝视之中。这种技术性的凝视使身体逐渐变得驯服，而进一步使人臣服于它，时间一长，我们便视其为理所当然，其中包括我们在这种凝视之下获得的身份。萨特说，"人的身份本身就是凝视的产物"③，我们对身份的感觉依靠另一个人的在场，因为正在是被凝视中，我们才感觉到了相对他者的自我身份。当然，凝视对主体身份意识产生作用的具体建构机制是非常复杂的，限于篇幅，笔者不打算作详细论证，只想表明一点：主体在作为"被看"的凝视中，促使主体产生了一种与自己身份相关的身份意识，即在他

① 阿马蒂亚·森.身份与暴力：命运的幻象[M].李风华，陈昌升，袁德良，译.北京：中国人民大学出版社，2009：2.
② 丹尼·卡瓦拉罗.文化理论关键词[M].张卫东，张生，赵顺宏，译.南京：江苏人民出版社，2006：127.
③ 丹尼·卡瓦拉罗.文化理论关键词[M].张卫东，张生，赵顺宏，译.南京：江苏人民出版社，2006：131.

者的注视下，主体会感觉到一种约束，使得主体的言行会下意识地向着与自己身份相符的方面靠拢。假如他（她）是个教师，那么，他（她）一定会努力使自己的言行举止看起来符合一个教师所应该具备的素质，以免引来非议；如果他（她）是个画家，那么除了应该具备一定的专业知识外，他（她）或许还得使自己看起来更符合一个人们心目中所想象的艺术家形象。也就是说，正是在他人的凝视中，主体的身份意识才得以进一步形成。

综上所述，不难发现，主体身份意识的形成主要受到了三个方面的影响：一是带有强制意味的政治、法规、民俗等社会制度；二是主体的身份认同；三是他者的"凝视"。三者互为表里，共同建构了颇具后现代特色的主体身份。

第二节 "身份"理论对"作者观"的影响

20 世纪中后期，当"身份"被作为一个明确的概念提出来以后，便引起了人们极大的关注，因为它是伴随着主体的解构而诞生的。纵观整个西方哲学史，关于主体的讨论一直是哲学家和思想家们的中心主题，因而，当主体在 20 世纪遭遇革命性的颠覆之后，无论是人们在"去中心化"的后现代感到了恐慌，还是这种遭遇本身符合了主体历史发展的命运，"身份"概念的出现都使得人们不得不把注意力集中到这个被建构的主体位置上来，思考身份与主体的关系。这种对主体与身份问题的关注，同样也使得文学理论家们把关注的重点转向了文学创作中的主体："作者"，因为按照后结构主义以来"主体意识是被建构的"这个理念，显然与传统中我们所认为的那种具有创造性的"作者"观念相悖。这种新的主体观念动摇了作者的主创地位，以及那种作为意义来源的优越性，因而，探讨后现代"身份"概念对文学活动中创作主体即"作者"观念的影响就显得尤为重要。

一、从"作者中心论"到"作者之死"

随着 20 世纪人们对主体地位的质疑和颠覆、解构，文学活动中的创作主体——作者——也遭遇了同样的命运。传统中，人们认为意义来源于主体意识的独立创造，但自 19 世纪思想家们对主体无限自由的质疑，到 20 世纪初期人们从语言学角度阐释主体，人们逐渐认识到，主体意识的形成其实受到了多种因素的制约和遮蔽，其中语言因素显得尤为重要。而自阿尔都塞把意义和主体的地位彻底颠倒过来后，人们对主体更是开始有了一个全新的认识：人们发现，原来，不是"人在说话"，而是"话在说人"，是语言建构了人的意识。在这种观念的影响下，人们对传统中文学作者的创造性地位也产生了深深的质疑：如果作者不是意义的制造者，那么，作者是什么？作者的地位是什么？

这种思考在 20 世纪的初期就已显现出来了。1900 年，精神分析学派的奠基人弗洛伊德推出了他那本惊世骇俗的《释梦》（又译《梦的解析》），在书中，弗洛伊德在主体意识的基础上提出了"无意识"的概念，首次提到了主体所无能为力和无法控制的地方，这对现代主体那种优越的意识理念给予了一记重拳。其后，弗洛伊德的弟子拉康，则把无意识与语言相结合，认为无意识是像语言那样结构起来的。在索绪尔语言学中对能指和所指并非完全对称①的阐释基础上，拉康把无意识归结为"所指在能指之下的滑动"（sliding of the signified beneath the signifer）②，是意义的不断淡化和蒸发。也就是说，拉康认为无意识只是各个能指的连续运动和活动，而它们

①　索绪尔.普通语言学教程[M].高名凯，译.北京：商务印书馆，1980：100-106.

②　特雷·伊格尔顿.二十世纪西方文学理论[M].伍晓明，译.北京：北京大学出版社，2007：168.

的各个所指我们却常常都是无法接近的，因为它们被压抑了。在这个意义上，拉康认为，我们的整个话语在某种意义上都是一种口误，所谓"意义"在某种程度上总是一种近似，一种失之交臂，一种局部失误，总是把无意义和非交流混入意义和对话。因而，在言语或书写中，"任何一种企图传达完整而无瑕的意义的尝试都是前弗洛伊德的幻想"①，这就进一步削弱了作为意义来源的主体意识之主导地位。

语言学的引入和精神分析学派在语言学的基础上对主体意识独立和自由的质疑，深刻地影响了它同时代的文学理论家们，20 世纪中前期的美国新批评学派便是一个代表。新批评学派的核心人物维姆萨特（W. K. Wimsatt，又译卫姆塞特）和比尔兹利（Monroe C. Beardsley）分别在 1946 年和 1949 年合写了《意图谬误》和《感受谬误》这两篇文章，文章从信息发送者（作家）、信息（文本）与信息接受者（读者）三者之间的关系出发，着重讨论了怎样理解和把握文本的意义，试图寻求一种"客观的"批评。《意图谬误》一文中否认了作者意图对文学作品的影响，认为作者的设计或意图并不是判断一个文学艺术品是否成功的标准，作者的意图既不存在，也不是我们所需要的。因而，一首诗，它既不是批评家的也不是作者的，"诗一诞生就脱离了作者而进入世界漫游，从而超越了作者为它打算或对它进行控制的权力，诗属于公众。"②诗歌应该由文本中的"戏剧性言说者"来理解，而不是通过作者来理解；也只能由它是不是"起作用"来判断。维姆萨特和比尔兹利的这种观点在当时引发了热议，使人们对作者主导地位的质疑进一步加深，结构主义便是另一个代表。众所周知，结构主义的核心，用塞尔登等人的话来说，是一种"意欲发现支撑人类一切社会与文化实践

① 特雷·伊格尔顿. 二十世纪西方文学理论[M]. 伍晓明，译. 北京：北京大学出版社，2007：169.

② 威姆萨特，比尔兹利. 意图谬误[M]//西方二十世纪文论选. 胡经立，张首映，译. 北京：中国社会科学出版社，1989：253.

并成为其基础的符码、规则、体系的科学雄心"①，而他们的理论基础则是基于索绪尔的语言学研究。索绪尔的观点是把语言和言语分别开来，并认为它们有着"社会的"和"个人的"区别；言语是属于"个人的"，是"个人的意志和智能的行为"，而语言则是"社会的"，"说话者赖以运用语言规则表达他的个人思想的组合"。② 这表明，语言只是在被人们使用，并不为人们所创造。但在这之前，人们都认为语言是作者头脑或是作者看到的世界的反映，在某种程度上，语言很难与作者的人格分离，它通常表达了作者本人的存在。然而结构主义者却不说是作者的语言反映了现实，相反认为是语言产生了"现实"；意义的来源也不再是作家或读者的经验，不再由个人来决定，而是由那个控制个人的体系决定，这种体系就是文本的"结构"——用语言拼凑起来的结构。可以看出，结构主义所用的方法是静态的、非历史的：他们既不关心文本产生的时刻，也不关注其接受或再生产（产生之后人们给予的解释），只把文本当作一个封闭的结构来解读。因此，结构主义者们把作者抛在了与文本意义不相干的一边，在他们那里，"主体丧失了它的阐释能力，失掉了它作为意义的创造者、知识和文化的终极因的地位"③。

然而，结构主义这种做法所带来的一个悖论是：语言远不像他们所认为的那样稳定，因为在我们使用语言的过程中，往往是"能指不断地变成所指，所指又不断地变成能指，而你永远不会达到一个本身不是能指的终极所指"④。这导致了结构主义的研究最后陷入一个不能自圆其说的尴尬境

---

① 拉曼·塞尔登，彼得·威德森，彼得·布鲁克. 当代文学理论导读[M]. 刘象愚，译. 北京：北京大学出版社，2006：97.

② 索绪尔. 普通语言学教程[M]. 高名凯，译. 北京：商务印书馆，1980：35.

③ 乔治·拉伦. 意识形态与文化身份：现代性和第三世界的在场[M]. 戴从容，译. 上海：上海教育出版社，2005：202.

④ 特雷·伊格尔顿. 二十世纪西方文学理论[M]. 伍晓明，译. 北京：北京大学出版社，2007：126.

地。后结构主义发现了结构主义研究的这个悖论，因而，从主体是被语言建构起来的这个角度出发，他们认为：既然语言乃是某种用来做成"我"的东西，而不仅仅是一个我所使用的工具，那么，那种认为"我"是一个稳定的、统一的实体的思想就必然也是一个虚构。相反，在写作中，我的意义常常有逃出我的控制的危险：文本作为承载我思想的媒介，从它被印刷出来开始就有了一个可以延续的存在，它总是能以我没有料到或者我不希望的种种方式被传播、复制、引用和使用，而这些都是我所不能控制的。因此，福柯说："凡是作品有责任创造不朽性的地方，作品就获得了杀死作者的权利，或者说变成了作者的谋杀者"①。在同样的意义上，罗兰·巴特也宣布了"作者之死"。至此，我们看到，传统文学活动中的主体——作者——伴随着 20 世纪理论界对主体的质疑、解构，也遭到了同样的命运，从一个至高无上的"作者中心"跌落至"作者死亡"的地位，经历了一个非常富有戏剧性的过程。

然而，我们要追问的是，"作者"真的死了吗？通过仔细分析，我们发现，罗兰·巴特和福柯所谓的"作者死亡"，并不是真的抛弃了作者——事实上这也不可能——他们对作者"死亡"的判定只是就取消作者的创造性地位而言的。福柯自己就明确承认，他取消的只是主体（及其替代）的创造作用，而这样做是为了"把它作为一种复杂多变的话语作用来分析"②。很显然，福柯的这种思想与阿尔都塞以来的后结构主义、后现代主义所形成的新主体观是完全吻合的。也就是说，传统中的那个作为意义来源的优越主体已被解构，现在的"主体"是被建构起来的，它依赖于教育我们的语言和意识形态来看待自己的社会身份，来成为一个主体。因而，后现代主体存

---

① 米歇尔·福柯. 作者是什么[M]//王逢振，盛宁，李自修编. 最新西方文论选. 桂林：漓江出版社，1991：447.

② 米歇尔·福柯. 作者是什么[M]//王逢振，盛宁，李自修编. 最新西方文论选. 桂林：漓江出版社，1991：458.

在的意义很大程度上取决于它的社会属性，即其所具有的社会身份。并且，由于身份的构成受到了社会、历史、文化等多种因素的影响，它也因此影响了主体意识的形成，因而，主体还有着笔者在前面所说的身份意识，并在一定程度上左右着主体的言行。这也意味着作为写作主体的作者，在一定程度上受到了他的身份构成的影响。这种影响有时候表现在意识层面，有时候则表现在无意识层面，在有意或无意间支配着作者的写作行为，由此对文学话语产生的影响我们可以称之为身份话语。也因此，当传统意义上作者的创造性地位被取消后，作者却作为一种"话语作用"得以保留下来。可以说，对作者地位的这种颠覆，其实是后结构主义以来的理论家们在"身份"理论影响下对主体认识的一种深化。

二、从"单一身份"作者到"多重身份"作者

后现代"身份"理论的形成，给西方乃至整个世界的学术界都带来了极大的冲击，这首先表现在它大大地冲击了传统中人们的身份观念：人文主义理念中的那个具有统一性和稳定性的身份被颠覆了，"身份变成了种种文化实践所造成的短暂的结果"①，它具有被建构性、未完成性、相对性和多重性等极具后现代性的特征。这种观念也深刻地影响了文学理论界，其中最主要的表现就是在对"作者身份"的观念影响上。

我们知道，传统中，我们一直都认为身份具有单一性、稳定性等特征，也就是说，我们往往只意识到了主体的某个或某几个很显在的身份，并且认为这种或这几个身份一般都是固定的，不轻易变化的。然而后现代的"身份"理论颠覆了这个看法，身份永远在建构中、不会固定下来，并且主体很有可能同时有着多重身份。而我们以前对文学作者的看法，却往往

---

① 丹尼·卡瓦拉罗. 文化理论关键词[M]. 张卫东，张生，赵顺宏，译. 南京：江苏人民出版社，2006：73.

只看到了他（或她）只是"作者"的这个单一、固定的身份，而没有意识到他（或她）实际上同时还拥有着其他身份，这从 20 世纪以前的文学批评家和作者自己总是把焦点集中在作者的意图对文本所产生的意义上可以看出来。比如，18 世纪的美学领袖赫尔德在谈到诗人的作用时说："诗人一向是人民的创造者；他们为人民创造喜悦、教育、工作、宗教、语言。真正的诗人就是人世间的神，双手捧着水一样捧着人民的心，按照自己的意愿把它引导到一定的方向"①。可以看到，赫尔德在这里谈论诗人的作用时，完全只考虑到了作者的"诗人"这一个身份，因而夸大了诗人的作用。而后现代的"身份"观念却让我们注意到了在文学作者之外，作者还有着多重身份的事实。抛开我们所有人都可能会拥有的一些身份，诸如父亲、母亲、儿子、女儿等血缘关系的身份外，作者实际上还可能有着钢琴演奏家、教师、网球迷、社团组织者、女权主义者、异性恋者等多种社会身份，并且这些身份可以毫不冲突地同时出现在一个人身上。这就意味着，作者在创作时，不可能以一个纯粹的"作者"身份进行写作，而是以一个拥有多重身份的主体进行的。写作只是一个文字书写的过程，影响作者写作的因素却是多种多样的，其中当然包括身份这个非常重要的因素。比如，他（她）是个作家的同时还是一个政治家，那么，作家之外的这个身份必然也会使得他（她）形成一种与此相关的身份意识，使得他（她）在言说时，自觉或不自觉地受到了这种身份意识的影响，形成一种与政治家身份相关的身份话语。如果他（她）带着这种身份进入写作，作为话语的使用者而不是创造者，很显然，这种身份话语也会渗透到他（她）的写作中，成为一种审美话语之外的政治家身份话语。如果作者在政治家之外，还同时有着其他几重身份，那么，作者的多重身份必然会形成多种身份话语，交织渗透在其写作中，这使得文学话语的构成大为复杂化。因而，那种把写作看成只是

① 转引自张玉能 . 西方美学思潮［M］. 太原：山西教育出版社，2005：267.

"文学作者"这一个身份在起作用的想法，是完全不成立的。

这种对作者拥有多重身份事实的认识，大大地深化了我们对文学活动的认识。也就是说，既然作者的写作不光是"文学作者"这个身份在起作用，那么，其他身份对作者的写作到底产生了什么样的影响？它最终对我们的文学活动构成了什么样的影响？这都是我们跳出传统审美框架切入文学研究的好角度，尤其是对文学话语的研究和认识，更是起到了非同小可的作用。后殖民和女性主义的研究便在某种程度上作了最好的示例，在他们看来，某些特殊话语如东方话语的形成正是由于作者所属殖民地国家的身份引起的，一如萨义德在其《东方学》中所表述的那样；同样，女性地位的低下也是因为社会中以男性为主导的话语造成的。总之，认识到身份的多样性以及作者拥有多重身份的事实，不仅是必需的，同时也是后现代视野下文学研究发展走向的一个必然趋势。

第三节 "作者身份"与文学活动

后现代身份理论的兴起和发展极为深刻地影响了人们对文学活动中作者身份的认识，不仅使得传统中作者的创造性地位被颠覆，还进一步使人们注意到了作者多重身份对其写作的影响，对文学活动所产生的多方面影响。它使人们看到了文学活动的复杂性，文学活动中的非审美特性，以及作者身份对作者写作所形成的诸多影响等。这种影响主要表现在哪些方面？笔者认为，最突出的是在以下三个方面：第一，多重身份对文学话语构成的多样性和复杂性的影响，即作者具有多重身份的事实，决定了作者的写作绝不仅仅受到某一种身份话语的影响（不管这种影响是有意识或是无意识的），而是多重身份共同作用的结果，并因此决定了文学话语构成的多样性和复杂性；第二，身份选择所形成的特殊文学话语，也就是说，作者虽然同时具有多重身份，但这些身份并不是同时起着同样重要的作用，有时候它还存在着先后顺序等优先性的选择，正是这些选择造成了作者写作的倾向性，形成了某些特殊的文学话语；第三，作者的文化身份对其写作立场的影响，主要表现在与身份相关的某些特定文化对作者意识的影响，从而影响到作者的写作立场，这也是后现代身份研究中最受重视的一个方面。

一、多重身份与文学话语的复杂性

作者身份对其写作有着非常重要的影响，因为正如笔者在前面所谈到的，身份会影响着作者意识的形成，不管这种影响是在意识层面或是无意识层面，最终都会以书写的方式渗透到他（她）的写作中，形成某些特殊的文学趣味、文学风格，这使得文学话语超越了传统的纯审美特质，而具有了非审美的本质。同时，在清楚文学话语受到了作者身份的影响后，我们还应该注意到作者具有多重身份的事实，这意味着绝不仅只有某一种身份在起作用或产生影响，而极有可能是多种身份共同参与，或者是某几种显在的身份起着主导作用。这使得文学话语的构成大为复杂化，因为如果不是一种而是多种身份话语参与了文学话语的构成，那么，建构了这些身份的政治、历史、文化、意识形态等因素也就越发地多样和复杂，它们相互间的交叉和混杂使得文学话语的构成犹如一张复杂的蛛网，使得人们难以明确分辨彼此之间的关系。一个人，他既可以是文学作者、小说家，同时还可以是一个钢琴家、网球迷、共产党员、业主委员会主席，这些身份必然会形成带有各自特色的身份话语。而他在写作时，这些身份又都是同时存在的，他不可能仅仅以一个小说家的身份进行写作，因为其他身份话语早已作为一种身份意识储存在了他的头脑中，因而，他无法避免也不可能只受到一种身份话语的影响。文学话语因此变得复杂化，这不仅表现在它受到了身份话语的影响，不再是单纯的审美话语，还表现在因为多种身份话语的参与，而使文学文本成为一个"多声部"的复杂话语场；对文学话语的研究可以不单从某种身份切入，而是可以从不同的身份、多个角度切入。阿尔都塞的"症候式阅读"、克里斯蒂娃的"互文性"理论质疑文本中除了作者的声音外，还穿插着许多其他的声音，从某种程度上来说，这正是与作者身份、意识是被建构的，作者具有多重身份话语有着密切关系的一种体现。

　　然而，通常在人们的解读过程中，对作者身份和文学话语却总是存在着单一性的误读，这在对当代华裔文学家的作品研究中比较常见。如颇具争议的美国当代华裔小说家汤亭亭在其小说中大量移植、改写中国神话和民间故事，就遭到了同行赵健秀的驳斥，认为其"数典忘祖"，汤亭亭作品中对于中国神话的移植和改写被斥为是对亚裔族性的背叛和对白人主流的迎合①。实际上，赵健秀是忽略了汤亭亭身上所接受的多元文化的影响，忽略了汤亭亭的美国法律身份；而赵健秀和国内学者也只意识到了自己"中国人"的单一民族身份，而忽略了不管美国人还是中国人都是"地球人"的事实，同时也忽略了汤亭亭身上"作家"身份的一面，因为作家是可以进行艺术改造和虚构的。因而，汤亭亭的小说，在某种程度上说其实就是多种身份话语在文学话语中的交叉渗透，是文学话语复杂性、多样性特征的一种体现。汤亭亭自己也在某次上海的讲座中说："我写中国文化时，我不是照搬中国文化，我不是在翻译，而是写我所熟悉的生活。那是美国生活。生活在美国的移民，对母国的文化只记他们有兴趣的事情，没有兴趣的事情他们会忘记。他们还会因为需要而创造一些中国神话、中国文化。"②汤亭亭对中国文化的处理正是如此，只记下她有兴趣的部分，并因

---

　　①　蒲若茜．族裔性的追寻与消解：当代华裔美国作家的身份政治[J]．广东社会科学，2006(1)：145.

　　②　徐颖果．文化研究视野中的英美文学[M]．北京：人民文学出版社，2008：183-184.

为需要而创作新的神话，比如对花木兰的处理，她说："我在写《女勇士》时，我认为花木兰是个女权主义者，反抗压迫。现在我再读《木兰辞》，我发现《木兰》是关于回家(回家意味着安定，和平)，我感到它是首呼唤回家的诗、是首和平的诗。"①也就是说，汤亭亭现在要宣扬和平，所以《木兰辞》对她而言，便成了一首呼唤和平的诗。如此处理，花木兰成了一个美国神话，在美国的语境里起着象征的作用。汤亭亭本人也在多个场合申明她的作品中的中国是她想象出来的，并明确表示她写的并不是中国，而是美国。事实上她是用中国文化中的一些具体意象和情节，来讲述她的美国主题，"她想要表达的是对于多元文化融合共生的向往"②。在汤亭亭的作品、自我描述和认识中，我们不难发现，美国公民身份和中国民族身份同时对她产生了作用：民族身份使她受到了中国文化的潜在影响，所以她在一系列小说中总是以中国古典神话、传说等作为其小说的原型；而美国公民的身份以及在美国多年所受的文化影响，又使得她的写作总是倾向于美国人的心态和文化角度，使得她把神话所蕴含的意义改写成美国人的习惯思维。也正是因为这种身份和文化上的矛盾、冲突，使得汤亭亭的小说成为多元文化身份的复合话语场。

二、身份选择与特殊文学话语的形成

作者的多重身份除了使文学话语的构成变得复杂化以外，还由于作者的身份选择而使得文学话语呈现出某些特殊性，形成某些文学特色。也就是说，虽然我们生来就拥有多重身份，但这些身份并不总是在同一时间、同一环境里处于同样重要的地位，在面临不同的事情时，我们总是会根据

---

① 徐颖果. 文化研究视野中的英美文学[M]. 北京：人民文学出版社，2008：185.

② 蒲若茜. 族裔性的追寻与消解：当代华裔美国作家的身份政治[J]. 广东社会科学，2006(1)：145.

实际情况作出一些具有倾向性的身份选择。这也意味着在我们做不同的事情的时候，总有某一种或几种与此相关的身份暂时占据上风，使得我们的言行表现出一定的倾向性；而在做另一件事情的时候，又有可能是另一种身份占了上风。一如学者阿马蒂亚·森所说："事实上，在我们不同的归属与社会关系中，我们每个人都在不断地决定何者更为优先，哪怕只是在下意识地这么做"①。当我们同时拥有着老师、网球迷、业主委员会成员、钢琴演奏者等身份时，在某些具体的情况下，如上课时，必然是老师的身份暂时优先；而当我们作为业主委员会的成员为自己维权时，业主委员会的成员这个身份又会暂时居于优先地位。因此，在我们的实际生活当中，这种身份选择总是在不断地调整和进行当中。当然，这种选择上的自由性并不表明没有一点约束，实际上，身份选择总是被认为是在可供选择的范围内作出，并且选择的可能性总是取决于个人的特点和外部环境，这些决定了何种可能性是向我们开放的，就如同在我们还不是共产党员时，我们不大可能以一个共产党员的身份自居。

这种身份选择的倾向性会使得作者的写作也呈现出一定的倾向性，从而形成某些特殊的文学话语，如后殖民主义的领军人物萨义德，在他谈到东方被西方学者"他者"化时，他自己的身份也受到了大家的关注：他有着极为复杂的身份，既是文学文化理论家、批评家，又是政治活动家；既是美国公民、基督徒，又是巴勒斯坦移民、伊斯兰教的同情者。这样的身份令他尴尬，也很令他烦恼，在《权力、政治与文化：萨义德访谈录》中，他谈到自己的背景是很诡异而奇特的，而且自己也一向都意识到这一点："我们虽然是巴勒斯坦人，却是英国国教徒；因此在伊斯兰这个大环境中，我们是少数基督徒中的少数。……英国和美国是我的替代之地，而我从小

---

①　阿马蒂亚·森. 身份与暴力：命运的幻象[M]. 李风华，陈昌升，袁德良，译. 北京：中国人民大学出版社，2009：4.

就说英文和阿拉伯文。我总是有一种局外人的诡异、奇特的感受，而随着岁月的流逝，也有一种无处可归的感受……我的背景是一连串的错置和流离失所，从来就无法恢复。处于不同文化之间的这种感受，对我来说非常非常强烈。我会说，贯穿我一生最强烈的一条线就是：我总是处在事情之内和之外，从未真正很长久地属于任何东西。"①但身份虽然极为复杂，对他的写作却并不总是产生着同样重要的作用或影响，因为在某些特殊或具体的情况下，个人必须就它们各自的重要性做出选择——不管是自觉地还是隐含地，这种所谓的选择其实就是某些身份的暂时优先。因此，尽管接受了西方精英教育，第三世界的归属状况特别是自己国家的命运却始终是萨义德事业的焦点，他的"东方学"研究也因而在某种程度上烙下了他自己身份的印记；1967年的阿以战争改变了萨义德的学术生涯，使他从此走上政治舞台，政治因素因而进入了他的人文研究视野，这时，一个积极介入政治的知识分子便又成了萨义德多种身份中最主要的方面。

对于中国古代作者来说，他们中的大多数也同时有着政治家、文学家、臣子、父亲等多重身份，但在其具体的写作当中，这些身份并不是同时起着同样重要的作用，而是随着某些具体的情况或特定的场合在变化着。也即是说，"既然我们不可避免地拥有多重身份，在每一情况下，我们必须确定，各种不同的身份对于我们的相对重要性。"②因而，当他作为一个"官员"时，囿于自己的身份和责任，那么，他极有可能会把"官员"的身份暂时置于优先的地位，其作品也会因此呈现出一种与"官员"身份相关的文学话语，如我们熟知的"文以载道"的文学观念，以及"心怀魏阙"的精神观照；而当他的身份从官员转变为隐士时，因为没有了"官员"身份的束

---

① 薇思瓦纳珊. 权力、政治与文化：萨义德访谈录[M]. 单德兴，译. 北京：生活·读书·新知三联书店，2006：97-98.

② 阿马蒂亚·森. 身份与暴力：命运的幻象[M]. 李风华，陈昌升，袁德良，译. 北京：中国人民大学出版社，2009：引言.

缚，其"隐士"的身份又会暂时居于优先地位，其作品中又可能会出现大量以隐居生活为题材的作品，像陶渊明隐居后所写的山水田园诗实际上是其"隐士"身份话语在文学话语中的渗透。这种因某种身份暂时优先而形成的特殊文学话语其实就是作者优先身份话语的一种体现。因此，在我们研究作者的写作时，对他在哪一个时期具有什么样的身份，以及在某些特定的时候又是哪些身份暂时占据了优先地位必须首先了解清楚，否则，就有可能会对我们的作品研究产生遮蔽，而使批评工作无法顺利进行。

三、文化身份与作者的文化立场

对身份的研究一直是近年来学术界的重点研究对象，但就当下的文学研究现状来看，最为热门的却是集中在"文化身份"这个概念上。这不仅是因为文化身份关系着不同作家的文化背景，还因为文化身份是个体身份构成中影响最大、范围最广的，因而也是身份研究中最逃避不开的。文化身份之所以在当下引起了理论家们的热情关注，用一些批评家的话说，很大程度上是因为所谓的"全球化"①影响。在世界经济高度发达的今天，当世界贸易组织队伍越来越庞大时，人们已经不可避免地进入了一个"全球化"的时代，当我们看到越来越多的年轻人着迷于好莱坞大片、日本动画和韩剧，钟爱麦当劳、肯德基和比萨饼，谈论国外的明星和日韩、欧美文化及服饰时，不能不承认，我们已经生活在一个多元文化的现实之中。然而，这些来自世界各地的文化又并非总是处于一片和谐中，事实上，当我们看到伊斯兰世界的民族冲突频频爆发时，我们发现，这些动乱的背后，所隐含的都是基于一个事实，那就是文化冲突。而制造了这些文化冲突的人，其中很多都是那些站在各自文化身份角度、以自己所属的文化为基点的种

---

① 刘岩. 多元文化背景下的文化身份焦虑[M]//刘岩，等. 后现代语境中的文化身份问题研究. 南京：凤凰出版社，2008：5.

族主义者或民族主义激进分子。英国批评家乔治·拉伦说："只要不同文化的碰撞中存在着冲突和不对称，文化身份的问题就会出现"，并且引用科伯纳·麦尔塞的话进一步肯定"只有面临危机，身份才成为问题"①。很显然，在全球化的今天，在种族、民族冲突日益频繁的今天，思考文化身份已成为一个当务之急。

所谓文化身份，小罗贝尔词典（Petit Robert）对此的定义是"专属于一个族群体（语言、宗教、艺术等）的文化特点之总和，能够给这个群体带来个别性，一个个体对这个群体的归属感"②。这表明，文化身份对个体和群体的归属感有着重要影响，是个体和群体区别于其他个体和群体的重要依据。但这还只是对"文化身份"的一个狭义理解，事实上，"文化身份"有着更为宽泛的范畴。通常，我们在谈论人的身份时，会从这样一些角度着眼：血缘、族裔、法律、社会、文化等。而这些身份并不具有排他性，往往是相互交错的，比如"父亲"这个身份，它既可以说是血缘身份，也可以是一种法律身份和社会身份；"中国作家"既可以是一种民族身份也同样可以视为文化身份。这就决定了这些身份之间并不是完全平行的，而是有着相互包容的特点。尤其是"文化身份"，它更是有着包含族裔、社会、性别、文化等多种身份在内的特殊性，因为文化本身就是一个非常宽泛的定义，社会文化、民族文化、性别文化等都属于文化的范畴。并且，就当下学术研究中所谈到的"文化身份"来看，它也就是一种广义的"文化身份"。如女性主义在强调性别不是一种由生理差异决定的身份，而是由社会文化决定时，就是从广义的文化身份来解释性别的，即对性别问题作了社会文化的解释；萨义德《东方学》中谈论民族、社会文化对作者的影响，其着眼

---

① 乔治·拉伦. 意识形态与文化身份：现代性和第三世界的在场[M]. 戴从容，译. 上海：上海教育出版社，2005：194.

② 转引自阿尔弗雷德·格罗塞. 身份认同的困境[M]. 王鲲，译. 北京：社会科学文献出版社，2010：7.

点也是广义的文化身份。本文所谓的"文化身份"，正是这种广泛意义上的"文化身份"。

具体到个人文化身份问题，一般来说，文化身份在两层含义上与个人身份问题密切相关：一是文化被认为是个人身份的主要决定因素之一；二是文化常包含着纷繁多变的生活方式、丰富复杂的社会关系，人们只有通过把它比拟为个人身份，才能谈论它的连续性、统一性和自我意识①。个体文化身份如何确立？从我们前面所谈的身份具有相对性的意义层面来说，个体文化身份的确立实际上也是相对于"他者"来说的，即对文化自我的确定总是包含着对"他者"的价值、特性、生活方式的区分。个体文化身份一旦确立，势必会影响到他（她）的文化价值取向，从而影响他（她）的世界观、人生观等等看待问题的角度和方法。这对文学作者也是一样，作者持有什么样的文化身份势必也会影响到他（她）身份意识的形成，以及看问题的角度和出发点即写作立场，从而形成一种相关的身份话语进而影响到他（她）的写作。这种影响是不可避免的，用萨义德的话说："没有人曾经想出什么方法可以把学者与其生活的环境分开，把他与她（有意无意）卷入的阶级、信仰体系和社会地位分开，因为他生来注定要成为社会一员"，而这一切"会理所当然地继续对他所从事的学术研究产生影响"②，尽管作者自己也想尽力摆脱这些约束和限制，然而那基本上是不可能的。比如，他举例说，对一个研究东方的欧洲人或美国人而言，他不可能也无法否认的是他自身的现实环境，即他与东方的遭遇首先是以一个欧洲人或美国人的身份进行的，然后才是具体的个人。这种对欧洲人或美国人的身份区别，除了地域上、种族上的区别以外，很明显还包含一种文化差异。

---

①　乔治·拉伦. 意识形态与文化身份：现代性和第三世界的在场[M]. 戴从容，译. 上海：上海教育出版社，2005：195.

②　爱德华·W. 萨义德. 东方学[M]. 王宇根，译. 北京：生活·读书·新知三联书店，1999：13.

因此，就前面笔者所谈到的身份对作者所从事的文学活动影响来说，文化身份对作者写作的影响是可以肯定的，其中很重要的一点笔者认为是影响到了作者的文化立场。后现代以来的许多学者研究作者的文化身份也大多数正是基于同一个理论出发点，其中卓有成就的当然还是要数以萨义德东方学为代表的后殖民研究以及斯皮瓦克等人的女性主义研究。在萨义德等学者看来，东方"他者"化和西方大国"权力话语"的形成，很大程度上就是因为东方学研究者们的文化身份所造成的，因为"一般而言，被研究的东方只是文本中的东方；东方所产生的影响主要是经由书籍和手稿，而不是像希腊对文艺复兴的影响那样主要通过雕塑和陶瓷这样的模仿艺术"①，这就造成了在与东方有关的知识体系中，东方与其说是一个地域空间，"还不如说是一个被论说的主题(topics)，一组参照物，一个特征群，其来源似乎是一句引语，一个文本片段，或他人有关东方著作的一段引文，或以前的某种想象，或所有这些东西的结合"②。萨义德的种种论述都表明了"东方"形象的构成来自作家们的写作，并且是以一种与"东方人"相对的"西方人"身份立场来写作的，因而"东方"这个概念实际上包含了西方作者的一种身份话语在内。与此同时，萨义德还分析了不同国籍的东方学家对"东方"话语表述的影响，比如，对于英国作家来说，东方就是印度，是一个已被帝国占领的殖民地，因而他们对东方的表述少了许多猎奇、冒险的成分，因为"可供想象的空间已经受到政治现实、领土合法和行政权力的限制"③，如说过"东方是一种谋生之道"的作家迪斯累里的作品《坦克

---

① 爱德华·W. 萨义德. 东方学[M]. 王宇根，译. 北京：生活·读书·新知三联书店，1999：65.

② 爱德华·W. 萨义德. 东方学[M]. 王宇根，译. 北京：生活·读书·新知三联书店，1999：229.

③ 爱德华·W. 萨义德. 东方学[M]. 王宇根，译. 北京：生活·读书·新知三联书店，1999：218.

累德》就是将实际力量施加于实际领土之上的一次敏锐的政治管理实践。与此相反的是，法国作家的东方表述则较富于感染力和文学性，较少有英国那样的关于帝国使命的厚重的、几乎是哲理性的意识。这主要是因为法国的朝圣者对他所来到的地方没有政治上的控制权，他们所规划、所想象、所酝酿的地方主要局限于他们的头脑中，如内瓦尔和福楼拜就在其作品中对东方作了最富文学性的描述①。可以看出，英国作家和法国作家在对东方进行表述时，深深地受到了各自民族身份及身份文化的影响，使得文化身份有时候甚至成了一种颇具政治性意味的身份概念。

同样，后现代的女性主义研究也是基于男、女文化身份的不同而起的，在过去的女权主义运动中，人们把眼光集中在生理性别的不同上，认为是生理上的差异导致了男女地位的差异。然而，当后现代"身份"理论形成后，当人们认识到主体意识其实是由话语建构起来的以后，女性主义批评家们发现生理上的差异只是掩盖文化差异的一个幌子，两性在气质、角色和地位方面的许多差异本质上是文化性的而非生物性的②。也就是说，"性"是生理决定的特征，而"性别"则是一个心理学概念，"它指文化上要求的性别身份"③。因此，女性地位的丧失其实是由一系列长期以来与"男权"相关的话语造成的，即"权力以父亲之名得到巩固，而女人则被还原到不能认识事物的形象"④。在研究印度底层妇女的话语权时，斯皮瓦克认为

---

　　①　爱德华·W. 萨义德. 东方学[M]. 王宇根，译. 北京：生活·读书·新知三联书店，1999：219.

　　②　凯特·米利特. 性政治[M]. 宋文伟，译. 南京：江苏人民出版社，2000：26-28.

　　③　拉曼·塞尔登，彼得·威德森，彼得·布鲁克. 当代文学理论导读[M]. 刘象愚，译. 北京：北京大学出版社，2006：150.

　　④　佳亚特里·斯皮瓦克. 后结构主义、边缘性、后殖民性和价值[M]//陈永国，赖立里，郭英剑主编. 从解构到全球化批判：斯皮瓦克读本. 北京：北京大学出版社，2007：203.

印度妇女自杀殉夫(Sati)的行为得到了社会的认可和赞扬，是由于社会立法所造成的主体地位的不对称性而引起的，"由于把妇女有效地限定为一个丈夫的对象，显然有利于在法律上对称的男性的主体地位"，而在这种过程中，"女性作为建构的性歧视主体，其自由意志的模糊位置被成功地抹掉了"①。正是缘于这种以男性为主流文化身份的定位，使得男性作家在描写女性时，总是以一种居高临下的、观赏的态度来进行，比如凯特·米莉特在《性政治》一书中提到的亨利·米勒的自传体小说三部曲《在玫瑰色的十字架上受刑》的第一部《性》，作者在书中以化名的形式回忆了他与好朋友的妻子艾达私通的事情，并把这段情节用非常露骨的文字描写出来。然而，在这段露骨的文字中，我们处处发现了男主人公那种通过在性交过程中占据主动地位的居高临下、把女性作为玩物的心态，尤其能表明男主人公这种心迹的是他所说的"从头至尾，我们一言未语"，把女性的声音成功地从书中抹掉了。在作者描写艾达因不顺从丈夫的性需求而遭到毒打时，作者不仅未予以应有的同情，反而以一种异常得意的语调和口气描写了整个过程。可以看出，作者亨利·米勒是一个典型的男权文化下产生的畸形代表，他的整个写作过程都是从一种男性文化身份的角度进行的，正是这种身份影响到了作者的写作，制造出了文本中的男权话语。同样的例子中国古代的明清艳情小说中也可以找到，艳情小说的作者几乎都是男性，他们笔下的女性总是作为男性猎奇的对象出现，而且一般都淫荡不堪；男主人公一般都具有超凡的性能力，在性交过程中往往居于主动地位，如《如意君传》《浓情快史》等。在描写过程中，作者往往会在篇中穿插一些因果报应的故事，其结果总有一些"淫荡"的女人下场异常凄惨，或者在被男性玩弄过后被男主人公作为礼物赠予他人，如《野叟曝言》中的文素

---

① 佳亚特里·斯皮瓦克. 底层人能说话吗？[M]//陈永国，赖立里，郭英剑主编. 从解构到全球化批判：斯皮瓦克读本. 北京：北京大学出版社，2007：122.

臣，自己是个和《肉蒲团》中未央生差不多的角色，他对自己妻妾的要求是要纯洁的处女，那些残花败柳般的女人则在被他玩弄过后赏给了仆人或朋友。而男性淫乱的报应最差的结果无外乎是落得个妻离子散，但一般顶多是以"出家"为惩罚，有的甚至还成了仙。在中国古代两千多年的封建历史中，男尊女卑的传统思想使得男性一直居于主导地位，女性几乎没有发言权，因而，艳情小说的作者往往以女性为玩物的写作心态，正是男权文化影响下作者身份话语的充分彰显。

从以上分析我们看到，文化身份对作者的写作有着非常重要的影响，不管是本民族内的文化冲突，性别文化冲突，还是与其他民族、国家间的冲突，都表明了文化差异的存在是既定事实。当作者以各自的文化身份进入写作，其文化身份立场也必然会对其文学活动产生一定的影响，从而凸显出不同文化影响下的创作特色。

第二章　中国古代作者的身份构成及特点

中国古代并没有"作家"这个称呼，也没有以写作为生的职业，"作家"作为一种职业和身份是现代才有的。但中国古代却有着异常丰富的文学作品，这就表明一定有它们的作者存在，并且作者的身份还有异于现代专业作家，具有一定的特殊性。

纵观中外学界对中国古代文学作品的研究，在对中国古代作者的称呼中，最常见的是"士大夫""文官""文士""儒士"和"文人"①等称呼，这些称呼虽然大多与"文"相关，但可以看出，除"文人"之外，其他的称呼都是附加在其他身份上的，比如"文士""儒士"都只是"士"阶层中的一部分，相对的还有"武士""道士"等；"文官"也表明只是"官员"阶层中擅长文学的一类官员，相对的还有"武官"等。这不仅体现了中国古代作者所拥有的多重身份，同时还说明他们的身份构成异常复杂和特殊。按照笔者在第一章分析的身份对作者写作的影响来说，中国古代作者的这种复杂和特殊的身份也一定会影响他们的写作，对中国古代的文学活动产生一定的影响。但是，在分析这些影响之前，有必要交代清楚一下这些作者的身份构成，以及身份构成的特点和特殊性。

---

① 如余英时《士与中国文化》、赵园《明清之际士大夫研究》、赖瑞和《唐代基层文官》、雷池月《帝国的仕途：大宋文官的政治与人生》、陈弱水《唐代文士与中国思想的转型》、查屏球《从游士到儒士：汉唐士风与文化论稿》、马自力《中唐文人之社会角色与文学活动》等。

第一节　中国古代作者的身份特点

如同古今中外所有的文学作者都具有多重身份一样，中国古代作者也有着多重身份，除了父亲、儿子等血缘身份之外，他们最为常见也最具典型性的是这样一些身份：士大夫、文官、儒士、文人等。而没有"作家"这个现代以来代表着可以进行专业写作的身份和职业，也没有西方文艺复兴以来那种以写作为生的剧作家或小说家。这表明，中国古代作者的身份迥异于现代和中世纪以后的西方文学作者。那么，中国古代作者的身份构成到底有什么样的特点？是什么影响了他们的身份构成？与古今中西的作者对比，他们的身份又有何特殊之处？下面笔者将逐一进行分析。

一、身份构成特点："官员"身份为主线

中国古代没有现代意义上的"作家"这个职业和称呼，最常用来表明文学作者身份的称呼是"文人"，同时，还有士大夫、文官、儒士等代表着相应身份的称呼。可以看出，在这些身份中，除了"文"这个能在一定程度代表中国古代作者身份特点的字外，还有一个"士"字出现的频率也相当高。这个"士"是什么意思呢？它其实也是一种身份。中国古代有一个专门的阶层，叫作"士"，按阎步克先生在《士大夫政治演生史稿》中考察表明："士"的最初含义是指成年男子，是古代氏族的正式成员；尔后代称武士、军士等；大概在周朝前后，"士"也可以用于称呼"卿大夫"，即受命于天子或诸侯而居于官位者可通称为"士"，故"士"在文献中又常通"仕"字，先是成为封建贵族官员的通称，后来经过阶级分化，逐渐成为处于天子、诸侯、大夫之后的最低一级贵族成员，并在其后的发展过程中，开始与"大

夫"合称"士大夫",代指君主之下的受职居官之人①。这个说法与《周礼》中的记载是一致的,《周记·考工记》云:"坐而论道,谓之王公;作而行之,谓之士大夫"。东汉郑玄注"士大夫"曰:"亲受其职,居其官也"②,表明士大夫是职能官。并且,因为上古时代的中国,知识技艺总是掌握在少数人——贵族手里,因而,春秋之前的"士大夫"也代表着知识技艺的掌握者。但在春秋战国时期,中国古代封建社会发生了一次剧烈的阶层变动,掌握着知识技艺的"士"阶层逐渐从贵族阶层中剥离出来,并且不断有贵族下降为士,也有庶民不断上升为士,"士"阶层得到了进一步的扩大,然而"士"阶层作为知识技艺掌握者的身份却无大的改变③。这种说法可以在较早的《汉书》中得到证明:"士、农、工、商,四民有业。学以居位曰士,辟土殖谷曰农……"④这充分地说明了"士"与"学"的关系,士阶层是知识技艺的掌握者。

春秋战国时期的"士"是包含墨家、道家、法家等诸子百家在内的通称。百家争鸣之后,以孔子为代表的儒家异军突起,以其强烈的"入世"精神和"有教无类"的教学理念赢得了众多的追随者,并在汉代及以后产生了重要影响,成为中国传统文化的重要组成部分。孔子及其弟子也因而有了一个代表着知识分子群体的特殊称呼:"儒士"。儒家的基本精神是主张"入世"的,也就是从政、做官,这从孔子"三月无君,则皇皇如也",孟子说"士之失位也,犹诸侯之失国家也""士之仕也,犹农夫之耕也"⑤,以及子夏"学而优则仕"⑥的主张可以明确地看出来。前面说到,在春秋以前,

---

① 阎步克.士大夫政治演生史稿[M].北京:北京大学出版社,1996:30-46.

② 吕友仁.周礼译注[M].郑州:中州古籍出版社,2004:542.

③ 余英时.古代知识阶层的兴起与发展[M]//士与中国文化.上海:上海人民出版社,2003:10-14.

④ [汉]班固.汉书(卷24)[M].北京:中华书局,1982:1118.

⑤ 杨伯峻.孟子译注[M].北京:中华书局,1960:130.

⑥ 杨伯峻.论语译注[M].北京:中华书局,2009:199.

"士"也可以用于称呼卿大夫，代表居于官位者，故"士"在文献中又常通"仕"字，许慎《说文解字》曰："士，事也"，又"仕，学也"①，代表"士"不仅是居官位者，还是知识技艺的掌握者。而在春秋战国之后，士从贵族阶层中剥离出来，不复为顾炎武《日知录》中说的有职之人，成为游士，但以孔子为代表的知识分子——儒士还是如此重视做官，可见，"儒士"与"学"、与"官"之间都有着密切的联系，即作为知识分子的"儒士"对做官有着相当程度的热情。

汉代之前，儒家虽然声誉浩大，但在政治舞台上却并不怎么得意，因为"从战国到秦朝，刚刚掌握了政权的封建统治阶级，大都是以法家学说来指导自己国家的政治生活的"②。汉高祖刘邦起初也不怎么重视儒生，《史记·郦生陆贾列传》载"沛公不好儒，诸客冠儒冠来者，沛公辄解其冠，溲溺其中"③。称帝后，著名辩士陆贾劝导他，在马上打天下，不能在马上治天下，应该依靠武力夺取政权，而以知识治理国家，长久之术在于"文武并用"④。刘邦听从此建议改变了对儒士的态度，并开始重用儒士，于公元 196 年下发一道求贤诏，以在政府官员中增加"贤士大夫"的比重⑤，给了儒士们做官的机会。到汉武帝提倡"罢黜百家，独尊儒术"，并新增"孝廉、秀才、贤良文学"等人才选拔制度，儒士做官的机会进一步增加；隋唐时兴起的"科举"制度更是为普通士人和寒门读书人大开方便之门，士的身份也逐渐由"士"转变为"士大夫"，即做了官的士。也就是说，"士"与"士大夫"这两个身份之间的关系是："读书而不做官的是士人，既读书又

①　[汉]许慎.说文解字(卷1)[M].南京：江苏古籍出版社，2001：14，161.

②　林甘泉.从百家争鸣到独尊儒术[M]//李泉主编.中国通史教程教学参考(古代卷).济南：山东大学出版社，2001：446.

③　[汉]司马迁.史记(卷97)[M].北京：中华书局，1956：2692.

④　[汉]司马迁.史记(卷97)[M].北京：中华书局，1956：2698.

⑤　[汉]班固.汉书(卷1)[M].北京：中华书局，1983：71.

做官的是士大夫"①。读书的士人又可以称为"文士",而由读书晋升为"士大夫"的人也可以称为"文官"。在秦以后的历史里,在一定程度上,士和儒士、文士的身份甚至可以互换,文官和士大夫同样也可以互换,而士与士大夫之间,只有做官与否的区别。

而关于"文人"这个最能凸显中国古代作者"作家"身份性质的称呼,它最早出现在《诗经》和《尚书》中,虽然已有了特指的意义,但还不专指进行文学创作的人。《诗·大雅·江汉》云:"告于文人",据《诗经·毛传》的解释:"文人,文德之人也。"②《尚书·文候之命》云:"追孝于前文人",《尚书·孔传·疏》释为"追行孝道于前世文德之人"③。因而,在古书中,"文人"可以说是专指"有文教功德之人"的。今人陈明远先生在其《文化人的经济生活》一书中认为古书中的"文教",指的还是比较原始的"礼乐教化",跟"武力(暴力)征战"相对,特指礼仪道德方面即政治上的"立功立德"的非暴力措施,也就是"文治";而非专门著书立说、传播知识等以文字工作为主的文化职业。陈明远先生认为文人作为"读书能文之士、擅长文章之人"的通称出现是在汉代,也就是从"文人"具有了一定的社会地位,构成了一种社会阶层之后出现的。④ 王充《论衡·超奇》篇曰:"采掇传书以上书奏记者为文人"⑤,曹丕《与吴质书》曰"观古今文人,类不护细行"⑥,又《典论·论文》曰"文人相轻,自古而然"⑦。并且,中国古代"文人"作为"士大夫"的一个部分,是与"武士""武人"相对的,"文人"也就是

---

① 胡翼鹏. 中国隐士:身份建构与社会影响[M]. 北京:社会科学文献出版社,2011:169.

② 周振甫. 诗经译注[M]. 北京:中华书局,2002:482.

③ 李民,王健. 尚书译注[M]. 上海:上海古籍出版社,2004:414.

④ 陈明远. 文化人的经济生活[M]. 上海:文汇出版社,2005:2.

⑤ [汉]王充. 论衡(卷13)[M]. 北京:中华书局,1985:147.

⑥ 易健贤. 魏文帝集全译[M]. 贵阳:贵州人民出版社,2008:183.

⑦ [魏]曹丕. 典论(卷1)[M]. 北京:中华书局,1985:1.

"文士"。《韩诗外传》曰："君子避三端：避文士之笔端，避武士之锋端，避辩士之舌端。"①可见，"文人"在此时已作为"擅文章之人"而得到了人们的认可。

然而，"文人"虽为"擅文章"之人，他们却并没有像现代作家一样将这种才能作为谋生手段，并以此为专职，他们"文人"身份的重要性往往是次于文官、士大夫等身份的。而在可以与其互换的"文士""儒士"身份意义上，我们发现，"文士""儒士"的学习也并非为了进行专业写作，而只是作为"入仕"的一种必需条件。因为中国古代的统治者自汉武帝开始大多都重经术、重文学，并且实施了许多有利于读书人做官的人才选拔制度，如唐代科举考试中最为热门的"明经""进士"科，就是以对经书的掌握程度和文学才能的高低而为录取标准的。并且，从历史文化的角度来说，中国古代的读书人以学为业、以学求"仕"的现象是非常普遍的，这除了作为知识分子的"士"阶层本身就是知识技艺的自然继承者外，还与他们的价值观念密切相关。也就是说，他们的"学"就是为了"出仕"，并以"仕"为自己的前途，如前引孟子所说的"士之仕也，犹农夫之耕也"，子夏之"学而优则仕"，都表明士之"仕"、学而后"仕"是天经地义的。因此，对于中国古代的读书人来说，"出仕"虽然不是他们的唯一出路，但却是最主要的出路，他们总是以"官僚的后备军"身份出现的②。

分析至此，可以看到，中国古代作者并不是专业的文学写作者，社会上也并没有"作家"这个职业，有的只是一群做了官或正在为做官而努力的文官、士大夫和预备官员（文士、儒士），而正是他们，承担了中国古代大部分的写作任务。抛开父亲、儿子等血缘身份，中国古代作者身份构成的这种特点，可以用图1来说明：

---

① 许维遹．韩诗外传集释（卷7）[M].北京：中华书局，1980：242.
② 刘泽华．战国时期的"士"[J].历史研究，1987(4)：52.

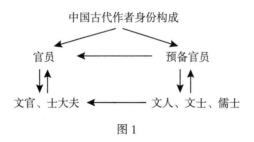

图 1

从图 1 我们可以发现，"官员"身份在中国古代作者的身份构成总是占据着主导地位，像一根线一样串连着作者的其他身份，这种特殊的身份构成也是中国古代作者区别于现代作者的最为显著的一个身份特点。

二、独特的身份确认：士

中国古代是一个封建等级森严的社会，除先秦时有天子、诸侯、大夫、士、庶人等严格的社会等级外，秦以后的帝国时代也有着皇帝、王公贵族、士大夫、士、农、工、商等社会等级。这些等级不仅有高下之分，还有着明显的分工，如班固就在《汉书》中对"四民"的分工做了详细的阐述："士、农、工、商，四民有业。学以居位曰士，辟土殖谷曰农，作巧成器曰工，通财鬻货曰商"①。很显然，"士"的职业是"学"，这与我们上一节所分析的"士"的身份特点和生存状况是一致的，同时也说明"士"阶层在中国古代是一个相对独立和优越的知识阶层，这已在学者们的研究中得到了证实，如余英时先生的《士与中国文化》一书就对此有着详尽的论述。"士"阶层既为一个独立的知识阶层，且又"四民"各有业，分工比较明确，所以知识分子往往集中在"士"这个阶层中。即便春秋战国之后，知识不再

① ［汉］班固．汉书（卷24）［M］．北京：中华书局，1982：1118.

总是集中在贵族阶层人士中，但平民弟子中如有专事学习以"仕"进的人，也可以被称为"士"，如史载名相毕諴家本寒微，出自盐贾之子，后以进士及第，因此"始落盐籍"①。也就是说，寒门子弟也可以通过学习来改变命运，改变身份。

但中国古代的社会分工和知识分子集中在某一个阶层的社会现实，又使得这些知识分子的人生出路显得颇为狭窄，主要是上一节提到的"做官"这个途径。形成知识分子这种生存状况的原因之一，笔者认为与知识分子的身份确认有关，即当政治制度把知识分子基本上限定在"士"这个阶层后，作为知识分子的"士"，在他们确认自己的身份时，便形成了一种与这个身份相关的独特价值观和人生观，也可以称之为"身份意识"。而一旦他们"士"的"身份意识"形成后，相关的约束和责任便也随之形成，其中，表现得最为突出的是他们因为"士"的身份意识而激发的"官本位"思想。关于怎样才能称之为一个合格的"士"，儒家阐述得最多也表现得最为明显，如子贡问孔子"何如斯可谓之士矣？"子曰："行己有耻，使于四方，不辱君命，可谓士矣"②；又"士志于道，而耻恶衣恶食者，未足与议也"③"士而怀居，不足以为士矣"④；曾参"士不可以不弘毅，任重而道远"⑤；子张"士见危致命，见得思义，祭思敬，丧思哀，其可已矣"⑥；孟子"无恒产而有恒心者，唯士唯能"⑦"士穷不失义，达不离道"⑧……可以看到，儒家所有的言论都把"士"与某种道义紧密地联系在了一起，赋予了"士"（即

---

① ［唐］裴延裕. 东观奏记（卷下）［M］. 北京：中华书局，1994：130.
② 杨伯峻. 论语译注［M］. 北京：中华书局，2009：138.
③ 杨伯峻. 论语译注［M］. 北京：中华书局，2009：36.
④ 杨伯峻. 论语译注［M］. 北京：中华书局，2009：143.
⑤ 杨伯峻. 论语译注［M］. 北京：中华书局，2009：79.
⑥ 杨伯峻. 论语译注［M］. 北京：中华书局，2009：197.
⑦ 杨伯峻. 孟子译注［M］. 北京：中华书局，1960：16.
⑧ 杨伯峻. 孟子译注［M］. 北京：中华书局，1960：281.

知识分子)一定的责任，并对他们的言行有着相当苛刻的要求，如荀子就认为"士"的天职是正身，"彼正身之士，舍贵而为贱，舍富而为贫，舍佚而为劳，颜色黎黑，而不失其所，是以天下之纪不息，文章不废也！"①因此，在中国古代还有"士君子"这个称呼，以代表那些德行合格的"士"。如《荀子》"子道"篇载孔子与弟子的对话，子路曰："知者使人知己，仁者使人爱己。"子曰："可谓士矣。"子贡曰："知者知人，仁者爱人。"子曰："可谓士君子矣。"②又"修身"篇说："士君子不为贫穷怠乎道。"③也就是说，要做一个合格的"士"，必须承担起某种道义，以及严格要求自己的言行和品格。

中国古代知识分子既然首先是以"士"的身份出现的，很显然，他们不能不受到先圣们对这种身份所赋予的责任和要求的影响，因而，在他们确认了自己"士"的身份后，便自觉地承担起了这种责任，以向一个合格的"士"迈进。那么，这种责任要如何实现呢？在他们看来，"仕"便是最好的途径，子路说"君子之仕也，行其义也"④，很能够代表当时知识分子对做官与责任的实现之间关系的想法。也就是说，士人们做官，很大程度上是为了更好地传承道义，实现自己所肩负的责任使命。子夏说"学而优则仕"，联系知识分子"仕"的主要目的，我们或许可以这样理解：学习是为了做官，而做官是为了更好地传承道义。虽然这种观念并不能代表所有读书人的想法，但由此而形成的"士文化"深刻地影响了后来众多的读书人却是毋庸置疑的。杜甫"致君尧舜上，再使风俗淳"的宏愿，范仲淹"先天下

---

① ［清］王先谦译注．荀子集解（卷20）［M］．沈啸寰，王星贤点校．北京：中华书局，1988：551.

② ［清］王先谦译注．荀子集解（卷20）［M］．沈啸寰，王星贤点校．北京：中华书局，1988：533.

③ ［清］王先谦译注．荀子集解（卷1）［M］．沈啸寰，王星贤点校．北京：中华书局，1988：28.

④ 杨伯峻．论语译注［M］．北京：中华书局，2009：194.

之忧而忧，后天下之乐而乐"的大爱情怀，就是这种"士文化"影响的显证。同时，也正因为士、官、道义三者间的这种微妙关系，使得中国古代的知识分子逐渐形成了一种"官本位"的思想，这从先秦及秦以后的读书人把生活的重心都放在"入仕"上可以看出来。也正是在这种程度上，中国古代的知识分子显得非常不自由，因为这种身份意识束缚了他们其他的人生选择，比如说，在他们中的许多人科场或是官场失意后转而为"隐士"时，最后的职业还是到乡间当一个教师或是靠祖上的产业为生，而极少改为经商或做手工业，因为在身份上他们是不同的，也有着一定的鸿沟，所谓"万般皆下品，唯有读书高"是也。因而，从这种角度来看，中国古代作者士大夫、文官身份的形成，与他们这种"士"的身份确认和身份意识可以说是不无关系的。

三、比较视野下的身份构成特殊性

前面说过，中国古代没有"作家"这个称呼，社会上也没有这种可以进行专业写作的职业，承担了大部分写作任务的是一群做了官或正在为做官而努力的人。而西方古代尤其是文艺复兴以来，以及中国现代的文学写作者，他们多是以一种专业作家的身份出现的，并且以写作为生的情况也相当普遍。究竟是什么造成了中国古代作者与现代作者、西方作者身份上的这种差异呢？笔者认为，这种差异的出现与社会政治经济制度有着很大的关系。

首先，是中国古代统治者对知识分子的优待，使得读书人最好的出路就是"仕"，从而导致了他们中的绝大多数把生活的重心放在入"仕"上。这种优待，早在先秦时就体现出来了，先秦时的"礼贤下士""尊师重道"等风气使得知识分子的地位异常的高，甚至还出现了一些不把君主放在眼里的士人，颜斶与齐宣王争士与君主孰贵就是典型一例。齐宣王问："王者贵乎？士贵乎？"颜斶答："士贵耳，王者不贵"①。虽然颜斶此说的中心论点是朝代的更替和国家的兴衰取决于政策、谋略之得失，而政策、谋略又主要出于士，因而得出士贵于君的结论，并使齐宣王折服。但仍然可以看出，作为知识分子的"士"在当时的地位颇高。秦朝时重用法学之士，与文学相关的儒士遭遇了暂时的冷落，并受到了"焚书坑儒"的残酷打压，然而，从汉代尤其是汉武帝开始，其地位却再一次得到了提高，并一直延续了近两千年。这种提高主要表现在统治者所实行的一系列有利于读书人做官的人才选拔制度，使得他们可以由普通的读书人、士而晋升为文官、士大夫。比如，汉代实行的"孝廉""贤良文学"等选拔科目，其中对孝廉的有一项要求就是"学通行修，经中博士"，而"贤良文学"则在取士时以精通"儒术"为标准②。隋唐时兴起的科举制度，其最为热门的"明经""进士"二科，"明经"一科便是以儒家经学为考试内容的科目，要求参加考试的考生熟悉儒家经典；"进士"科则主要是考查应试者文学才能的高低，起初考试仅有策问一场，高宗时便增加了贴经和试杂文，以考查考生的文字能力。从唐玄宗天宝年间开始，进士科加试诗赋，以文学才能为取士标准③。此后历朝各代虽然在考试科目和制度上稍有调整，但这些考试制度仍然为知识分子通向仕途提供了非常有利的条件，如宋代创立的"精贡举、重进士"的科举之风，虽然重诗赋才能的风气减弱，开始强调考生的政治素质和潜能，但可以看出，这只不过是儒家经典和文学才能的地位重新排列了一下而已，其最终还是有利于儒学之士的。如太平兴国二年(977年)，就录取进士109人；仁宗一朝13次科举，录取进士4000余人、诸科5000余人；

---

① ［汉］刘向. 战国策(卷11)［M］. 上海：上海古籍出版社，1985：407.

② 杨随平. 中国古代官员选任与管理制度研究［M］. 北京：中国社会科学出版社，2008：16-18.

③ 杨随平. 中国古代官员选任与管理制度研究［M］. 北京：中国社会科学出版社，2008：54.

据统计，两宋通过科举共取士 115427 人，平均每年达 361 人①。这个数字可以说是相当惊人的，也大大地促进了读书人的入仕热情。另外，高中进士后能获得功名富贵也是促使人们前赴后继奔向考场、官场的又一个重要原因。一旦通过科举考试做了官，不仅能享有某些特权，还能使个人和其家族地位有所提升。如贞元末，进士陈会"家以当垆为业，为不扫官街，吏殴之"。受此侮辱，其母便让陈会发愤读书，并以"不达不要归乡，以成名为期"②要求，后陈会不仅进士登第，且官至郎中，当地官吏自此对他不敢小视。正是因为读书可以改变命运，所以中国古代对读书人非常尊重，这也是促进读书人积极入"仕"的一个重要因素，使得他们把"仕"当作人生最好的出路，而不把写作当成谋生手段。同时，也正因为这种社会现状，才在很大程度上使得"作家"没有成为中国古代作者的身份构成部分。

其次，中国古代没有提供可以进行专业写作的条件。与中国现代和西方社会为文学家们提供了可供专业写作的宫廷豢养、剧团、出版机构等单位不同，中国古代却没有这样的写作条件。即便曾经有过像"淮南王"刘安所组织的"梁园文学集团"等一些文人团体，但那也是极个别现象，没有形成一种社会制度和得到宫廷的正式承认，只是某些达官贵人的个人行为。另外，中国古代的社会上也有一些书商，以刻印当时风行的某些小说获利，但写作者却并没有像现代作家那样有版税或稿酬等收入，因此也就谈不上是职业写作。这从当时书商刊行的小说作者，如绝大多数艳情小说的作者为假名，并且没有"著作权"等相关的法律规定对作者著作权利的保护可以看出来。对于中国古代作者来说，他们写作的目的基本上只有三个：第一，聊以自遣；第二，为参加考试所必备的条件做练习；第三，作为一

---

① 孔令纪 . 中国历代官制［M］. 济南：齐鲁书社，1993：205-206.
② 周勋初 . 唐语林校证（卷 4）［M］. 北京：中华书局，1987：417.

种才能展示。因而，他们的写作可以说显得非常"业余"。如在白居易现存的三千多首诗歌中，只有少数是在进入官场之前写的，但就是这少数也是为着参加科举和行卷展示才能而写的，这从他《与陈给事书》的行卷文中可以体现出来："正月日，乡贡进士白居易，谨遣家童奉书献于给事阁下。……谨献杂文二十首，诗一百首……"①在进入官场之后，这些作者们当然也并不以此为业，即便是他们从官场转而为隐士时，没有俸禄作为经济来源，也并没有长期依靠写作为生。虽然偶尔在经济窘迫时为人写墓志铭赚点钱补贴家用，但这种收入完全是作为对方的"感谢费"而出现的，并非一种专业写作。如《五代史阙文·梁史》载唐末河中节度使王重荣请司空图撰碑铭："得绢数千匹，图致于虞乡市心，恣乡人所取，一日而尽。"②又开元名相张说，其长姊夫死无子，因而归家，长安二年（702 年）卒。其时张说坐忤旨配流钦州，其姊只能权殡于京师永通门外。至中宗景龙三年（709 年），张说丁母忧去职，"家疚居贫""鬻词取给"③，方于十月安厝其姊。这也就说明，他们的这种写作一是出于盛情难却，二是出于偶尔的经济窘迫，因而是"业余"的写作，并非专业化写作，文学作者的身份也总是置于其他身份之后，不具有优先性。

但中国现代和西方文学作者却不一样，"写作者"就是他们的一个重要身份，并且，他们不仅有着可进行专业写作的经济条件，如古代西方宫廷的豢养——赞助制度、剧团等，现代社会提供给作家们的报社、杂志社等可支付他们生活费、稿酬的文学单位；而且因为没有中国古代那样专注于儒学人才和文学才能的选官制度，因而读书人的出路并不限于"出仕"一途，而是可以有其他的选择。这就导致了他们的写作具有相当程度的专业

①　[唐]白居易. 与陈给事书[M]//顾学颉校点. 白居易集（卷44）. 北京：中华书局，1979：942.

②　[宋]薛居正，等. 旧五代史（卷60）[M]. 北京：中华书局，1976：808.

③　[清]董诰，等编. 全唐文（卷232）[M]. 北京：中华书局，1983：2618.

化，并且以写作谋生的情况较为普遍，文学作者的身份也因此被置于一个相对来说较为优先的地位。下面将具体对比一下西方文学作者和中国现代文学作者的状况。

1. 西方文学作者。在古希腊、古罗马，不仅有着像埃斯库罗斯、索福克勒斯、欧里庇得斯等专门的戏剧写作者，以作品获奖为荣①；还有着像维吉尔一样的"宫廷诗人"，由宫廷资助他们的生活，以使其专心于艺术创作。并且，统治者有时还设有专门的"文学集团"来吸收这些有文学专长的人，如屋大维的亲信麦凯纳斯（Maecenas）就成立过这样的文学集团，吸收了像维吉尔、贺拉斯这样的著名诗人加入，并赠送给贺拉斯一座庄园，使得他"从此在宁静的环境里从事创作，在诗歌和文艺理论方面取得了重要成就"。② 可以说，西方古代宫廷的这种豢养、赞助制度为许多艺术家创造了良好的职业写作条件，而在资本主义经济萌芽后的西方作者中，以写作为职业的人更是屡见不鲜。笔者选取了目前具有权威性的通行外国文学史读本——王忠祥、聂珍钊主编的《外国文学史》③，就其重点提到的、最有代表性的 17 世纪以来的一些西方作家作为调查对象（见表1）。从表1中可以看出，他们中许多人不仅曾经从事过多种职业，在职业选择上非常自由；而且即便曾有过"官员"的身份，但也往往只是将其作为一种谋生手段，不像中国古代作者是作为一种理想和唯一出路；另外，他们大多数时候以写作为生。因而，相对于中国古代作者，他们的身份更多样化、更自由，文学创作也更具专业性。

---

① 王忠祥，聂珍钊. 外国文学史（第 1 册）[M]. 武汉：华中理工大学出版社，1999：106-117.

② 王忠祥，聂珍钊. 外国文学史（第 1 册）[M]. 武汉：华中理工大学出版社，1999：124.

③ 王忠祥，聂珍钊. 外国文学史[M]. 武汉：华中理工大学出版社，1999.

表 1　　　　　　　　　**17 世纪以来的西方代表作家及其经历**

人物	职业经历简介	代表作品
莫里哀	出生于富裕商人家庭，放弃父亲曾为他买下法学硕士学位和律师职务，并放弃世袭职务，组建剧团，开始流浪演出及写作生涯	《无病呻吟》《伪君子》《悭吝人》《唐璜》等
莱辛	出生于贫苦的牧师家庭，先学神学，后改医学。1747年，他开始在杂志上发表诗歌和散文作品，从此开始了以写作为生，并成为"德国文学史上靠写作维持生活的第一个职业作家"。曾因生活所迫，做过普鲁士将军陶恩钦的秘书。并应邀成为汉堡剧院顾问和评论家，还曾自己开过印刷厂，后为谋取固定收入，到不伦瑞克公爵的图书馆担任管理员职务	《拉奥孔》《汉堡剧评》《年轻的学者》等
席勒	出生于医生家庭，初学法律，后改医学。毕业后，成为一名军医，同时开始其创作生涯，为进行专业写作，逃出公爵掌控，创办杂志，展开文学评论和社会评论，并在曼海姆和法兰克福剧院担任编剧等，开始了以写作为生。曾到耶拿大学担任历史教授	《强盗》《阴谋与爱情》《审美教育书简》《论素朴的诗与感伤的诗》等
歌德	出生于富裕的中产阶级家庭，攻读法律，结束学业后开始为《法兰克福学者通报》撰稿。曾在魏玛担任国务参议、内阁大臣等重要职务，并擢升为贵族。后辞职，摆脱政务，专心创作，致力于文艺创作和科学研究，靠写作为生	《少年维特的烦恼》《浮士德》《埃格蒙特》《普罗米修斯》等
乔治·桑	法国著名女作家，出于巴黎一个名门贵族家庭，为职业作家	《印第安娜》《莱莉亚》《雅克》《弃儿弗朗莎》等
雨果	出生于军人家庭，15 岁即开始创作，1841 年入选法兰西院士，后曾全力从政。1851 年被迫流亡国外，在此后 19 年的流亡生涯中，以写作为生	《悲惨世界》《巴黎圣母院》《海上劳工》《笑面人》等

人物	职业经历简介	代表作品
波德莱尔	出生于浓厚艺术氛围家庭，以写作为业，曾加入1848年的革命浪潮中，但革命失败后，彻底地脱离了政治，专心于创作	《恶之花》《人造天堂》《巴黎的忧郁》等
斯丹达尔	出生于小资产阶级家庭，曾加入拿破仑军队，担任过军曹、少尉和副官等军职。1814年，侨居意大利，开始用笔名发表文章和作品。1830年开始担任驻教皇辖下的滨海小城西维达-维基雅的领事直至逝世，但其主要精力仍在写作上	《红与黑》《巴马修道院》《拉辛与莎士比亚》《阿尔芒斯》等
巴尔扎克	出于大革命时期发迹的资产者家庭，1819年从法律专业毕业后，没有从事法律工作，而转向戏剧和小说的专业创作。早年为摆脱经济上的窘境，曾涉足出版业、铸造业、印刷厂等商业领域	《欧也妮·葛朗台》《高老头》《朱安党人》等
福楼拜	出生于中产阶级家庭，曾学习法律。1843年，因病休学，促使他专心于文学创作活动。主要依靠庄园收入维持生活，写作收入作为补充	《包法利夫人》《情感教育》《圣安东的诱惑》等
莫泊桑	出生于有一定艺术氛围的小资产家庭，曾学习法律，因战争应征入伍，成为野战军士兵，后成为军需官，曾在海军部和国民教育部工作近10年。1880年，小说《羊脂球》一举成名，从此辞去公职，专心写作，基本上靠稿费和版税为生	《漂亮朋友》《羊脂球》《项链》《我的叔叔于勒》等
狄更斯	出生于一个贫寒家庭，曾在律师事务所干杂务、做抄写录事，后成为法庭博士公堂的记录员。1832年开始，以记者身份在报社工作，21岁时开始发表速写和随笔，从此开始创作生涯，以写作为职业	《匹克威克外传》《雾都孤儿》《艰难时世》《老古玩店》等
哈代	出生于有一定艺术氛围的小资产家庭，曾建筑师事务所当学徒，1865年开始写诗和写小说，1871开始真正走上文学之路，专心于创作	《还乡》《卡斯特桥市长》《德伯家的苔丝》《无名的裘德》等

续表

人物	职业经历简介	代表作品
易卜生	出生于富裕商人家庭,曾当药房学徒,历时六七年,1848年开始创作,后在挪威首都靠编辑报刊和文学创作谋生。曾在院剧当编剧和任艺术指导。1864年,侨居意大利和德国达26年之久,以写作为职业	《玩偶之家》《人民公敌》《社会支柱》等

从以上所述可以看出,西方社会的文学作者之所以能够专注于创作,"写作者"的身份相对独立,与西方古代宫廷对艺术家的豢养和赞助、剧院等可供艺术家专注于创作的社会机构有着很大的关系。尤其是18、19世纪,在资本主义经济发展成熟的条件下,作者实现专业写作的可能性进一步增加,这不仅表现在出现了许多的出版社、杂志社、报社可付给他们报酬以维持生计;而且,他们还可以自己开设杂志社、创办剧团、工厂等;并且从事许多相关的文职工作,如记者、抄录员、编辑等,都有利于他们专业写作的实现。他们的身份因此也就显得非常丰富多样,除以上提到的记者、编辑等,还有工厂主、律师、建筑师、军官、医生、议会大臣等多种身份。另外,西方社会从古至今没有以"仕"为先的职业风气和文化影响,也促使了艺术家们不像中国古代作者那样将自己的人生出路仅限于"做官"一途上,他们"文学写作者"的身份相对独立,并往往处于一个比较优先的地位。

2. 中国现代文学作者。中国现代意义上的作家产生于五四新文学运动之后——清末科举废除,作为人生最好出路的"仕"途不复存在,这导致了传统的"官僚"型文人为了生计而向近代知识分子"职业化"转变,他们中的许多人充当起了职业报人、职业小说家或实业家,尤其是在报社、出版社、书店等可以实现职业写作的条件到五四时期渐趋成熟时,更是出现了一大批现代职业作家。陈明远先生因此说道,20世纪20年代,中国文化史出现了一大景观,就是"形成并发展了'自由撰稿人'这个重要阶层",他们的特点主要是"'自食其力,自行其是,自得其乐',主要依靠'爬格子'的稿费、翻译费、版税和编辑费收入来保证生活"①。从这段引文可以看出,现代文学作者实

---

① 陈明远. 文化人的经济生活[M]. 上海:文汇出版社,2005:109.

现专业写作除了政治、历史的原因外，经济因素也在其中起到了很重要的作用，这即是说，经济上的独立为现代作家的出现提供了一个重要的基础。笔者根据陈明远先生在《文化人的经济生活》一书中重点谈到的几位颇具代表性的现代作家，将其经济情况作了一个简要的整理（见表2），发现其收入的大部分来源于稿费、翻译费、版税、编辑费等与文学活动相关的经济收入：

表2　　　　　　　　　　几位现代作家主要经济收入情况

人物	主要经济收入
鲁迅	1. 公务员收入：1912—1926年，在教育部担任公务员长达14年期间，起初津贴费60银圆，不久月薪定为200银圆，后来增加到300银圆。但是经常被欠薪，如1912年拖欠半年，1923年12月21日才发给本年3月份的薪水，1925年1月才发给前年7月份的薪水等，不一而足。最后鲁迅离开北京时，北洋军阀政策还欠他两年半的薪水。 2. 教学收入：1926年8月鲁迅离开北京赴厦门大学任教授，月薪400银圆；1927年2月往中山大学任文学系主任，月薪500银圆。 3. 特约撰述员收入：1927年12月至1931年12月，由蔡元培推荐，受聘为大学院特约撰述员，得月薪300银圆（1929年1月起《鲁迅日记》中改称为"教育部编辑费"），定期支付49个月之久，未曾拖欠。 4. 写作、翻译和编辑收入：1907年曾有《人之历史》等论文在《河南》杂志发表，稿酬约为千字2银圆；1927年10月，和许广平到上海，成为自由职业者，以写作为生，中间除担任大学院特约撰述员月薪300银圆的固定收入外，主要是"卖文为生"，也就是依靠版税、稿费和编辑费为生；1932年"教育部编辑费"撤销以后，版税和稿酬、编辑费成为鲁迅唯一的生活生源，后期平均月收入相当于今人民币2万多元，比之前在北京的生活宽裕得多。如1927年，鲁迅的年总收入为3770银圆，平均每月314.17银圆，相当于在北京时期较高的水平，其中版税和编辑费共计570银圆，仅占15.1%；而到了1929年，成为自由撰稿人的鲁迅年总收入高达15382.334银圆（合今人民币50万元），其中大部分是鲁迅向北京书局追回的版税旧债和新版税，占全年收入的2/3，其余是教育部的编辑费和稿酬。

续表

人物	主要经济收入
田汉	1. 1922 年，从日本回国，在中华书局担任编辑，月薪 100 银圆；同时给书局职员上日语课程，业余写作、翻译，每月收入 200 多银圆。 2. 1927 年，被聘为上海艺术大学文学科主体，招收学生 400 多名，共得 8000 多银圆；后开办"小剧场"运动，门票每张 1 银圆，总共收入 1250 银圆。 3. 1928 年，担任《摩登》主编，每月编辑费 300 银圆，成为南国艺术学院办学资金的主要来源；后组织《南国社》进行公演，门票为 1 银圆，以此作为南国社的经费。 4. 1935 年春后的一年多时间内，在《新民报》发表剧本、评论、诗歌、散文 40 万字，共得稿酬 1200 银圆。 5. 1935 年秋，成立"中国舞台协会"，组织几次大规模公演。1936 年《复活》公演，每场售票约 500 银圆，公演 12 场，盈余 1700 圆。
夏衍	1. 1927 年，从日本回国，1928—1934 年在上海的公开职业是日文翻译，主要依靠译书为生，译文稿费每千字 2 银圆，每月译稿费 120 银圆。 2. 1932 年夏，担任艺华影片公司编剧顾问，每月车马费 30 银圆，加上每天译书的稿费，每年出书有上百圆法币的版税，编写电影剧本还另有酬劳，每月收入至少有 200 银圆，合人民币 7000 元以上。
阳翰笙	1. 1928 年开始陆续发表文论与小说，以华汉为笔名发表短篇小说 4 篇、中篇小说 1 篇、文章 8 篇；1929 年发表小说 6 篇；1930 年发表小说 7 篇；等等。这时期主要以稿酬为生，稿费收入估计为每月 100—200 银圆。 2. 1933 年 9 月加入艺华电影公司，主持编剧委员会，薪金待考。但因同时担任艺华的编剧顾问，每月车马费 30 银圆，所以其月薪估计为 100—200 银圆。同时编写了电影剧本《铁板红泪录》《赛金花》等，每月收入共约 200 银圆。 3. 1935 年 12 月担任《新园地》编审，每周去两次，酬金每月 60 银圆；此后一年多，在《新园地》发表文稿一百多篇，以稿酬和编辑费（每月共 100—200 银圆）作为生活来源。

续表

人物	主要经济收入
沈从文	1. 1925 年 5 月，在香山慈幼院图书馆担任办事员，月薪 20 银圆，这是他来北京两年半后首次找到的职业。 2. 1925—1927 年，陆续发表文章于《晨报·副刊》和《现代评论》，3 年内，先后发表各类作品 170 篇，每月稿酬在 20—30 银圆。1926 年小文集《鸭子》由北新书局出版，1927 年小说集《蜜柑》由新月书店出版，从此他以著文的稿费和版税谋生，成为职业作家。 3. 1928 年，与胡也频、丁玲三人联手编辑《中央日报》副刊《红与黑》，每月编辑费 70 银圆左右，另外还有稿酬。 4. 1929 年，担任中国公学校长一年级讲师，月薪 100 银圆，加上稿酬和版税等，每月有保证收入共计 200 银圆以上。 5. 1931 年秋，到山东大学任教，月薪 100 银圆。 6. 1933 年 9 月至 1935 年 9 月，主编《大公报·文艺副刊》，每周两期，1935 年 9 月以后扩大为每周 4 期，每月编辑费 100 银圆。
柔石	1. 1924 年春，在慈溪县普迪小学做教师，月薪大约为 30—40 银圆。 2. 1927 年，到镇海中学任教，后回宁海担任中学教员，不久升任宁海县教育局长，同时每周到宁海中学兼课，收入不详。 3. 1928 年 10 月，长篇小说《旧时代之死》上下册由上海北新书局出版，合同约定版税 20%，每月约 40 银圆；每月在报馆定做文章一万字，收入 20 银圆；在一家杂志撰稿，收入约 20—30 银圆。 4. 1929 年 11 月，中篇小说《二月》由上海春潮书店出版，合同约定抽版税 20%。 5. 1930 年 2 月，主持《萌芽》月刊，每月得编辑费 30 银圆。同年 7 月商务印务馆出版其短篇小说集《希望》，收入柔石前两年的创作，版税不详。

从以上几位具有代表性的现代作家之收入情况可以看出，他们的主要经济来源基本上都与其写作相关，可以说，经济上的独立是他们成为专业

作家的首要条件。而这些作家自己也曾多次谈到经济的重要性，如鲁迅就曾说："凡承认饭需钱买，而以说钱为卑鄙者，倘能按一按他的胃，那里面怕总还有鱼肉没有消化完，须得饿他一天之后，再来听他发议论。……钱——高雅的说罢，就是经济，是最要紧的了。"①说明他对"钱"的重要性认识得非常透彻，加上鲁迅当时从日本回国，很大程度上就是为了做其母的经济依靠，他曾在《自传》中说："终于，因为我的母亲和几个别的人很希望我有经济上的帮助，我便回到中国来。"②所以还曾如此感慨道："有人说，文学是穷苦的时候做的。其实未必。穷苦的时候必定没有文学作品的，我在北京时，一穷，就到处借钱，不写一个字，到薪俸发放时，才坐下来做文章。"③这说明经济上的不独立曾对他的写作产生过非常大的影响，因而鲁迅的魄力和魅力，也就在于"他毅然选择了'自由职业'这样冒着很大风险的经济地位，鲜明地显示他对'权和钱'威逼利诱的藐视，超脱于'官场'与'商场'、'帮忙'与'帮闲'之上，保持了他比生命更珍惜的独立人格。"④除鲁迅之外，现代许多作家也都是以其经济的独立换取了思想、人格上的自由，如上面统计表中的几位作家。因而，从某种意义上说，正是"这种一不依附于官、二不依附于商的经济自由状况，成为他们言论自由的后盾"⑤，才使他们能够以一种专业作者的身份专注于文学创作，而使得中国的现代文学在短短的三十年间佳作辈出。

四、中国古代作者的特殊身份："官员"

通过上面的论述，我们发现，中国古代作者的身份构成是非常有特色

① 鲁迅. 娜拉走后怎样[M]//鲁迅全集(卷1). 北京：人民文学出版社，1981：161.
② 鲁迅. 鲁迅自传[M]. 南京：江苏文艺出版社，1997：3.
③ 鲁迅. 革命时代的文学[M]//鲁迅全集(卷3). 北京：人民文学出版社，1981：420.
④ 陈明远. 文化人的经济生活[M]. 上海：文汇出版社，2005：197.
⑤ 陈明远. 文化人的经济生活[M]. 上海：文汇出版社，2005：88.

的，这不仅表现在他们不是纯粹的文学作者，而且，他们的多重身份总是与"官员"这个身份有着千丝万缕的联系。也就是说，不管是作为参加考试成为预备官员的文士或儒士，还是已经通过考试选拔成为官员的士大夫、文官，中国古代作者最常见的这几个身份都与"官员"身份有着非常紧密的关系。即便是他们以后从"仕"而转为"隐"，这种"隐"在很大程度上也与他们"仕"的经历有着重要的关联——这里所谓的"仕"，指的就是"做官"，因为这种"隐"往往是因为科场失败或官场失意而引发的。而且，在现今为人们所熟知的中国古代作者当中，他们中的大多数人都曾有过"官员"的身份和科考经历也证明了这一点，这从笔者根据现在学界通行的权威文学史读本：由袁行霈先生主编的四卷本《中国文学史》(第二版)①，将其中重点谈到和具有代表性的一些中国古代文学作品作者的身份所作的粗略统计可以管窥(见本文附表)。从笔者统计的西汉至清末218位极具代表性和为我们所熟知的作者经历来看，他们中的大多数有过"仕"的经历或曾为入"仕"而努力过，没有入"仕"经历的只有15位，占统计总数的7%，而且其中还包括个9个资料不详的人。

因此，我们看到，"官员"这个身份在中国古代作者的身份构成中特别突出，是影响其他身份构成的一个重要因素。并且，因为这种"官员"身份与"文人"身份的密切联系，即本文所研究的"官员"群体特指由读书人晋升而来的文人官僚，因此，这种身份往往被他们自己或一些研究者称为"文官""士大夫"②。这个"官僚"型文人群体的数量相当庞大，从汉代至清末，延绵近两千年。如果有人认为西汉初、中期时的这种"文官"还不多见，那么至少，从唐代起以科举晋身的庞大文官群体也足以让人惊叹了。反观现代及西方古代，都绝没有这样一大批由文人长期活跃在政治权力中心的例子。即使他们中的有些人如鲁迅、塞万提斯、歌德等曾有过从政的经历，

---

① 　袁行霈主编. 中国文学史[M]. 北京：高等教育出版社，1999.
② 　阎步克. 士大夫政治演生史稿[M]. 北京：北京大学出版社，1996：3.

但从他们在文学作者中只占极少数比例的情况来看，与中国古代作者的这种"官员"群体身份数量也是无法比拟的。因而，很明显地，"官员"这个身份是中国古代作者身份中最为特殊的一个身份，也是最有研究价值的一个身份。

第二节　中国古代作者特殊身份："官员"身份的构成

在前面的论述中，笔者指出了中国古代作者身份构成中最为特殊的就是其"官员"的身份，并就其特殊性作了简要分析，但对于这种特殊身份具体是如何形成的却还没有说明。事实上，研究这种特殊身份的形成对笔者后面的论述将大有帮助，因此，这一节的重点就放在中国古代作者特殊身份的形成上。

一、儒家思想对知识分子"仕"观念的影响

从附表中所统计的中国古代作者可以看到，"官员"身份确实是中国古代大多数作者都曾有过的一个身份，并且，在那些非"官员"的作者群体中，他们也都至少曾为此而努力过。中国古代知识分子之所以这么热衷于做官，其实与儒家的学说有着密切的关系。这不仅体现在原本就属于"士"阶层的知识分子受到了儒家先圣关于"仕"的言论影响，且其他阶层如工、农、商等阶层中有学识的人也因官方对儒学的重视而深深地受到了这种思想观念的影响，使得他们在儒学的影响下产生了浓厚的"做官"热情。

1. "学而优则仕"。

子夏说"学而优则仕，仕而优则学"①，孔子也曾说"吾将仕矣"②，说明儒家是支持其弟子入仕的。但这个"仕"又不仅是"做官"这么简单，而是

①　杨伯峻．论语译注［M］．北京：中华书局，2009：199.
②　杨伯峻．论语译注［M］．北京：中华书局，2009：178.

为着"道"而行的。因此，须得具备一定的条件才行。这个条件，就是子夏说的"学而优"，否则是不应该"仕"的。《论语·公冶长》篇载，孔子使漆雕开仕，漆雕开对曰："吾斯之未能信。"①孔子听了很高兴，因为漆雕开虚心地度量自己学而未优故不肯仕。这种学好了②就该入仕，学不好就不该入仕的观念形成了儒家先圣对其弟子人生出路的一个重要理念，也就是说，学习是为了入"仕"和为入"仕"作准备的。那么，怎么样才算是学得好呢？在孔子看来，这主要有两方面的标准：第一，与"德""仁"相关。《论语·学而》篇说："巧言令色，鲜矣仁。"意思是说花言巧语、面貌伪善的人，仁德是很少的。而子夏所说的那种"贤贤易色，事父母，能竭其力，事君，能致其事，与朋友交，言而有信；虽曰未学，吾必谓之学矣"③，也就是说要透过表面看到一个人实际的德行，如果侍奉父母竭尽全力，为君主奉献自身，与朋友交往说话诚实有信，这样的人，虽然没有像日常我们所说的学习那样拜师学艺，但跟学习过的毫无二致，是受人尊重的。实际上，"德"与"仁"一直贯穿儒家学说的始终，也是儒家倡导人们学习的首要条件，品行本来就好的人固然可以学习，品行不好的人也能通过学习来纠正自己，故孔子说："君子不重则不威；学则不固。主忠信，无友不如己者，过则勿惮改。"④知道学习就不会自以为是、顽固不化，有了错误也就不怕改正。有了这样好的德行的人，再去学习一些治国之道，大概是可以出仕的，"为政以德，譬如北辰，居其所而众星共之"，又"道之以政，齐之以刑，民免而无耻；道之以德，齐之以礼，有耻且格"⑤。而且，有

① 杨伯峻. 论语译注 [M]. 北京：中华书局，2009：42.
② "学而优"的"优"在有的学者如杨伯峻先生那里被注解为"有余力"，这个注解固然不错，但笔者认为里面其实也包含了"学得好"的意思，因此，本文偏重于从这个角度去阐述。
③ 杨伯峻. 论语译注 [M]. 北京：中华书局，2009：5.
④ 杨伯峻. 论语译注 [M]. 北京：中华书局，2009：6.
⑤ 杨伯峻. 论语译注 [M]. 北京：中华书局，2009：11.

"仁"有"德"也是"礼"的前提，"人而不仁，如礼何?"①人如果没有仁德的话，又怎么来对待礼呢? 孔子就这样为他所最最重视的"礼"安排了一个重要的前提。同为儒家学派代表的孟子也对此有重要阐释，相比孔子，他更看重的是君王的德行，因此，在与许多人讨论中，他都一再地强调了君王"仁"的重要性，比如他认为"以力假仁者霸，霸必有大国；以德行仁者王，王不待大"②。而且，施行仁政还是富国强兵之道："王如施仁政于民，省刑罚，薄税敛，深耕易耨……可以制梃以挞秦、楚之坚甲兵矣"，因此，"仁者无敌"③。

儒家先圣认为"学而优"的第二个标准则是与"孝""礼"相关。在拥有了"仁""德"这种好的品行后，就要知孝、知礼。孔子对孝有着详尽的阐释，孟懿子问孝，子曰："无违"，又对樊迟解释说："生，事之以礼；死，葬之以礼，祭之以礼"④。把"礼"与"孝"紧密地联结在了一起，并对子游和子夏进一步地强调了孝之以礼才是真正的孝："今之孝者，是谓能养。至于犬马，皆能有养；不敬，何以别乎?"⑤意思是说如果只就能够养活父母而言，与养狗、马这些动物无异，只有用"礼"才能加以区别，而做到这一点，显然是不容易的，因此孔子也直呼"色难"。但"礼"毕竟是孔子所最重视的，所以，在各种场合，他都不失时机地谈到"礼"的重要性，比如，对于文学，则说"诗三百，一言以蔽之，曰思无邪!"又说"《关雎》乐而不淫，哀而不伤"⑥，这是谈礼的节制性。对于国家的礼仪制度，则非常推崇周礼："周监于二代，郁郁乎文哉! 吾从周。"⑦"如有用我者，吾其为东周乎?"⑧甚

---

① 杨伯峻. 论语译注[M]. 北京：中华书局，2009：24.
② 杨伯峻. 孟子译注[M]. 北京：中华书局，1960：67.
③ 杨伯峻. 孟子译注[M]. 北京：中华书局，1960：10.
④ 杨伯峻. 论语译注[M]. 北京：中华书局，2009：13.
⑤ 杨伯峻. 论语译注[M]. 北京：中华书局，2009：14.
⑥ 杨伯峻. 论语译注[M]. 北京：中华书局，2009：30.
⑦ 杨伯峻. 论语译注[M]. 北京：中华书局，2009：28
⑧ 杨伯峻. 论语译注[M]. 北京：中华书局，2009：180.

至对"礼"到了无法舍弃的地步，对子贡想免去每月初一告祭祖庙用作牺牲的一只活羊，一向以"仁"为美的孔子却说："赐也，尔爱其羊，我爱其礼"。因此，尽管别人以为这是在谄媚："事君尽礼，人以为谄也"①，他也不在乎。由以上分析可以看出，儒家所说的"学而优"，并非只是学习国家制度等一类的东西——如果这样，他们将是一群"文法吏"，而非儒者——他们更看重的是一个人的精神和操行。当这种入"仕"的条件都达到和成熟之后，就基本上可以有资格入"仕"了。

而儒家先圣们之所以注重入"仕"之人的品德，则主要是因为他们"仕"的目的是传"道"，即在当官后可以更大范围地以自身权力去影响当政者和人民，施行"仁政"。我们知道，孔子一直是"礼"的传播者和继承者身份出现的，这从他"文王既没，文不在兹乎？"②的态度和《论语》中记载他对"礼"的多次阐释可以得到证实，而"礼"的作用是为了实现"礼制"，即"仁政"。因而，他所强调的"仕"，在很大程度上就成为他传播和实现"道"的途径，子路的说法在某种程度上可以证明孔子的这个想法："君子之仕也，行其义也。"③后世研究者一直认为儒家的"学而优则仕"强调的是"官本位"，诚然，相对于道、释两家的超然世外，儒家的确是强调"入世"的，其最重要的表现就在于他们一点也不排斥"做官"，反而处处以"入仕"为他们学习和活动的最高目标。但我们不应该就此认为儒家的"入仕"动机是完全功利性的，事实上，自春秋末年礼崩乐坏之后，天下大乱，不知礼的人渐多，从"有道"转向了"无道"，但这个"道"并非道家所说的"天道"，而是一种"人道"。有学者总结说，先秦诸子从哲学上释道，"道"这个概念主要涵盖以下三方面的内容：一是人道，即人伦日用之道；二是天道，主要

---

①　杨伯峻．论语译注［M］．北京：中华书局，2009：29.

②　杨伯峻．论语译注［M］．北京：中华书局，2009：87.

③　杨伯峻．论语译注［M］．北京：中华书局，2009：194.

指自然运行之道；三是治道，即如何治理国家，以及处理国与国之间关系的道。治道亦即政道，又可细分为王道、霸道，前者以仁义治国，后者则实力治国。① 而孔子释道实际上也是从治道出发的，《论语·学而》中说道："道千乘之国，敬事而信，节用而爱人，使民以时"，这个"道"就是"治理"的意思②。所不同的是，孔子不主张使治道契合于自然无为的天道，而是认为，治道之秘密深藏于人道之中。子曰："参乎！吾道一以贯之。"曾子曰："唯。"子出，门人问曰："何谓也?"曾子曰："夫之子道，忠恕而已矣。"③孔子的另一个学生有子也曾说过："君子务本，本立而道生。孝弟也者，其为仁之本钦。"④这里说的"道"实际上是一种关乎人伦日用的"人道"，人道的基础是孝悌、忠恕，一旦这个"本"确立起来了，人道也就形成了，"而治道只要顺应人道，也就会获得成功"⑤，即"邦有道，危言危行；邦无道，危行言孙(逊)"⑥，又"天下有道，则礼乐征伐自天子出；天下无道，则礼乐征伐自诸侯出"⑦(《论语·季氏》)。《礼记·大传》也云："圣人南面而治天下，必自人道始矣"⑧。这里的"道"，虽是围绕着国家的政治、法治、社会等而言的，但其内容却都是人伦社会生活的重要组成部分，因而本质上仍然没有偏离人伦之道。也因此，中国"古代的礼乐虽具有宗教性('天道')的成分，但这个传统到了孔子手中却并没有走上'天道'的方面而转入了'人道'的领域"⑨。对于向往周代那样井然有序、

① 俞吾金. 评新儒家的"道"与"道统"[J]. 书城，1994(8)：10.

② 杨伯峻. 论语译注[M]. 北京：中华书局，2009：4.

③ 杨伯峻. 论语译注[M]. 北京：中华书局，2009：38.

④ 杨伯峻. 论语译注[M]. 北京：中华书局，2009：2.

⑤ 俞吾金. 评新儒家的"道"与"道统"[J]. 书城，1994(8)：10.

⑥ 杨伯峻. 论语译注[M]. 北京：中华书局，2009：144.

⑦ 杨伯峻. 论语译注[M]. 北京：中华书局，2009：172.

⑧ 王文锦. 礼记译解(卷下)[M]. 北京：中华书局，2001：479.

⑨ 余英时. 中国知识分子的古代传统：兼论"俳优"与"修身"[M]//士与中国文化. 上海：上海人民出版社，2003：107.

彬彬有礼的社会的孔子来说，他的理想便是重建周代一样良好的政治社会秩序，即以"人道"治国——"周监于二代，郁郁乎文哉，吾从周！"①

而要实现这种"人道"，唯有通过入仕做官才能达到目的。也就是说，在明白了自己所肩负的"道"的责任后，选择以"仕"来最大限度地实现这种责任就成了儒家知识分子的共识(因行使"官员"身份的权力来传播"道"和对文学话语产生影响，在韩愈和王安石那里表现得尤为突出)。如果从他们的这种目的性来说儒家强调"官本位"，倒也不无道理。只不过，我们一定要透过现象看到儒家"官本位"思想中的积极因子。因为正是儒家的这种积极的政治理想，才使得它在春秋末年"礼崩乐坏"之际，成为力挽狂澜的一支劲旅，并获得了大多数士人的追捧，最终成为中国古代的官方正统学说，究其原因，恐怕正在于其符合了中国自上古以来大众注重礼仪、寻求和平的愿望，这从秦代重用文法吏却迅速灭亡中可窥管豹。

2. "书中自有黄金屋"。

"书中自有黄金屋，书中自有颜如玉"这两句名言相传出自尊崇儒学的宋真宗赵恒之《励学篇》②，原诗为："富家不用买良田，书中自有千钟粟。安居不用架高楼，书中自有黄金屋。娶妻莫恨无良媒，书中自有颜如玉……"③其意思大致是说读书考取功名是当时知识分子的一条绝佳出路，考取功名后，财富、良缘自会全部拥有，这颇能代表中国古代一部分知识分子热衷入"仕"的心态。事实上，尽管通过做官来施展自己的政治抱负是以学习儒家文化为主的知识分子入仕的主要目的，但这并不表明他们完全没有一点功利想法，朱自清先生就曾说过"从前读书人惟一的出路的是出

① 杨伯峻. 论语译注[M]. 北京：中华书局，2009：28.

② 一说出自赵恒之《劝学文》，原文为："读，读，读！书中自有千钟粟。读，读，读！书中自有黄金屋。读，读，读！书中自有颜如玉。"

③ 陈璧耀. 唐宋诗名句品读[M]. 上海：上海社会科学院出版社，2008：215.

仕，出仕为了行道，自然也为了衣食"①，这表明，文人们的出"仕"在行"道"之外还有着其他原因。而儒家先圣们虽然一直都强调"义"的重要性，而看淡"利"，如说"君子喻于义，小人喻于利"②等，但在某些时候还是透露了他们的一些世俗想法，如"富与贵，是人之所欲也"③，"欲贵者，人之同心也"④，"穷年累世不知足，是人之情也"⑤，"夫贵为天子，富有天下，是人情之所同欲也"⑥，而孔子之"君子谋道不谋食。耕也，馁在其中矣；学也，禄在其中矣。君子忧道不忧贫"⑦的观念更是成为后世人们督促自己和他人学习的间接动力，与"书中自有颜如玉，书中自有黄金屋"之句有异曲同工之妙。学得好了，就可以有官做；有官做了，财源自会滚滚来，不会再受穷，也不用担心无钱娶妻生子，家族名声也会因此而声誉日起。如前例所引进士陈会，原出自"当垆"之家，因受人欺侮而发愤读书，后官至郎中；又名相毕諴家本寒微，出自盐贾之子，后以进士及第，不仅自己因此"始落盐籍"⑧，成为"士"族中的一员，后子弟从此也多有登科，累历显官，而且在咸通中位至宰相后，甚至以其舅"为太湖县伍伯"而深耻之，而"俾罢此役，为除一官"⑨。这种经济和地位上的双重好处，使得许

---

①　于唐编．朱自清、胡适、闻一多解读唐诗［M］．沈阳：辽海出版社，2001：19.

②　杨伯峻．论语译注［M］．北京：中华书局，2009：38.

③　杨伯峻．论语译注［M］．北京：中华书局，2009：35.

④　杨伯峻．孟子译注［M］．北京：中华书局，1960：251.

⑤　［清］王先谦译注．荀子集解（卷2）［M］．沈啸寰，王星贤点校．北京：中华书局，1988：67.

⑥　［清］王先谦译注．荀子集解（卷2）［M］．沈啸寰，王星贤点校．北京：中华书局，1988：79.

⑦　杨伯峻．论语译注［M］．北京：中华书局，2009：166.

⑧　［唐］裴延裕．东观奏记（卷下）［M］．田延柱点校．北京：中华书局，1994：130.

⑨　［五代］孙光宪．北梦琐言（卷4）［M］．贾二强点校．北京：中华书局，2002：72.

多家境贫寒、地位低下的读书人都希图以此起家，成为一个有名望、受人尊敬的文人"官僚"。

另外，因为政治的动乱，以及唐代统治者对士族势力的有意削弱——如"本籍回避制"的施行，使得许多西汉以来庞大的"士族"大家庭至唐代中期时已基本衰微，不少大家族已只剩一个"空架子"，较之寒族，相差无几，这也迫使他们不得不走上科举入仕的道路，《唐摭言》卷九评论道："三百年来，科第之设，草泽望之起家，簪绂望之继世。孤寒失之，其族馁矣；世禄失之，其族绝矣。"①而如果有幸金榜及第，则家族经济及地位就会因此得到很大程度的改善，中唐诗人姚合在《送喻凫校书归毗陵》一诗中说"阙下科名出，乡中赋籍除"，这表明一旦考中，至少家庭的负担会随之减轻。虽然儒家先圣功利思想的下面隐藏其实是"义"，且教导弟子们要洁身自好，如"见利思义"，"义，然后取"②"非其义也，非其道也……一介不以取诸人"③，但在名、利的诱惑面前，真正能守得住穷的恐怕也不多。况且，因为要过上富裕的生活而去做官，并不表示这个人品行就低下，史实和事实证明，历史上许多有名和热爱社稷、苍生的文人，并不因为私人生活的不检点而影响他们同时是一个有爱心、有责任感的人。如写了下《卖炭翁》等表达对贫苦人们深深同情的著名诗人白居易，他本人却曾蓄妓作乐，唐代孟棨《本事诗·事感》曰："白尚书（居易）姬人樊素善歌，妓人小蛮善舞，尝为诗曰：樱桃樊素口，杨柳小蛮腰。"④还有宋代豪放派词人苏轼，多次在其诗词中表达出忧国忧民、渴望建功立业的高尚情操，但也曾蓄妓，并自比白居易："吾胜似乐天，但无素与蛮。"寇准、范成大等许多文人也都有此行径⑤。因此，在不影响其个人品质的前提下，一些

① ［五代］王定保．唐摭言（卷九）［M］．上海：上海古籍出版社，1978：97.

② 杨伯峻．论语译注［M］．北京：中华书局，2009：148.

③ 杨伯峻．孟子译注［M］．北京：中华书局，1960：207.

④ ［唐］孟棨．本事诗［M］．李学颖标点．上海：上海古籍出版社，1991：16.

⑤ 袁行霈主编．中国文学史（卷3）［M］．北京：高等教育出版社，2005：10.

物质方面的享受并不是什么见不得人或是应该遭人谴责的事。况且，只要符合"道义"，"则舜受尧之天下不以为泰"①，"附之以韩魏之家"也"自视欿然"②。可以说，儒家对人们所具有的"功利"思想不仅是允许存在的，而且还认为是一种很正常的心态。

儒家先圣的这些世俗、功利思想对后世知识分子产生了极大的影响，就连朱熹这个中国思想史上反对功利言论最多的人，也承认君子是讲利的，如"君子未尝不欲利"③，"欲富贵而恶贫贱，人之常情，君子小人未尝不同"④。因此，我们看到，历代儒家知识分子，都有着强烈的入"仕"愿望，他们的心态也因而被称为"官本位"。这里面除了儒家载"道"理想的驱使外，恐怕这种对名利的追逐也是促使中国古代作者"官员"身份形成的又一个重要原因。

二、中国古代人才选拔对"仕"的促进作用

中国古代作者"官员"身份的形成，除了受儒家思想及文化的影响外，中国古代的人才选拔制度也在他们"官员"身份的形成中起到了非常直接的促进作用，这主要表现在他们多样化的选才制度对知识分子的优待上。

1. "常规"选才制度。

中国古代选官，秦以前是世袭制，即做官者的子孙世代做官，不过，这是指大夫以上的高官，所以叫"世卿世禄制"⑤。大夫以下的低级官吏，则由乡选里举，即"选举制"，这也是汉代"察举制"的先声。汉高祖刘邦以

---

① 杨伯峻．孟子译注[M]．北京：中华书局，1960：133．
② 杨伯峻．孟子译注[M]．北京：中华书局，1960：282．
③ [宋]朱熹．孟子集注[M]//四书章句集注(卷1)．北京：中华书局，1983：202．
④ [宋]朱熹．论语或问[M]//四书或问(卷4)．黄珅校点．上海：上海古籍出版社，2001：174．
⑤ 孔令纪，等．中国历代官制[M]．济南：齐鲁书社，1993：67．

武力取得天下，但到晚年，从秦王朝的迅速覆灭中认识到，武力能得天下却不能安天下，尤其是掌握着知识、礼仪的"儒士"在社会中起的作用更不可小视。因而于公元196年下了一道求贤诏，要求各地郡国守相推荐具有治国之才的"贤者智能"，以在政府官员中增加"贤士大夫"的比重①。汉文帝时，又两次下诏"举贤良方正"，并由皇帝亲自策问，即考试，又根据对策等第高下，分别授官②，这标志着西汉察举作为一种选举制度正式形成。但这时的儒学人士仍然没有太多机会做大官，文景之时，朝廷封官皆以兵革汗马劳功封侯为相。并且，汉代还有规定，非有功不得侯，非侯不得为相。故宰相一职，遂为功臣阶级所独擅，而这些人大多为不通文学之辈，因而极大地阻碍了士人们进入高级管理层，"张良以下，陆贾、娄敬诸文人，尚不得大用，何论新起之士？故贾谊卒抑郁以死，晁错进言，遽见自杀"③。不过这种情况在汉武帝时得到了很大的改善，不仅在大儒董仲舒的提议下，汉武帝"罢黜百家，独尊儒术"，而且开始重视有文采之士，即"招方正贤良文学之士"。自此之后，则有鲁之申培公、齐之辕固生、燕之韩太傅专讲诗文，济南之伏生言尚书，鲁之高堂生言礼，灾川之田生言易，齐鲁之胡毋生、赵之董仲舒则言春秋。"及窦太后崩，武安侯田蚡为丞相，绌黄老、刑名百家之言，延文学儒者数百人，而公孙弘以春秋白衣为天子三公，封以平津侯。天下之学士靡然乡风矣。"④汉武帝不仅重用文学、儒学人才，还新增了"孝廉、秀才、贤良文学"等，其中"贤良文学"一科对知识分子影响最大，因为，"文学在魏晋以前指文章，特指儒学、经学"⑤，这就使得一部分具有儒学才

---

① ［汉］班固．汉书（卷1）［M］．［唐］颜师古注．北京：中华书局，1983：71.
② ［汉］班固．汉书（卷4）［M］．［唐］颜师古注．北京：中华书局，1983：116.
③ 钱穆．两汉博士家法考［M］//两汉经学今古文平议．北京：商务印书馆，2001：194.
④ ［汉］司马迁．史记（卷121）［M］．［宋］裴骃集解，张守节正义．北京：中华书局，1956：3118.
⑤ 孔令纪，等．中国历代官制［M］．济南：齐鲁书社，1993：69.

能的知识分子得到了重视，并有机会进入管理层，成为"官员"，如董仲舒本为博士，举贤良文学，对策深受武帝赞赏，被任为江都相；而公孙弘则"起徒步"，举贤良文学，用为博士，后官至丞相。①

但察举制到了魏晋时期却无法再施行，主要是因为东汉末年在农民起义的冲击下，士族疏散各地，老百姓流离失所，乡、亭、里的基层结构遭到了很大程度上的破坏，致使秦汉以来的"乡选里举"的荐举人才机制被破坏。因而，魏晋南北朝时期实行的是"九品中正制"的人才选拔制度，即在各州郡设立"中正"官，郡置中正，州置大中正，并"经过中正品评，将士人分别定为上上、上中、上下，中上、中中、中下，下上、下中、下下三等九级，称为'九品'"②。"中正"在评定人物品级时，主要是考虑祖先做过什么大官，有几代人做过官，此谓之"品"；然后再看本人的才德，谓之"状"——但这往往不被重视，再根据"品、状"向当时主管选择官吏的吏部推荐。这种选举制度的最大弊端便是在于其重家世，轻才德，把某些真正的贤才排斥在外，因而形成了所谓的"上品无寒门，下品无世族"③的社会真实写照，在一定程度上阻碍了士人们的进取。

这种人才选举制度到隋唐时期发生了很大的改变，这主要表现在隋代"科举"制度的确立，它以"考试"为选拔人才的基本制度，不再强调门第高下，也不再把选拔的权力集中在某一小部分人手里，使得许多贫寒子弟也有了入"仕"的机会，"科举"考试因而具有了一定程度上的公平性。"科举"制度被唐代的统治者所采用，并加以改善和补充，使得"科举"制度得到了进一步的发展，这主要表现在它新增了许多新的科目，并公开竞争、

---

① [汉]司马迁.史记(卷121)[M].[宋]裴骃集解，张守节正义.北京：中华书局，1956：3119.

② 宫崎市定.九品官人法研究：科举前史[M].韩昇，刘建英，译.北京：中华书局，2008：118.

③ [清]赵翼.晋书.廿二史札记(卷8)[M].北京：商务印书馆，1958：148.

分科考试、择优录取人才，人才的内容因此不断丰富起来。唐代科举主要分为"常科"和"制举"两类，"常科考试每年由礼部定期举行，参加人员是生徒和乡贡；制举考试由皇帝不定期下诏举行，旨在选拔'非常人才'"①。因此考生就集中在了"常科"方面。"常科"的考试科目很多，有秀才、明经、进士、明法、明字、明算，还有一史、三史、开元礼、选举、童才等，但科目虽多，最受重视的却是明经、进士两科，"因为明字、明法等科，入仕后最高只能当到六品官，所以不为人所重"②，其他科也不常举行，倒是"秀才"一科在唐初档次最高，但由于要求过高，且贞观元年又规定，凡是被举荐应秀才科考试而不中者，要处分其所在州长官，因而应试秀才科的人士极少。秀才科在唐代只维持了二十八年，及第者总共才 29人，而进士科得人最盛。"唐代科举考试，登进士科共 6646 人，唐代 368位宰相中有 142 人是进士出身。"③在最受欢迎的明经和进士两科之中，明经又是以试"贴经"为主，即类似于现在的考试填空，因而常为后来"进士"出身者所看不起，如《学津讨原》本康骈《剧谈录》卷下，《元相国谒李贺》条记载：元和中年，进士李贺以诗歌为专长，得韩文公赏识，于是在缙绅之间，多有延誉，由此声誉日盛。当时的相国为元稹，已然老年，以明经及第，但也喜欢写一些诗歌、文章，闻李贺声名，于是很想结交他。一天，元稹拿拜帖上门拜访李贺，李贺却拒绝元稹进门，并让仆人传达道："明经擢第，何事来看李贺？"元相国无复致情，渐愤而退。④

　　李贺之所以有这个骄傲的态度，当然主要是与当时社会上重视文学才干和后来"进士"一科"以诗赋取士"的取士制度有关系。《宋本册府元龟》

① 孔令纪，等. 中国历代官制[M]. 济南：齐鲁书社，1993：160.
② 孔令纪，等. 中国历代官制[M]. 济南：齐鲁书社，1993：160.
③ 孔令纪，等. 中国历代官制[M]. 济南：齐鲁书社，1993：161.
④ ［唐］康骈. 剧谈录（卷下）[M]. 上海：古典文学出版社，1958：61.

载："开元以后，四海晏清，士无贤不肖，耻不以文章达。"①"进士"一科在唐初本只有"试时务策"一道，后来在一些大臣们的提议下，才加试"杂文"，《唐会要》卷七十六《进士》记录："调露二年四月，刘思立除考功员外郎。先时，进士但试策而已，思立以其庸浅，奏请帖经及试杂文。"②后来在高宗时社会政局稳定的情况下，统治者开始注意文治，重视文学，加上当时的主考官如张说等人对文学之士的大加提拔，吸引了许多有"诗赋"才能的人对"进士"考试趋之若鹜。又因为这种考试制度与近现代的一般学校考试不同，是一种行政上的录用考试，一旦考中和被录取，则意味着取得了担任官职的一种资格，同时也使得个人及其家庭的名声、地位得以大幅度提升，从普通"士子"上升为"士大夫"。加上这些以文学才能入"仕"的人所担任的官职一般又极为"清要"，就是中举后又"铨选"不中，也还可以去地方节度使那里做幕僚，如李商隐和早期的韩愈，因此就更加让人仰慕和以此为荣，民言也有"万般皆下品，唯有读书高"之说，充分证明了这些"文官"在当时读书人及普通大众心目中的地位。科举制自唐代以后一直延续到清末，在此期间通过科举入"仕"的文人可以说数不胜数，如宋代时的科举，"唐制，明经、进士及第每岁不得过五十人。今三四年间放三四百人，校年累举、不择词艺、谓之恩泽才又四五百人"③，这表明，宋代"官僚"队伍的补充全靠科举，而依中举的条件，文人当然是其中获益最大的。

中国古代的这种人才选拔制度把读书、赶考、做官三者紧密地结合在一起，圆满地实现了儒家先圣"学而优则仕"的理想，并因而形成了中国古

① ［宋]王钦若，等编. 宋本册府元龟（卷 640）［M］. 北京：中华书局，1989；2101.

② ［宋]王溥. 唐会要（卷 76）［M］. 北京：中华书局，1955；1379.

③ ［宋]李焘. 续资治通鉴长编（卷 181）（影印）［M］. 上海：上海古籍出版社，1985；1672.

代蔚为壮观的庞大"文官"群体。据说唐太宗曾在端门见到新科进士鱼贯而出的情形时，得意地说"天下英雄，尽入吾彀中矣"①，这同时也表明，以做官为诱饵的科举制度还是统治者笼络知识分子的有效手段，让他们一头扎在圣贤书中不问世事，是避免出现东汉末及东晋时期士族掌权现象的有效手段。

2."破格录用"。

中国古代官方除了常规的人才"选拔"之外，还有许多特殊的制度以待非常之才，如汉代就有"以材力为官"：《汉书·地理志》载："汉兴，六郡良家子选给羽林、期门，以材力（勇力）为官，名将多出焉。"②因此，不少人从军以建立军功进入仕途，一代名将李广、赵充国等就是以此入"仕"的；有"以方伎为官"，即指凡有一技之长者可得官，如卫绾"以戏车为郎，事文帝"③，周仁以医术，景帝为太子时，拜为舍人；还有"上书求官"一途，即"毛遂自荐"，武帝时这种风气很盛，"四方士多上书言得失，自炫鬻者以千数"④，武帝亲自审阅上书，因此"天下布衣各厉志竭精以赴阙廷自炫鬻者不可胜数。汉家得贤，于此为盛。"⑤主父偃、徐乐、严安、终军等都是因上书而得官的。而对于"文学才士"，当然也有捷径可走，除前面说的"上书求官"外，还有以才学高、名气大而获得官职的，如西汉时的司马相如，本是"以赀为郎，事孝景帝，为武骑常侍"，但事业上无大发展，后更归家，直至某日，"上读子虚赋而善之……乃召问相如"，相如作《上

---

①　[五代]王保定撰，陶绍清校证．唐摭言校证（卷1）[M]．北京：中华书局，2021：9.

②　[汉]班固．汉书（卷28）[M]．[唐]颜师古注．北京：中华书局，1983：1644.

③　[汉]司马迁．史记（卷103）[M]．[宋]裴骃集解，张守节正义．北京：中华书局，1956：2768.

④　[汉]班固．汉书（卷65）[M]．[唐]颜师古注．北京：中华书局，1983：2841.

⑤　[汉]班固．汉书（卷67）[M]．[唐]颜师古注．北京：中华书局，1983：2918.

林赋》《大人赋》等，"赋奏，天子以为郎"，后又"拜为孝文园令"①。又
《汉书·朱买臣传》：朱买臣家贫，但好读书，后遭其妻弃之，五十岁时，
同乡严助把他推荐给武帝，"召见，说《春秋》，言楚词，帝甚说之，拜买
臣为中大夫，与严助俱侍中"。这可以说是中国古代文人中从"非常之途"
以"文学才干"入"仕"的典型。

　　不仅是汉代，其他朝代同样也存在这样的"非常之途"。如在唐代，有
才之士通过"干谒"名人，然后由名人举荐也是文人们在科举之外常走的一
条入"仕"途径。唐代大诗人李白就是不循常规入"仕"的又一个代表人物，
李白早年受过极好的文化教育，他自己在诗中说"五岁诵六甲，十岁观百
家"，"常横经籍书，制作不倦"②，"十五观奇书，作赋凌相如"（《赠张相
镐二首》其二），且少年时好剑术，又受道家影响，这使得他的性格也不同
于一般知识分子，而是充满了"自由"的精神和气质。因而，他没有选择一
般读书人所循的"科举"之途晋身，而是以"隐"来提高名气，大约在18岁
的时候，他曾"隐居大匡山读书，从赵蕤学纵横术"③。然后"干谒"名人，
希图通过他们的举荐入"仕"，"十五好剑术，遍干诸侯"（《与韩荆州书》）
就是他自己对这一时期的生活描述。虽然这种特殊的入"仕"途径并没有像
他想象的那样容易："酒隐安陆，蹉跎十年"（《秋于敬亭送从侄耑游庐山
序》），但最终好运还是眷顾了他，天宝元年（742年），因人荐举④，李白
奉召入京，供奉翰林，开始了他一生中最为得意的生活：玄宗"降辇步迎，

---

　　①　[汉]司马迁.史记（卷117）[M].[宋]裴骃集解，张守节正义.北京：中华书
局，1956：2999-3068.
　　②　[唐]李白.上安州裴长史书[M]//李太白全集（卷26）.[清]李琦注.北京：
中华书局，1977：1243.
　　③　袁行霈主编.中国文学史（卷2）[M].北京：高等教育出版社，1999：262.
　　④　李白因何奉召入京，史料有不同的说法，魏颢《李翰林集序》说是由于玉真公
主的推荐；李阳冰《李翰林集序》说是因声名甚大，为玄宗所知；《旧唐书·文苑传》
《新唐书·文艺传》则说是由于吴筠的推荐等，不一而足。

如见绮皓。以七宝床赐食，御手调羹以饭之。……置于金銮殿，出入翰林中，问以国政，潜草诏诰，人无知者。"①他自己也在诗中表达了美梦成真的喜悦：

> 一朝君王垂拂拭，剖心输丹雪胸臆。忽蒙白日回景光，直上青云生羽翼。

> 幸陪鸾驾出鸿都，身骑青龙天马驹。王公大人借颜色，金章紫绶来相趋。②

除"干谒"外，唐代还有另外一条入"仕"的捷径可走，这就是"入幕"。在唐代，有许多的藩镇幕府，才学之士可以选择"充当他们的幕僚，然后再通过他们的推荐，以求逐步升迁"③，这种方式与先秦时的"稷下先生"和秦时"门客"颇为相似。这股入幕之风在唐后期更为明显，安史之乱后，"内轻外重的局面，使得文人士子纷纷投向藩镇使府，成了一股引人注目的社会风气"④。而藩镇对士人也极为重视，常礼遇士人，邀为幕职，使府辟署幕僚成了任官制度的一个重要补充。唐代大诗人李商隐就是由此途径入"仕"的一个典型案例：李商隐颇负才学，早年曾多次应试，但却不屑与其他人一样行卷干谒，《上崔华州书》中说："未曾衣袖文章，谒人求知。"⑤在当时行卷、干谒之风盛行的时候，李商隐毫

---

① ［唐］李阳冰.草堂集序［M］//李白年谱.安旗，薛天纬编.济南：齐鲁书社，1982：119.

② ［唐］李白.驾去温泉宫后赠杨山人［M］//李太白全集（卷9）.清王琦注.北京：中华书局，1977：485.

③ 孔令纪，等.中国历代官制［M］.济南：齐鲁书社，1993：168.

④ 孔令纪，等.中国历代官制［M］.济南：齐鲁书社，1993：168.

⑤ ［唐］李商隐.上崔华州书［M］//李商隐选集.周振甫选注.上海：上海古籍出版社，1986：323.

无背景且孤傲的举动当然会在一定程度上阻碍他的仕途，因而屡试不第，后来干脆放弃了考试，隐居王屋山，取山中的一条玉溪为自己的名号。其时与他曾经一同游学的令狐绹早已高中进士，仕途正得意，见李商隐累举不第，便邀其入父令狐楚幕，给李商隐提供了一个有保障的生活。这期间，令狐楚几次出资让李商隐参加考试，但仍未中举，在《上令狐相公状》中他表达自己的歉意："自叨从岁贡，求试春官，前达开怀，后来慕义，不有所自，安得及兹。然犹摧颓不迁，拔剌未化，仰尘裁鉴，有负吹嘘。"①直至开成二年（837 年），令狐绹任左补阙，他再次推荐资助李商隐去考试，那年的考官恰好是令狐绹的老朋友高锴，在清楚了令狐绹最欣赏的人是谁后，一句荐托的话没说，就放义山及第，官至弘农县尉。李商隐后来在《与陶进士书》中提及这段经历时并没有隐晦：

> 　　时独令狐补阙最相厚，岁岁为写出旧文纳贡院。既得引试，会故人夏口主举人，时素重令狐贤明，一日见之于朝，揖曰："八郎之交谁最善?"直进曰："李商隐"者。三道而退，亦不为荐托之辞，故夏口与及第。②

这证实了这种由幕主举荐入仕的真实性。当然，成也幕主，败也幕主，后来李商隐因娶令狐绹的对头王茂元的女儿为妻陷入晚唐时著名的牛、李党争之中，导致其考"博学宏词"受阻，其后仕途一直不畅，这也可以从一个侧面说明幕主对当时文人入"仕"发挥的重要作用。这种寻常"选官制"之外

---

① ［唐］李商隐.上令狐相公状［M］//李商隐选集.周振甫选注.上海：上海古籍出版社，1986：316.

② ［唐］李商隐.与陶进士书［M］//李商隐选集.周振甫选注.上海：上海古籍出版社，1986：327.

的入"仕"途径为那些真正的才学之士可以说是提供了一个非常好的入"仕"机会，且因为不用一大群人辛苦地挤"科考"这座"独木桥"，因而得到了很多文人的青睐，这从中晚唐"干谒""入幕"之风的盛行可以看出这种"非常之途"确实带给了文人们莫大的诱惑和动力。

而在宋代，统治者对文人"官僚"采取了更为优待的措施，不仅宋太祖立下"不杀士大夫"①的规定，而且，对那些连续参加科举不中的人，统治者还采取"特恩办法赐本科出身，并任以官职叫做特恩制"②。如《宋史·选举志一》中记载："凡士子于乡试合格后，礼部或廷试多次不录取者、遇皇帝亲试者，得立名册以奏，经特许附试，谓之特奏名。凡特奏名者，一般皆能得中。"③不仅如此，宋代统治者还对某些特定地区的读书人也有特别优待，如"旧蜀士赴廷试不及者，皆赐同进士出身"④，因而某些时候，这些被"破格录取"的人数甚至还超过了正规考试录取人数："二十一年，御试得正奏名四百人，特奏名五百三十一人"。⑤明清时期也有类似的"恩赐"，只不过能受到这种特恩进入官场的士人，年龄一般都比较大，如冯梦龙五十七岁时被补为贡生，蒲松龄更是在七十一岁时才补为贡生。但这种恩赐在一定程度上促成了文人们的入"仕"信心和增加"官员"身份的机会却是可以肯定的。

从以上笔者的分析可以看出，中国古代作者"官员"身份的形成，与知识分子受儒家文化影响、官方对文学才士的重视以及选官制度有着非常大的关系，知识分子也因此始终与"仕"（即做官）有着不解之缘。无论是汉代因选"贤良文学"而做官的大文学家董仲舒，还是因避"仕"而"隐"的魏晋

---

① 王瑞明. 宋代政治史概要[M]. 武汉：华中师范大学出版社，1989：448.
② 孔令纪，等. 中国历代官制[M]. 济南：齐鲁书社，1993：213.
③ [元]脱脱，等. 宋史(卷155)[M]. 北京：中华书局，1977：3623.
④ [元]脱脱，等. 宋史(卷155)[M]. 北京：中华书局，1977：3630.
⑤ [元]脱脱，等. 宋史(卷155)[M]. 北京：中华书局，1977：3629.

文人群体，或是唐代以后因科举入仕而涌现的大批文学作者，他们的一生都与"仕"或准备入"仕"有着非常紧密的联系。而从第一章我们分析过的身份对文学活动所产生的影响来看，中国古代作者这种极为重要和突出的"官员"身份也必然会对他们所从事的文学活动产生重要影响，从而使得中国古代的文学活动在审美这个特征外，还含有"官员"身份话语等在内的其他许多非审美成分。忽略了这点，便无法很好地理解中国古代文学活动中的一些特殊文学现象。

第三章 "官员"身份与中国古代文学活动

中国古代作者具有多重身份，以及具有哪些较为突出的社会身份，笔者在第二章已交代得很详细了。按照后现代的"身份"理论，作者身份会对文学活动产生影响，而且，多重身份的事实也决定了文学活动的复杂性，即不只受到一种身份的影响，而是多种身份的交叉影响。对于中国古代作者来说也是一样，他们持有什么样的身份也必然会对其所从事的文学活动产生重要影响，并且还会因作者的某些特殊身份而变得异常复杂。这主要体现为在作者身份的形成过程中，影响了作者身份构成的一些因素如历史、文化、政治等对作者所产生的影响，并且，没有任何一个主体的身份建构能够避开这些因素的影响。萨义德说："没有人曾经想出什么方法可以把学者与其生活的环境分开，把他与她（有意无意）卷入的阶级、信仰体系和社会地位分开，因为他生来注定要成为社会一员"，而这一切"会理所当然地继续对他所从事的学术研究产生影响"。因而，探讨中国古代文人身份的形成特点，以及由此对文学活动所产生的影响就显得很有必要。①

第一节 "官员"身份与作者多重身份的构成

在主体所具有的多重身份中，每个身份之间并不是毫无关联的，它们

---

① 爱德华·W. 萨义德. 东方学[M]. 王宇根，译. 北京：生活·读书·新知三联书店，1999：13.

往往存在着或多或少、或隐或显的某种联系，在某些特定的环境和时间中，有些身份还暂时占据着主导和优先的地位。而正是这种主导和优先性，往往决定了主体言行上的某些倾向性，从而形成了个体或群体区别于其他个体或群体的特点，并以一种潜移默化的方式影响和制约着他们的言说。对中国古代作者来说，他们最为特殊的身份很显然是其"官员"的身份，这不仅是因为他们中的许多人终生都以做官为目标，并有着"官员"的身份，而且他们其他身份的形成也受到了这种"官员"身份的影响，总与"官员"这个身份有着千丝万缕的联系，这也是中国古代作者区别于中国现当代和西方古代作者的最显著特征。这种身份构成上的特殊性必然也会影响到作者的行为及言说，形成言行上的某些特殊性，从而影响着他们所从事的文学活动。

一、作为"官学"的儒家文化

文化因素在主体的身份建构过程中，起着非常重要的作用，这不仅是因为文化本身属于意识形态的组成部分，还因为它还与个体或群体的文化身份认同有着密切的联系。而正如我们在本文第一章中所讨论的，个体或群体的文化身份认同直接影响着作者的文学活动，因而，讨论中国古代文化对作者身份构成的影响就显得尤为重要。

我们知道，中国古代的文化异常丰富，先秦有诸子百家，每一家都有着自己独特的学术思想和体系，儒家之外，还有墨家、法家、道家等。但历史发展到秦朝建立时，除儒、道、法三家外，其他诸子学说均呈衰弱之势，与这三家无法抗衡，并在以后逐渐销声匿迹。至汉武帝朝，在官方的提倡之下，儒家学说开始占据上风，以绝对的优势超越了其他两家并影响了当时大多数的读书人。当然，这并不是说道、法两家被取消了，而是因为各自的发展方向和学术思想不同，如道家不善著书立说的特点在某种程度上便影响了它学术思想的广泛传播,法家则作为一种治国手段被统治者纳入政治体系中,因而对中国古代读书人的思想影响均不及儒家。即便在魏晋时期,道家和新传入的佛学再一次对中国古代的知识分子产生了重大影响,甚至在某些方面的影响在一定时期内还几乎与儒家程度相当,并在此后一直或多或少地影响着同时代的知识分子。但是,儒家在这个过程中却始终未失去它的生命力,儒学作为"官学"的地位并未改变,只是采取了一种迂回发展的方式,这从宋代新儒家的兴起可以看出儒家学说的这种顽强生命力。基于此,有学者总结道:"横亘整个中古时代,儒家仍然是一个坚韧不摇的思想与价值系统,孔子仍是人们一致钦仰的圣人,儒经仍为中土圣典。"①也正是儒家文化的这种生命力,以及作为官方主流文化的地位,不仅使得中国古代的大多数知识分子先天性地具有了"士"和"儒士"的身份,还促成了他们"士大夫"等身份的形成,成为他们的一种身份文化。并且,儒家文化的这种影响力,还使得知识分子们在对自己的这种身份文化产生认同后,形成了相关的身份责任感,影响着他们的言行,这在本文第二章中已有具体论述。这种影响表现得最为突出的便是中国古代知识分子对于理想人格的追求。儒家对于作为知识分子的"士"和自己弟子的言行要求颇为严苛,如孔子说"士而怀居,不足以为士矣"②,又说"士志于道,而耻恶衣恶食者,未与足议也"③;孟子则说得更具体,要求"富贵不能淫,贫贱不能移,威武不能屈"④"士穷不失义,达不离道"⑤,并且"无恒产而有恒心者,唯士唯能"⑥……总之,就是要求知识分子能够拥有一种异

① 陈弱水. 唐代文士与中国思想的转型[M]. 桂林:广西师范大学出版社,2009:导言.

② 杨伯峻. 论语译注[M]. 北京:中华书局,2009:143.

③ 杨伯峻. 论语译注[M]. 北京:中华书局,2009:36.

④ 杨伯峻. 孟子译注[M]. 北京:中华书局,1960:128.

⑤ 杨伯峻. 孟子译注[M]. 北京:中华书局,1960:281.

⑥ 杨伯峻. 孟子译注[M]. 北京:中华书局,1960:16.

于常人的理想人格，不为贫穷、富贵等世俗功利性的东西所改变、动摇。儒家先圣的这些言论和思想深深地影响了后来以儒学为基础知识的中国古代知识分子，使得他们在很多时候也常常自觉地以这种理想人格的标准来要求自己，这主要体现在以下两方面。

一是传"道"的责任感。中国古代统治者把儒学作为官学，使得儒学成为中国古代读书人的基础教育，因而儒家文化对中国古代知识分子的影响可以说非常深远，其中很重要的一点便是表现在其"仕"的观念上。儒家先圣是提倡其弟子"入仕"的，如孔子就曾明白地说过"邦有道，则仕"①"邦有道，谷"②之类的话。但这个"仕"并不是简简单单地做官，而是为着载"道"而行的，就是所谓的"士志于道"。

"士志于道"是儒家思想中的一个核心观念，是儒家知识分子对自己责任的阐述，同时也是先秦"士"阶层所共有的理想和责任。"士"成为"道"的承担者中间经过了一段曲折的历史发展，简言之，这里面主要含有客观和主观两方面的因素：客观方面是春秋末期"士"从上古"封建"秩序中游离出来，获得了身份上的解放；主观方面则是春秋末期"'礼坏乐崩'、王官失守之后，诗书礼乐的传统流散到了'士'阶层之手"③，而且古代的"士"本来就熟悉礼乐，所以这个发展可以被认为是顺理成章的。也就是说，面对春秋末年礼乐和国家制度的分崩离析，作为有良心和有责任感的知识分子，不可能对此视而不见。也因此，"先秦诸学派无论思想怎样不同，但在表现以道自任的精神这一点上是完全一致的"，④ 只不过，知识分子以道

---

① 杨伯峻. 论语译注[M]. 北京：中华书局，2009：161.
② 杨伯峻. 论语译注[M]. 北京：中华书局，2009：143.
③ 余英时. 中国知识分子的古代传统：兼论"俳优"与"修身"[M]//士与中国文化. 上海：上海人民出版社，2003：107.
④ 余英时. 古代知识阶层的兴起与发展[M]//士与中国文化. 上海：上海人民出版社，2003：24.

自任的精神在儒家表现得最为强烈。儒家所说的"道",笔者在本文第二章已分析过,它与道家所说的"天道"不同,是一种关乎人伦日用的"人道"。要想实现这种"人道",作为知识分子的"士"有着不可推卸的责任,这从孔子对"士"的要求可知,如"士志于道""君子忧道不忧贫"等,这些言论都在强调士的价值取向必须以"道"为最后的依据。孔子的这些言论使得中国古代的知识阶层才刚出现在历史舞台上时,便已被注入了一种理想主义的精神,即"要求它的每一个分子——士——都能超越他自己个体的和群体的利害得失,而发展对整个社会的深厚关怀"①。孔子用"士志于道"来要求其弟子,曾参发挥师教,说得更为明白:"士不可以不弘毅,任重而道远。仁以为己任,不亦重乎?死而后已,不亦远乎?"②亚圣孟子也多次提到"士"的这种责任,如"天下有道,以身殉道;天下无道,以身殉道。未闻以道殉乎人者也"③;荀子也有"士君子不为贫穷怠乎道"④的说法。

这一儒家的原始教义对后世的"士"产生了深远的影响,使得儒家弟子们也自觉地以道自任,而且,越是在"天下无道"的时代愈显示出它的力量。因此,作为中国古代知识分子的"士"尤其是儒士从一开始便明确了"入世"的目的,即以天下苍生之疾苦作为自己的责任,《大学》中的"修身、齐家、治国、平天下"⑤四项更是被他们当作"入世"的目标和行动指南。中国古代作者作为知识分子群体,在以儒学为基础知识的学习过程中,当然也就难免会受到这种文化的深刻影响,使他们在自觉地以"道"自任时,还以追求儒家的理想人格为人生目标。这样一来,就在他们身上形

---

① 余英时. 古代知识阶层的兴起与发展[M]//士与中国文化. 上海:上海人民出版社,2003:25.

② 杨伯峻. 论语译注[M]. 北京:中华书局,2009:79.

③ 杨伯峻. 孟子译注[M]. 北京:中华书局,1960:297.

④ [清]王先谦译注. 荀子集解(卷1)[M]. 沈啸寰,王星贤点校. 北京:中华书局,1988:28.

⑤ 王文锦. 大学中庸释义[M]. 北京:中华书局,2008:2.

成了一种深厚的"士魂"精神，使得他们以此为自身言行的目标，比如对"修身"以"立命"的讲究。"修身"的观念据余英时先生考察最初是源于古代"礼"的传统，是一种外在的修饰，"但孔子以后已转化为一种内在的道德实践，其目的和效用则与重建政治社会秩序密不可分"①，即用"修身"来"立命"，也就是实现"道"的理想。因而，对于儒家弟子来说，与其说是修身，不如说是"修心"更为贴切。后世儒家修身，也主要是以《孟子·公孙丑》上篇中的《知言养气》章和《尽心》上、下两篇为理论依据，如《孟子·尽心》篇言：

> 古之人，得志，泽加于民；不得志，修身见于世。穷则独善其身，达则兼善天下。②
> 守约而施博者，善道也……君子之守，修其身而天下平。③

孟子言论中的"穷则独善其身，达则兼善天下"一句尤为重要，"'达'是得君行道，可以使天下治；'穷'则不为权势所屈，以致枉'道'从之"④，这样，就维护住了"道"的尊严。而修身也不是普通标准能达到的，必须先要"正心"，所谓"欲修其身者，也正其心，欲正其心者，先诚其意，欲诚其意者，先致其知"⑤是也，荀子也在《修身》篇中说：

> 志意修则骄富贵，道义重则轻王公；内省而外物轻矣。……士君

---

① 余英时. 中国知识分子的古代传统：兼论"俳优"与"修身"[M]//士与中国文化. 上海：上海人民出版社，2003：110.
② 杨伯峻. 孟子译注[M]. 北京：中华书局，1960：281.
③ 杨伯峻. 孟子译注[M]. 北京：中华书局，1960：314.
④ 余英时. 中国知识分子的古代传统：兼论"俳优"与"修身"[M]//士与中国文化. 上海：上海人民出版社，2003：113.
⑤ 王文锦. 大学中庸译注[M]. 北京：中华书局，2008：2.

子不为贫穷怠乎道。①

前引孔子所说的"士志于道，而耻恶习衣恶食者，未足与议也"，以及"士而怀居，不足以为士矣"也都表明了要成为一个合格的士，必须能经受住贫穷和富贵的考验，免除利欲之心。另外，"修身"也和"仕"有着一定的关系，因为这关系到统治者取"士"的标准，《淮南子·主术训》篇末云：

> 士处卑隐，欲上达必先反诸己。上达有道，名誉不起而不能上达矣。……诚身有道，心不专一不能专诚。道在易而求之难，验在近而求之远，故弗得也。②

这段话充分说明"修身"是"取誉"的手段，取得名誉之后，士才有上达的机会。从汉代察举制中"举孝廉"以在乡里的德行声望作为举荐条件，以及魏晋时期"九品官人法"以"德"为其一个很重要的考察标准，可以看出士人"修身"的重要性和目的性。

可以说，不管是魏晋南北朝时候的名士以谈玄理来"正心"、唐朝时候的诗人追求的"诗心"或是宋代新儒家谈论的"心性"，都是从早期儒家对"士"在"修身、正心"这种修养要求上的延展。这也表明，中国古代知识分子在儒家文化的熏陶下，儒家教义中对"士"的要求和责任便已渐渐地灌输到了他们的思想里面，让他们自觉地承担起了"道"的责任，并认为这种责任是天经地义的，否则就不配为一个合格的"士"。从杜甫的

---

① [清]王先谦译注．荀子集解(卷1)[M]．沈啸寰，王星贤点校．北京：中华书局，1988：27.
② [汉]刘安．淮南子(卷9)[M]．马庆洲注评．南京：凤凰传媒出版集团，2009：128.

"致君尧舜上，再使风俗淳"，至朱熹"试思人以眇然之身，可以赞天地之化育"①、范仲淹"先天下之忧而忧，后天下之乐而乐"，都展现了浓郁的"士魂"底蕴。也因此，中国古代的文学理论异常重视"文品"：刘熙载就有"诗品出于人品"②之说，唐代古文运动先驱孤独及、梁肃曾明确提出"先道德而后文学"③，石介在《上蔡副枢密书》中也说"道德，文之本也"④，强调品德对文人创作的影响。陆游说得更为具体："夫心之所养，发而为言；言之所发，比而成文。人之邪正，至观其文则尽矣、决矣、不可复隐矣。"⑤人品制约着文品，从文品又可以窥视作者的人品，扬雄因而有"心声心画"⑥之说。语言、文字都是人的内在思想感情的表达，通过语言文字可以判断出君子与小人。另外，这种传"道"的责任还影响了他们对文学功能的看法，如讲求文章的"载道""美刺""风教"等功能，这种文学观念的产生可以说正是缘于儒家的传"道"责任，是他们儒士身份对文学活动产生影响的一种表现。同时，因为儒家文化中载"道"理想的驱使，还使得它成了构建中国古代作者另外几重身份如进士、士大夫等的诱因，即因为做官可以最大程度地实现"道"，文人们便有着积极"入仕"的热情，而在这个"仕"的过程中，其他几个身份也被随之建构起来。

二是生命价值观。"人固有一死，或重于泰山，或轻于鸿毛"⑦，司马

① ［宋］黎靖德编．朱子语类(卷17)［M］．王星贤点校．北京：中华书局，1983：376.
② ［清］刘熙载．艺概［M］．上海：上海古籍出版社，1978：82.
③ ［唐］梁肃．常州刺史独孤及集后序［M］//唐代文选．孙望，郁贤皓主编．南京：江苏古籍出版社，1991：443.
④ ［宋］石介．上蔡副枢密书［M］//四川大学古籍整理研究所．全宋文(卷620)．成都：巴蜀书社，1991：195.
⑤ ［宋］陆游．上辛给事书［M］//陆游集(卷5)．北京：中华书局，1976：2087.
⑥ ［汉］扬雄．扬子法言［M］．北京：中华书局，1954：14.
⑦ ［汉］司马迁．报任安书［M］//傅璇琮编．中国古典散文精选注释(书信卷)．北京：清华大学出版社，2009：24.

迁在《报任安书》中所表述的这个生死观，体现了中国古代以儒家文化为基础的"官僚"型文人对理想道德品格的追求。孔子和孟子都曾有过一些关于生、死的言论，并且把它作为判断"士"之品德标准。孔子说："志士仁人，无求生以害仁，有杀身以成仁。"①孟子说："生亦我所欲也，义亦我所欲也，二者不可得兼，舍生而取义者也。"②也就是说，在孔、孟看来，"仁"和"义"的品德都是比生命还珍贵的东西。而他们的这种生命价值观，两千多年来一直为文人和仁人志士们所崇奉并实践，无论是犯颜直谏，据理力争，或是身陷囹圄，面临刑戮，都体现出在这种献身精神鼓舞下对个体人格的完美追求。战国时期的大诗人屈原，满怀忠心，却遭小人排挤，以至被放逐，最后悲愤交加投江而死，但他正直的形象却一直为历代文人所景仰。屈原的"信而见疑，忠而被谤"的命运，也是历来中国古代正直文人所常有的遭遇，但作为一个儒家理想人格的诗人，他被后来有同样际遇的文人们反复咏叹，如贾谊之《吊屈原赋》。儒家的这种生死观在明末时期表现得尤为明显，明朝灭亡，清军强势进驻，许多人都不得不在命运面前低头，顺从清军。但有一群人却例外，他们就是明末的知识分子群体③。他们中的许多人不仅至死不从，甚至许多人被"杀身成仁"，也无怨无悔，因为在他们看来，这正是一个"儒士"所应该具有的高风亮节。如明末诗人夏完淳，是抗清勇士，事败被捕下狱，他在临死前写的绝命诗中说："今生已矣，来世为期；万岁千秋，不销义魄；九天八表，永历英魂。"④一个"义"字，把中国古代文人骨子里的那种"士"气表露无遗，儒家的那种豁达的生死观，使得一群文弱书生居然可以像战场上的勇士一样藐视死神，可见其影响之深。中国古代的诗歌中有许多这种谈论生死的主题，不可谓没

---

① 杨伯峻．论语译注[M]．北京：中华书局，2009：161.

② 杨伯峻．孟子译注[M]．北京：中华书局，1960：245.

③ 也有人称之为"士大夫"，如赵园《明清之际士大夫研究》等。

④ [明]夏完淳．土室余论[M]//夏完淳集(卷8)．北京：中华书局，1959：147.

有受到作为官方文化的儒家生命价值观的影响，很显然，这就是源于他们儒士身份的影响，是他们儒士身份话语的一种体现。

除此之外，儒家文化对中国古代知识分子的影响还表现在他们对"忠""孝""男女关系"等道德标准的看法上，如"尊尊、亲亲、贤贤"的人际关系标准，"不孝有三，无后为大"的人伦规范，"男尊女卑""男女授受不亲"的父权话语等。这些文化理念共同形成了一种官方意识形态，使得以儒家文化为基础知识的中国古代作者不可避免地受到影响，影响到他们身份意识的形成，甚至深刻地渗透至其无意识中，进而反映在他们的文学活动中。

二、"选官"制和"官制"

在中国古代作者多重身份的形成过程中，不得不提的是它的一些政治社会体制，而最为突出的莫过于它的"选官"制度和一些特殊的"官制"。可以说，中国古代作者最突出的几个身份都是因这种特殊制度而形成的，如儒士、进士、士大夫、文人等。笔者在本文第二章的第二节中详细谈到过中国古代人才选拔制度对知识分子的优待，即不仅常规的选官制中大部分政策如唐代科举考试中"明经"一科重在选拔精通儒学之士，"进士"科以诗赋取士等制度对儒学、文学之士大开方便之门，而且针对那些不愿意走常规入仕途径的文学才士，统治者还制定了许多特殊的征召政策，如"上书求官""荐举"等。加上这些人入"仕"后的职位一般都较为清贵①，以后升迁也快。据统计，"唐代科举考试，登进士科共 6646 人，唐代 368 位宰相中有 142 人是进士出身"②，其知名文士中就有四位是从明经、进士及第释褐"校书郎"后官至宰相的：张说、元稹、张九龄、李德裕；加上功名利禄

---

① 赖瑞和.唐代基层文官[M].北京：中华书局，2008：14.
② 孔令纪，等.中国历代官制[M].济南：齐鲁书社，1993：160.

非常优厚，地位也可以随之得到极大提升，因而极大地激励了当时的读书人，使得他们把做官当成人生最好的出路，甚至许多人终其一生，都在向着这个"官员"这个目标身份奋斗。而在这个过程中，其他的身份也随之得以形成。

儒士。中国古代读书人的入"仕"热情，在杜牧的《冬至日寄小侄阿宜诗》中得到了最好的体现：

> 愿尔一祝后，读书日日忙。一日读十纸，一月读一箱。
> 朝廷用文治，大开官职场。愿尔出门去，取官如驱羊。

杜牧这首诗，不仅表明了当时的统治者们对文学之士的重视，还很能反映唐代士人家庭对做官的重视。在这个侄儿还很小的时候，杜牧就已经在盼望他将来好好读书，以便来日可以"取官如驱羊"。事实上，读书人对做官的热情，并不始兴于唐代，早在先秦便已有体现，《论语·泰伯》中说"三年学，不至于穀，不易得也"，杨伯峻先生把这一句翻成白话，即"读书三年并不存做官的念头，这是难得的"①，可知先秦读书人对做官也有着相当的热情。因而有学者认为，"做官是中国最古老的行业之一，也是古人读书最重要的目的之一"②，充分彰显了读书人与"官"之间的密切联系。

这种入"仕"热情给中国古代读书人的影响是直接形成了他们儒士的身份，也就是说，正因为选官制给了知识分子极大的优待，并且选拔标准是以儒学才能为基本考察目标，才使得中国古代的读书人在一开始时，就以儒学为基本学习内容，儒士的身份也因此得以形成。比如，隋唐开始的科举制度，在选拔任用上，寒门出身者与出身自门阀之家的人处于一个相对

---

① 杨伯峻. 论语译注[M]. 北京：中华书局，2009：81.
② 赖瑞和. 唐代基层文官[M]. 北京：中华书局，2008：导言.

来说较平等的地位，不仅有利于人才的选拔，还为庶族地主等提供了"入仕"机会。① 其最热门的"进士"和"明经"两科，就是以儒学才能为基本考察对象的，虽然中唐时，"诗赋取士"基本上成为"进士"科的主要取士倾向②，但"进士"科考试中却并不是只看考生的诗赋才能，还有"试策、帖经、杂文"等偏重儒学才能的考试类目，只不过，考生的文学才能在这种"诗赋取士"的倾向下却是实实在在地被培养起来了，这也是人们一提到儒士，就会将其视为文学之士的重要原因。科举制度被后来的统治者所沿用，直到清末科举废止，在这长达一千多年的时间里，虽然其间统治者也对考试科目和取士制度作过各种调整，但对儒学、诗文才能的重视仍是其主要考核指标和特色。如在宋代，"宋之科目，有进士，有诸科，有武举。……神宗始罢诸科，而分经义、诗赋以取士，其后遵行，未之有改"③；明代科举只有进士一科，与唐代稍有不同的是，明代在重诗赋才能的同时，更为看重考生的儒学才能，洪武三年(1370年)朱元璋下诏："汉、唐及宋，取士各有定制，然但贵文学而不求德艺之全。……自今年八月始，设科举，务取明经行修、博通古今、名实相称者。朕将亲策于廷，第其高下而任之以官。使中外文官皆由科举而进，非科举者毋得与官。"④清代统治者也是在看重考生的儒学才能同时，要求诗文并举，如乾隆五十二年(1787年)，就确定首场试"四书文"三篇，五言八韵诗一首；第二场，五经文五篇；第三场，经史、时务策五道。并从此成为定制。⑤

　　中国古代的这种取士制度在很大程度上促成了读书人的学习方向，即

----

① 　孔令纪，等．中国历代官制[M]．济南：齐鲁书社，1993：138.
② 　见本文第二章第二节。
③ 　[元]脱脱，等．宋史(卷155)[M]．北京：中华书局，1977：3604.
④ 　[清]张廷玉．明史(卷70)[M]．长沙：岳麓书社，1996：988.
⑤ 　张靖．晚清选官制度变革研究[M]．北京：中国检察出版社，2010：81.

以儒学为其主要学习目标,隋唐以后,又增加了诗文培养。也因为如此,读书学习成了他们"入仕"前的重要生活内容,如李白就说他自己"五岁诵六甲,十岁观百家","常横经籍书,制作不倦"①。白居易在《与元九书》中也自述"及五六岁,便学为诗,九岁谙识声韵,十五六始知有进士,苦节读书。二十已来,昼课赋,夜课书,间又课诗,不遑寝息矣。以至于口舌成疮,手肘成胝,既壮而肤革不丰盈,未老而齿发早衰白,瞥瞥然如飞蝇垂珠在眸子中也,以动万数。盖以苦学力文所致,又自悲矣"②,将其"入仕"前的苦学生涯描述得触目惊心。唐代读书人的这种勤奋读书的状态在中国古代并不是特例,而是许多读书人的常态。早在唐代之前,书生的这种苦读状态就已有记载,如《太平御览》中就引《楚国先贤传》中记载战国时苏秦为博取功名发愤读书,每天读书到深夜,到要打瞌睡的时候,就拿锥子刺一下大腿来提神;又汉代的孙敬,为读书曾闭门不出,日夜诵习经书,被称为"闭户先生"。夜里极为困倦欲睡时,他就用绳索把头发系紧。把绳索挂在屋梁上,每当瞌睡低头,即可被拉醒③。两人的故事后来成为"悬梁刺股"的典故,以喻刻苦自学。南朝梁代文学家任昉的《答陆倕感知己赋》中"时坐睡而悬梁,裁据梧而锥握"句即用此典。西汉的匡衡是当时有名的经学家,以解说《诗经》著称于世。他少年时勤奋好学,但是家境贫寒,夜里读书时没有灯烛来照明。匡衡就凿穿墙壁,使邻家烛光照入,以此来刻苦读书。后来终于学成,汉元帝时官至丞相,被封为乐安侯,④"凿壁借光"也因而成为家贫苦读之典范。在这样的风气影响下,中国古代的

① [唐]李白. 上安州裴长史书[M]//李太白全集(卷26). 北京:中华书局,1977:1243.

② [唐]白居易. 与元九书[M]//白居易集(卷45). 顾学颉校点. 北京:中华书局,1979:963.

③ [宋]李昉. 太平御览(卷611)[M]. 北京:中华书局,1960:2748.

④ 向新阳,刘克任. 西京杂记校注(卷2)[M]. 上海:上海古籍出版社,1991:95.

许多家庭都十分重视孩子的教育问题，出现了"父教其子，兄教其弟，五尺童子耻不言文墨"的局面，甚至还有僧道还俗应举和武夫盗贼折节读书的现象，① 家境贫寒或者来自社会低下层的人士更是立志发愤，以期有朝一日金榜题名，能够为自己和家族争得荣耀。然而，不管他们最后有没有成为官员，在这个为着"做官"而学习和训练的过程中，儒士的身份却因为他们的儒学背景而建构起来已是不争的事实。并且，因为要"做官"而努力地训练自己的文学才干，也使得他们的文学素养大为提升，为他们以后的文学活动奠定了一个良好基础。

进士。中国古代读书人在积累了一定的知识，达到相应的年龄后，很重要的一个生活内容就是进京赶考，于是在每年科考之时，总有许多考生从全国各地涌向京城，以待礼部之试。而在这个考的过程中，另外一种身份又被建构起来了，这就是"进士"的身份。"进士"这个称呼虽然早在古书中出现，如《文献通考》引礼书云"秀于一乡者谓之秀士，中于所选谓之选士；俊士以其德之敏也，造士以其材之成也，进士以其将进而用之也"②，但与文人学士发生密切联系却是在"进士科"设立之后，也就是说，隋唐进士科的设立赋予了"'进士'以新的内容，它的原义只不过在语义学上有其一定的位置罢了"③。一般认为，进士科创建于"大业元年（605 年）闰七月"④，当然也有人如傅璇琮先生等人认为始于唐代："进士科是唐代出现的新事物"⑤。但不管起始时间如何，进士科对文人学士的影响最深、最广却是毋庸置疑的。何谓进士？五代时的词人牛希济在《贡士论》中说："国

① 杨波．长安的春天　唐代科举与进士生活［M］．北京：中华书局，2007：180.
② ［元］马端临．文献通考（卷40）［M］．北京：中华书局，1986：379.
③ 傅璇琮．唐代科举与文学［M］．西安：陕西人民出版社，2007：160.
④ 刘海峰．科举制的起源与进士科的起始［J］．历史研究，2000（6）：5.
⑤ 傅璇琮．唐代科举与文学［M］．西安：陕西人民出版社，2007：160.

家武德初,令天下冬季集贡士于京师,天子制策,考其功业辞艺,谓之进士。"①也就是说,进士身份的形成与考试制度有着密不可分的关系。而中国古代的考试制度,笔者在前面已多次提到,是非常有利于儒学之士的,而对那些文学才能特别突出的儒生,进士科的影响更大。

唐初,进士科实际上只有"试时务策"一道,后来在大臣刘思立的提议下才加上试帖经、杂文,《唐会要》卷七十六《进士》记录:"先时,进士但试策而已,思立以其庸浅,奏请帖经及试杂文。"②这时期考察进士学问的好坏也"主要不是看文章的内容,而是看文章的词华"③,这差不多可以说是南北朝以来浮艳文风的影响。在加入试杂文后,考生的文字能力得到了重视,但所试的杂文"仍为士子所熟习的箴、表、铭、赋之类"④,这从《颜元孙神道碑》记元孙举进士"省试《九河铭》《高松赋》"⑤可以看出来。随着政局的稳定和经济的发展,开元之治的局面逐步形成,最高统治者开始注意文治,提倡文学。一代文宗张说被擢为中书令,他对考生文学才能的看重使得由"进士"及第的人逐渐增多。自开元十一年(723年)至二十一年(733年),崔颢、祖咏、储光羲、崔国辅、綦毋潜、王昌龄、常建、贺兰进明、王维、薛据、刘长卿、元德秀等先后及第。这样著名的文学之士在及第的进士总数中虽然不占很大比例,"但在一个时期内有这样多的诗人及第,是前所未有的"⑥。而后,天宝元年长于文才又好接后辈的韦陟为礼部侍郎知贡举,他让多有文学之才的落榜举子自呈诗文,以观其才,补察遗漏,以至天宝二年至天宝八载(743—749年)"达奚珣、李严相次知贡

---

① [清]董诰,等编.全唐文(卷846)[M].北京:中华书局,1983:8468.

② [宋]王溥.唐会要(卷76)[M].北京:中华书局,1955:1379.

③ 吴宗国.唐代科举制度研究[M].北京:北京大学出版社,2010:121.

④ 吴宗国.唐代科举制度研究[M].北京:北京大学出版社,2010:123.

⑤ [清]董诰,等编.全唐文(卷341)[M].北京:中华书局,1983:2503.

⑥ 吴宗国.唐代科举制度研究[M].北京:北京大学出版社,2010:124.

举，进士文名高而帖落者，时或试诗放过，谓之'赎帖'"①。天宝十二载至十五载(735—738年)，杨浚知贡举，他不仅要萧颖士向他推荐文才，而且继续令举人自通文笔。天宝十三载(736年)进士及第的元结追记说："天宝十二年，漫叟以进士获荐，名在礼部。会有司考校旧文，作文编纳于有司。"②主司在考试前要求举子交纳省卷，先看举子的文才诗笔在当时成为一种惯例，可见诗赋已成为衡量举子文学才华的主要依据。"'主司褒贬，实在诗赋'，以诗赋作为进士录取的主要标准，就这样在天宝年间最后确定下来。"③

这种对考生文学才能的看重，使得进士科在唐代成为人们心目中最为重要的一个考试科目，许多读书人便专攻诗赋以应进士试，从而促进了他们文学素养的提高，这恐怕也是唐代诗歌繁荣、佳作辈出的一个重要因素。大文论家严羽在《沧浪诗话》中曾说到进士科对唐代文学的影响，认为"唐以诗取士，故多专门之学，我朝之诗所以不及也"④。并且，由于选官制度对文学之士的偏好，也使得进士及第者的地位远高于同时代的其他官员，《唐摭言》卷一云：

> 缙绅虽位极人臣，不由进士者，终为不美，以致岁贡常不减八九百人。其推重谓之"白衣公卿"，又曰"一品白衫"；其艰难谓之"三十老明经，五十少进士"。⑤

应进士试的举子还在穿着白麻衣去行卷或应试的时候，已被人推重，认为

---

① [唐]封演. 封氏闻见记(卷3)[M]. 赵贞信校注. 北京：中华书局，2005：16.
② [唐]元结. 元次山集(卷10)[M]. 中华书局，1960：154.
③ 吴宗国. 唐代科举制度研究[M]. 北京：北京大学出版社，2010：126.
④ [宋]严羽. 诗辩[M]//沧浪诗话校释. 郭绍虞校释. 北京：人民文学出版社，1983：144.
⑤ [五代]王定保. 唐摭言(卷1)[M]. 上海：上海古籍出版社，1978：4.

将来可以位至公卿，官居一品，不难想象，进士在时人心目中的地位之高。而在唐以后的宋、元、明、清等朝代中，"进士"科仍是科举考试中最重要的一个科目，我们所熟知的许多名著也仍是出自许多参加过"进士"试的作者之手，如苏轼、欧阳修、冯梦龙等人。由此可以看出，正是中国古代的这种"选官"制度在很大程度上建构了中国古代作者"进士"——即准官员的身份，使得他们中的许多人终其一生都在为获得这个身份而努力。

士大夫。中国古代的读书人在通过明经、进士考试后，并不能马上做官，还要参加吏部的铨选获得任官资格后才能成为正式的官员，这从唐代大文豪韩愈自述其"三选于吏部卒无成"①可以得到证明。因而，作为"进士"，在未通过吏部铨选和获得实质性的官职之前，他们还只能被称为"准官员"。而一旦通过吏部的铨选，成为正式的官员后，中国古代的知识分子们便又获得了另外的身份：士大夫。可以看到，正因为中国古代的选官制度以儒学、文学才干为人才选拔目标，才使得文人儒士们有了可以做官的机会，这也证明了社会政治体制在作者身份构建中所起的重要作用。另外，前面说过，读书而没做官的人称之为士，读了书又做官的人便称之为士大夫，因而士大夫之称所包含的实际上是"官员—文人"的双重身份含义，这也是中国古代作者迥异于现代和西方古代作者群体的最典型身份特征。在对"官僚"政治有着深入研究的马克斯·韦伯看来，中国古代的士大夫与西方的国家官僚是有些不同的，"官僚"在他看来应该是这样的一种社会角色：他们仅仅依照专业资格受职任事，依照功绩和年资领俸升迁，并严格依照和充分利用成文的法典规章、文书簿记从事公共行政的职员。②中国古代的士大夫却基本上都是受过"古老文学教育的一个有功名的人；

① ［唐］韩愈．上宰相书［M］//韩昌黎文集校注（卷3）．马其昶校注，马茂元整理．上海：上海古籍出版社，1987：153.

② 转引自阎步克．士大夫政治演生史稿［M］．北京：北京大学出版社，1996：7.

但他丝毫没有受过行政训练，根本不懂法律，但却是写文章的好手……"①
然而，正如阎步克先生所说，帝国政府庞大复杂的行政事务凸显出了他们
"官僚"的形象，浩如烟海的诗文著述又凸显出其"文人"的形象，士大夫的
这"二任"明明有别，并且各自相当发达，但又整合于"一身"之上，因而，
无论如何，这是个特别现象②。

　　但是，尽管"士大夫"这个身份体现的是其"官员-文人"的复合身份特
点，然而，从第二章所分析的他们的写作不具有专业性、文学作者身份总
是置于官员身份之下的特点来看（宋代大文豪黄庭坚也曾在其予外甥洪刍
的信《答洪驹父书》中直言"文章最为儒者末事"），还是"官员"身份占据了
主导地位的。这不仅是因为作为一个官员，他们有着自身的身份使命感；
更重要的是，他们"士大夫"身份的形成受到了作为官方意识形态的儒家文
化深刻影响，而意识形态本身"是一种观念体系，以及根据这种观念体系
从事政治的企图和实践"③。而且儒家本身是对政治充满着热情的，这从前
引儒家先圣对其弟子"入世"的诸多言论和态度可以看到。受这种政治文化
的影响，加上当时没有提供可实现专业写作的经济条件，士大夫们便很难
不将其"官员"身份置于一个优先的位置上，并因此影响了他们的文学写
作，本书第四章中将谈到他们"心怀魏阙"的大爱情怀、"文以载道"的文学
功能观。

　　隐士。隐士在中国古代属于一个非常特殊的群体，中国古代作者中就
有许多非常有名的隐士，如陶渊明、王维、罗隐、陆龟蒙、林逋、李渔等
人，这说明"隐士"身份也是中国古代作者多重身份的一个构成部分。隐士

---

①　马克斯·韦伯. 世界经济通史[M]. 姚曾廙，译. 上海：上海人民出版社，
1981：287.
②　阎步克. 士大夫政治演生史稿[M]. 北京：北京大学出版社，1996：8.
③　阎步克. 士大夫政治演生史稿[M]. 北京：北京大学出版社，1996：9.

作为指代社会身份的概念出现得非常早，《庄子·缮性》篇曰："古之所谓隐士者，非伏其身而弗见也，非闭其言而不出也，非藏其知而不发也，时命大谬也"，又"虽圣人不在山林之中，其德隐矣"①；孔子也曾说"贤者辟世，其次辟地，其次辟色，其次辟言"（《论语·宪问》）。这说明，作为一个隐士，"隐"是他的一个基本属性，并且其藏形匿迹之处一般在山林之中，而孔子的避世、避地和庄子的德隐又揭示了隐士不涉仕途的特质。而一个人具备什么样的品行才可以被称为"隐士"呢？《韩诗外传》卷七云："齐有隐士东郭先生、梁石君……世之贤士也。隐于深山，终不屈身下志以求仕"。这就具体化了"隐士"的身份特质：贤，指其道德品格高尚；隐于深山，指其确立身份的行动；不仕，说明隐士不事王侯，处在官僚体系之外。具有这种身份特质的人才可以被称为隐士。然而，在以后的社会发展中，关于"隐士"身份特质的界定也并不总是固定的，比如，道德品格的高尚就是一个无法明确把握的标准；而隐居的地点，虽然多为丘园、山林、江海、林泉、岩穴之类，但也并不仅限于此，还有隐于市井之中的，如郦食其就是隐于高阳酒肆，后被汉高祖刘邦发现拜为卿相的，因而才有白居易说"大隐住朝市，小隐入丘樊"（《中隐》）的说法，说明隐士的隐居地点并不限于山野林泉；另外，隐士中不"仕"的人虽然居多，然而还有一种隐就是白居易说的"中隐"："不如作中隐，隐在留司官"，意思是说虽然身为官员，然而却有一颗"隐逸"之心，也可以被称为"隐士"，这种隐的状态也被称为"吏隐"。"隐士"身份特质的这种不稳定性，在某种程度上也正好契合了后现代的身份观念：身份总在建构之中、不可能完成和固定下来。

关于隐士选择"隐"的原因，可以说非常之多，除却少部分是因为个人兴趣爱好选择了"隐"，其他最常见的几类"隐"，却都与中国古代的"选

---

① 陈鼓应. 庄子今译今注（中）[M]. 北京：中华书局，1983：405.

官"制度和"官制"有着密切的关系,如因科举不第而形成的"落第之隐"、因官方制定的"守选"制度形成的"守选之隐"、因贬官而形成的贬官之隐:

落第之隐:中国古代文人的"仕"并不是轻而易举的事,相反,在"仕"的过程中,处处充满了艰辛。据统计,在唐代,每年集合于长安的举子,大约有一千六百人,但录取名额却很少,如进士科每年取人"大致在三十人"①,应试者却高达六七百人。史载自太宗贞观(627—649年)迄玄宗开元(713—741年)年间,"文章最盛,较艺者岁千余人,而所收无几。咸亨、上元增其数,亦不及百人"②,这样中榜的机会可以说非常渺茫,不然也不会有"五十少进士"的民谣和《儒林外史》中范进中举后因高兴而发疯的辛酸故事。这种情况在宋代也是一样,宋代举子落榜的境况,时人曾有记载:元丰间因旧贡院废,大量省试下第举子的试卷被运往礼部保存,"以车营务驴车数十量(辆)载试卷赴礼部架阁,数日方毕,所落人数可知也。"③因此,"落第"也就成了中国古代大多数读书人的共同命运,同时也是形成中国古代文人"归隐"的一个重要原因。这种"归隐"有时候是暂时的,如下次再考时有幸中举;有时候却是长期的,如命运不济,多次科试不第,空有满腹才学却因落第终身寂寂无名,其原因当然主要是因为史家基本上只对及第之士或负有异才的人作传,从而使得这些落第文人的作品和名字难以流传下来。而及第之人则不一样,从唐代起,就已有专门记录进士登第科考的做法④,这就使得这些被记录下的人和他们的作品得到了广泛的流传,这从现今保留的中国古代文学作品大多出自科场及第人士之手可以明显看出第与不第的巨大落差。这种因"落第"而不得不"隐"的案例在唐及以后的朝代里随处可见,如初唐陈子昂,才富斗车,但22岁赴洛阳

---

① 傅璇琮. 唐代科举与文学[M]. 西安:陕西人民出版社,2007:序.
② [元]脱脱,等. 宋史(卷155)[M]. 北京:中华书局,1977:3614.
③ [宋]庞元英. 文昌杂录(卷五)[M]. 北京:中华书局,1985:55.
④ 陈长文. 明代科举文献研究[M]. 济南:山东大学出版社,2008:56.

应试，却"落第"而归，不得不"在家乡过了一段学仙隐居的生活"。① 以"山水诗"而著名的大诗人孟浩然是盛唐诗人中一个终身不仕的文人，但他之所以终身不仕，也是缘于他在开元十六年（728年）入长安应举不第而心灰意冷放弃仕途、归隐山林的。就连"诗圣"杜甫，也曾有过因落第而不得不长期隐居的时候，他24岁时举进士不第后②，曾回陆浑山庄隐居，至天宝九载（750年）才又到长安。③ 还有大历诗人刘长卿，居然曾应举十年不第④，也不得不过了相当长的一段"隐居"生活。这种例子在科举盛行的唐代可以说比比皆是，唐代很多名人如岑参、孟郊、李翱、沈亚之、王建、贾岛、李商隐、吴融、郑谷等都有过科场受挫的经历⑤，也因此形成了他们或长或短的"隐居"生活。唐代之后的其他时代诗人也都因科举而曾有过这种辛酸经历，如明代冯梦龙，才情非凡，与其兄、其弟一起被称为"吴下三冯"，但科场道路却十分坎坷，屡试不第，直到崇祯三年（1630年），他五十七岁时，才补为贡生，次年破例授丹徒训导，崇祯七年（1634年）升任福建寿宁知县⑥。在这之前，他一直都是过着一种清寒的半"隐居"生活。至于这些落第文人所隐居的处所，则往往是山林、寺院、道观、环境幽静的坊市或达官贵人闲置不用的宅第，专心攻书，以备来年春试。落第文人之所以选择寺院、道观，主要是这些地方一般极少花费，这对家境贫寒的士子来说，是个绝佳的选择。而坊市和达官贵人的闲宅则因其环境幽静、交通便利也往往得到了士子们的青睐。但落第文人"隐居"之地选择最

---

① 袁行霈主编. 中国文学史（卷2）[M]. 北京：高等教育出版社，1999：228.
② 陈贻焮. 杜甫评传（卷上）[M]. 上海：上海古籍出版社，1982：54.
③ 陈铁民. 由新发现的韦济墓志看杜甫天宝中的行止[J]. 文学遗产，1992（2）：52-54.
④ 蒋寅. 大历诗人研究（下编）[M]. 北京：中华书局，1995：434.
⑤ 杨波. 长安的春天 唐代科举与进士生活[M]. 北京：中华书局，2007：172.
⑥ 袁行霈主编. 中国文学史（卷4）[M]. 北京：高等教育出版社，1999：155.

多的却是山林，白居易《代书》形容当时读书山林的风气："今其读书属文，结草庐于岩谷间，犹一二十人。"①严耕望先生《唐人习业山林寺院之风尚》一文指出：读书山林寺院之风大略志自开元之后，唐中叶以降尤盛；读书人习业大抵以名山为中心，如北方之嵩山、终南、中条、华山、泰山，南方之庐山、衡山、罗浮、九华、峨嵋、青城等②。这不仅是因为名山大川远离世俗红尘，环境清雅幽静，利于勤苦志学；而且"隐居"山林以获名士指点或积累名气也是他们通往仕途的捷径，如有名为段维者年近四十始立志读书，听说中条山有许多学识渊博的书生，于是前往请益，不到半年时间，即博览经籍，下笔成文③。这说明，落第后的隐居山林给这些读书人带来了实实在在的好处，并且这些隐居经历也为他们的写作提供了丰富的素材——前往隐居之地途中和隐居之地的山水和风土人情、隐居期间所结识的人物等，使得他们的创作素材极为丰富，如李白的许多诗歌都是在半隐期间游山玩水、拜访友人时所作。

守选之隐：所谓"守选"，有两层意思，第一层是指中了举的人还要参加"吏部"铨选，以获得任官资格，然后还要"注官"，即根据应试者获得的官品来决定他的具体官职。这个时间有长有短，且不是每个中举者都能通过吏部的考试，如果考不中就只能等到下次再考，最典型的例子是唐代大文豪韩愈，竟然连续三次参加吏部考试都落选（《上宰相书》中自述其"三选于吏部卒无成"④），进士及第后十年犹为布衣。这也意味着书生们在好不容易高中金榜后，还要再经过相关考核，等待一段时间才有官做。许多学

---

① ［唐］白居易．代书［M］//白居易集（卷43）．顾学颉校点．北京：中华书局，1979：942.

② 严耕望．唐人习业山林寺院之风尚［M］//严耕望史学论文选集．北京：中华书局，2006：232.

③ 杨波．长安的春天 唐代科举与进士生活［M］．北京：中华书局，2007：215.

④ ［唐］韩愈．上宰相书［M］//马其昶校注，马茂元整理．韩昌黎文集校注（卷3）．上海：上海古籍出版社，1987：153.

者对唐代入仕做官有一个误解,即认为及第之年,就是"释褐"(指第一次授官)授官之年,但近人王勋成先生在仔细考察后发现,这个说法是极为不严谨的,因为"在唐代,进士及第不守选即授官,可以说是没有的"①。并在进一步考察"释褐"后说:"在唐代,关试后脱去的只是麻衣,并未脱去布衣而换上官服,也就是说并未释褐"②,这有欧阳詹的《及第后酬故园亲故》诗句"犹着褐衣何足羡,如君即是载明时"为证。这也就证明,在通过礼部的铨选后,还要再等一段时间才能授官,这一时期便叫作"守选"。至于等待的时间,则因为礼部一般在正月举行贡举试,吏部在二三月举行关试,然后再待来年授予正式官职,所以期限基本上为一年,这从晚唐诗人曹邺的诗《关试前送进士姚潜下第归南阳》"马嘶残日没残霞,二月东风便到家。莫羡长安占春者,明年始见故园花"及姚合诗《酬卢汀谏议》末句"遥贺来年二三月,彩衣先辈过春关"可以略知一二。也有"守选"三年的说法,如开元三年(715年)六月,玄宗下《整饬吏治诏》云:"其明经、进士擢第者,每年委州长官访察,行业修谨,书判可观者,三选听集"③,说明明经、进士擢第者在释褐前有三年的守选期,但无论时间长短与否,唐代举子在及第后要"守选"才能做官却是毋庸置疑的。"守选"的第二层意思是针对已获得任官资格的人来说的,唐人每任一官,须间隔若干年,再去下一任就职,这个过程叫"常选"。唐代每年参加常选的人很多,而官位有限,所以,"官吏任满(四年为一任)后,解职为'前资官',须等候下次任官机会"④。等候时间长短,则视官吏的官品及功过不同。唐人"守选"的真实性在杜佑《通典》和王溥《唐会要》中都有记载,《通典》卷十七洋州刺史赵匡"举选议"曰:"为官择人,唯才是待。今选司并格之以年数,合格

① 王勋成.唐代铨选与文学[M].北京:中华书局,2001:绪论.
② 王勋成.唐代铨选与文学[M].北京:中华书局,2001:9.
③ [宋]王钦若,等编.宋本册府元龟(卷635).北京:中华书局,1989:2070.
④ 孔令纪,等.中国历代官制[M].济南:齐鲁书社,1993:168.

者，判虽下劣，一切皆收；如未合格而应科目者，才有小瑕，莫不见弃。"①《唐会要》卷七十四《选部上·论选事》：元和八年(813年)十二月，吏部奏："比远州县官，请量减选：四选、五选、六选，请减一选；七选、八选，请减两选；十选、十一选、十二选，各请减三选……"敕旨："宜依。"②唐以后"守选"制仍然存在，只是已不如唐代那么严格和重要，《宋史·选举志一》："旧制，及第即命以官(笔者按：此'旧制'或是对唐代官制的误解，或是指此条例实行之前的本朝官制)。上初复廷试，赐出身者亦免选，于是策名之士尤众，虽艺不及格，悉赐同出身。乃诏有司，凡赐同出身者并令守选，循用常调，以示甄别。"③总之，不管"守选"的时间长短与否，这两种意义上的"守选"都导致了文人们在一定程度上不得不暂时归"隐"，因为归隐与否基本上可以由个人决定，但入仕却不是个人单方面就可以决定的，"以地方官来说，他每做满一任，即需守选若干年，导致他不得不'归隐'。"④可见，中国古代作者"隐士"身份的形成，选官制度和官制在其中是起到了一定作用的，"隐士"身份的形成也因此与"官员"身份有着千丝万缕的联系。

贬官之隐：贬谪，是中国古代特有的一种文化现象。所谓"贬官"，是指一些在位的官员，因为触犯了最高统治者或其他高官，或者犯了错、被人诬陷等种种原因，而从原有职位被贬至另一个较低的职位或去偏远的地区任职，以示惩罚。中国古代著名文人中不乏被贬的例子，王维、白居易、韩愈、柳宗元、刘禹锡、苏轼、范仲淹等名人，都曾有过被贬的经历，并且有的还是多次被贬。而当这些名人在遭遇贬官时，他们中的很多

---

① [唐]杜佑．通典(卷17)[M]．北京：中华书局，1988：420.
② [宋]王溥．唐会要(卷74)[M]．上海：上海古籍出版社，2006：1589.
③ [元]脱脱，等．宋史(卷155)[M]．北京：中华书局，1977：3609.
④ 赖瑞和．唐代基层文官[M]．北京：中华书局，2008：293.

人便过起了一种半吏半隐的生活，即虽然人在官场，但心却开始向往起山水田园的生活，即便这种转变是不得已的。这种心态上的转变往往在他们的文学创作上表现得比较明显，如王维在经历过两次被贬后，越发热衷于山水诗的创作，"行到水穷处，坐看云起时"等诗句表露了他超然世外的态度；柳宗元在被贬至永州任司马后，其大多数作品呈现出来的也不再是满腔的政治热情，而是对山水的热爱，《永州八记》就是其风格转变的典型代表。中国古代文人们的这种特殊经历，和遭贬期间所写的一些典型代表作品，还形成了一种余秋雨先生所说的"贬官文化"①，即文人们在被贬后，往往因为心里头的失意，而寄诸笔端，融入山水描写，成为一篇美文；而当事过境迁，统治者给他恢复了名誉之后，得到后人的敬仰，他文章中所写过的山水亭阁，便成了遗迹，成为后人参观、膜拜的地方，并逐渐成为一种文化，这便是"贬官文化"的由来。相似的结论也可见于张聪《行万里路：宋代的旅行与文化》一书，宋代文人赴任途中及任期所在地的风土人情、所见所闻、所感所想为他们提供了大量写作素材，他们离开后所产生的名人效应使得许多后人瞻仰而形成的写作题材等②。余秋雨先生在此所说的"贬官"文化可以说是因文人所创作的"贬官文学"而产生的，也就是说，是缘于文人们在被贬后形成了一种身在官场、心向山水的"半隐"状态而成的。而从文人的被贬中，我们也看到，"贬官"之隐与中国古代的"官制"是有着直接联系的，这主要是因为中国古代的集权制导致了权力总是掌握在少数人手中，官员们常因一点小事就要被贬，甚至获罪。这种体制上的缺陷导致了不公平的事常有发生，被贬的官员们也因此往往心生怨意，济世救民的热情也在这种被贬的过程中渐渐冷却下来，转而向着山水一途，形成了一种特殊的"隐"，即笔者所称的"贬官之隐"。

---

① 余秋雨. 文化苦旅[M]. 上海：知识出版社，1992：49.

② 张聪. 行万里路：宋代的旅行与文化[M]. 李文锋，译. 杭州：浙江大学出版社，2015.

通过以上分析可以看到，在中国古代作者多重身份的构成过程中，"选官"制度和"官制"本身起到了很大的作用，"官员"身份也始终在左右着其他身份的构成，几乎没有什么办法可以将他们的这些身份与"官员"身份完全分隔开来。因此，说这些身份的构成都受到了"官员"身份一定程度的影响，基本上是可以确定的。

三、"仕"观念转变与"文人""文人之隐"

在主体的身份建构过程中，社会、历史、文化、政治等因素固然占据着非常重要的地位，然而，如果没有主体主观意识的参与，恐怕这种建构显得并不完整，这从后现代对主体身份认同的强调已得到了证实。中国古代作者的身份建构也一样，虽然文化、政治社会体制等因素是影响他们多重身份构成的重要原因，但也绝对不能忽视作者主观意识和行为的重要性。这种主观行为说到底，主要表现为中国古代作者个体意识的觉醒使得他们"仕"的观念发生转变，从而对其身份形成了一定的影响。受这种个体意识觉醒及"仕"观念转变影响最大的，笔者认为无疑是深层原因上对中国古代作者"文人"和"隐士"身份形成的影响。

1. 对"文人"身份形成的影响。中国古代作者"文人"身份的形成，虽然与他们"士"的身份和预备"官员"的角色有着紧密的因果关系，并且作为一个称呼出现得相当早，然而，作为一种自觉意识的"文人"身份，即我们后来的研究者所称的那种代表纯文学作者的身份，却是在魏晋时期伴随着个体的自觉形成的。所谓个体自觉，余英时先生把它解释为"自觉为具有独立精神之个体，而不与其他个体相同，并处处表现其一己独特之所在，以其为人所认识之义也"①。而这种个体自觉是相对于东汉中叶以前的士大

---

① 余英时. 汉晋之际之新自觉与新思潮［M］//士与中国文化. 上海：上海人民出版社，2003：270.

夫来说的，即东汉中叶以前，士大夫阶层的发展较为平和，与其他阶层之殊异，至少就主观层面而言，是"虽存在而尚不甚显著"①的。但自东汉后期开始，政治的动乱却使得政治格局发生了重大变化，在与外戚和宦官的冲突之中，士大夫们逐渐结成了一个群体，群体意识也随之形成。这种群体意识在史书中多有记载，《后汉书·李膺传》曰：

> 南阳樊陵求为门徒，膺谢不受，陵后以阿附宦官，致位太尉，为节志者所羞。②

同书《赵岐传》注引《三辅决录》云：

> ……与其友人书曰：马季长虽有名当世，而不持士节，三辅高士未曾以衣裙撇其门也。③

可见，士大夫不仅与宦官泾渭分明，还不齿那些士节有亏的人，而与其划清界限。这种群体意识至党锢之风时甚烈，各地士大夫皆自成集团，最终招致了有名的党锢之祸。东汉党锢之祸后，士大夫既知"大树将颠，非一绳所维"④，其所关切者亦唯在保全自己身家，因而逐渐从群体自觉中发展出了个体之自觉，即因为避祸而不敢再组成大的集团，士大夫们逐渐从

---

① 余英时. 汉晋之际之新自觉与新思潮［M］//士与中国文化. 上海：上海人民出版社，2003：251.

② ［南朝宋］范晔. 后汉书（卷67）［M］.［唐］李贤，等注. 北京：中华书局，1965：2191.

③ ［南朝宋］范晔. 后汉书（卷64）［M］.［唐］李贤，等注. 北京：中华书局，1965：2121.

④ ［南朝宋］范晔. 后汉书（卷53）［M］.［唐］李贤，等注. 北京：中华书局，1965：1747.

"清议"转向不涉朝政的"清谈",从儒家积极的入世态度逐渐转为明哲保身,加上时兴的老、庄哲学也以注重自身修养为要旨,因而,士大夫便把儒家"以天下为己任"的雄心收起,从"求利"转向"求名",专注于个人的才性修养。也就是说,东汉末年以来的士大夫们把关注的重心从"群体"转移到"个体"身上来了。而这种转变,无疑促进了个体意识的增长,即因为把政治视为身外物,士大夫们于是把主要心思放在了养生和怡情、文学艺术等个人活动上。加上当时的士大夫们因为在汉代时形成的庞大家族势力,经济状况很不错,也有闲心常常怡情山水,这为他们的养生和文学艺术活动提供了良好的条件。而当时的名士郭林宗、许子将等人把人物评品的重点放在才、性上,不重命之贵贱,径从才性之高下、善恶以立说的做法,"不仅在思想上为一大进步,同时在促进个人意识之发展方面亦极具作用"①。

伴随个体的自觉,中国古代真正的"文人"得以形成,纯文学也因而诞生了。"文人"这个称呼虽在魏晋以前多有见到,然而与我们后来所称的那种专注于艺术创作的"文人"含义却是不同的,因为"汉朝人所谓文学指的是学术"②,《史记·孝武本纪》:"而上向儒术,招贤良、赵绾、王臧等以文学为公卿,欲议古立明堂城南,以朝诸侯"③。这里所说的文学显然指的是学术,与儒学相关,与今日研究者所谓的"文学"含义不尽相同。到了南朝,文学有了新的独立于学术的地位,宋文帝立四学,文学与儒学、玄学、史学并立;宋之范晔《后汉书》单列《文苑列传》,与《儒林列传》等并立,都是文学独立的重要标志。此外从魏晋时期的文笔之分也可以看出

---

① 余英时.汉晋之际士大夫新自觉与新思潮[M]//士与中国文化.上海:上海人民出版社,2003:276.

② 袁行霈主编.中国文学史(卷2)[M].北京:高等教育出版社,2005:3.

③ [汉]司马迁.史记(卷12)[M].[宋]裴骃集解,张守节正义.北京:中华书局,1988:317.

来,《文心雕龙·总术》:"今之常言,有文有笔,以为无韵者笔者,有韵者文也。"①这代表了时人的一般认识,说明那种富含文采的作品才可以称为"文"。然而,若要谈到"纯文学",则在文采之外,还要去掉功利性,钱穆在谈到中国纯文学的觉醒时说道:

> 文人之文之特征,在其无意于施用。其至者,则仅以个人自我作中心,以日常生活为题材,抒写性灵,歌唱情感,不复以世用撄怀。②

若要寻找这种特征的文学作品,魏晋之前是较少见的,而自魏晋开始,却大量出现。很显然,这与魏晋以来士大夫们的个体意识觉醒有着密切联系:因为把注意力集中到个体身上,士大夫们开始注重个人修养;加上"仕"观念的转变开始较少关心世务,也使得他们的艺术创作摆脱了政治束缚,而注重于文采,以及着重表达自己的内心感受。正是在这种创作心理的促进下,中国古代作者的"文人"身份及身份意识才真正得以形成。也就是说,魏晋时期的士大夫们把关注的重心放在个体感受及艺术创作本身的做法,是他们摆脱政治束缚而以一个纯艺术家的身份介入写作的一个标志,而在这个过程中,他们的文人身份意识也逐渐得以形成。因而,可以说,"文人"身份的真正形成,与东汉末年以来个体意识觉醒下的"仕"观念转变不无关系,或者至少可以说,促进了"文人"身份的真正形成。

2. 对"隐士"身份形成的影响。笔者在上一小节已谈到"隐士"身份与中国古代选官制的关系,然而,这并不足以说明"隐士"身份形成的全部原因,比如,因做官失败(如被革职)而被迫归隐的就大有人在,当然,其中更深层、也容易被人忽视的一个原因,那就是个体意识的觉醒在"隐士"身

---

① 周振甫. 文心雕龙今译[M]. 北京:中华书局,1986:380.

② 钱穆. 读文选[J]. 新亚学报,1958(2):3.

份形成的过程中所起的作用。我们知道，中国古代自先秦开始，就不乏有名的"隐士"，然而，与中国古代作者身份相关的那种"隐士"却是自魏晋时期才开始大量出现的，也就是说，真正意义上的文人之"隐"是在他们个体意识觉醒后出现的，其最明显的特征就是他们把"隐"视为一种安身立命的精神寄托，并在其中找到了自己独特的乐趣。因而，与魏晋之前的隐士相比，他们的特点主要是：魏晋之前，仕与隐是对立的，二者不可兼得，且隐居者多为道学之士；而随着魏晋时期的儒道合流，仕与隐的矛盾消解，二者可以统一，即只要心向隐逸，身在何处并不重要①。《晋书·隐逸传》所列的一些有名的隐士中有不少是贵胄子弟，如任旭、间谧等；还有许多人曾是官员，如范粲、陶渊明等。他们的特点是基本上都对当下的政治局势有着明确的判断，不事王侯的态度也较为平和，他们虽然标榜不事王侯，但并不视其为洪水猛兽而退避三舍。在坚持尊严的前提下，他们也乐于与官贵亲近结交，如郭文虽然在丞相王导的庄园里住了七年，但因其保持独立个性的做法仍被当作世外高人的标本。因而，魏晋时期的隐士结交官贵，并不是如魏晋之前的隐士一旦得遇恩主，便倾力相助，而是"表达一种随时从分、无可无不可的性情修持"，"腹诽国政、君主的意味相对淡泊，也不再睥睨王侯、以贫傲人"②。

魏晋时期隐士们的这种行为举止的形成，与他们个体意识的觉醒是分不开的。也就是说，"隐"在他们并不一定都是迫不得已的，而是开始重视个体意识和心理需求的表现，在这个"隐"的过程中，他们找到了自己赖以安身立命的精神寄托，并以此为乐。与之前的许多隐士不同，他们不再把生活的重心放在社稷民生上，而是关注个体的精神发展，关注个体的独立

---

① 孙适民，陈代湘．中国隐逸文化［M］．长沙：湖南出版社，1997：47.

② 胡翼鹏．中国隐士：身份建构与社会影响［M］．北京：社会科学文献出版社，2011：46.

意识，这从他们中的许多人以异于常人的怪异行为来标榜自己的个性可以看出来，如《晋书·隐逸传》载董京"被发而行，逍遥吟咏，常宿白舍中。时乞于市，得残碎缯絮，结以自覆，全帛佳绵则不肯受。或见推排骂辱，曾无怒色"①。别人给的好衣物居然不肯接受，一定要穿得破破烂烂，而且披头散发，被人推骂也不发怒，这些都是异于常人而故意标榜个性的举止。这种隐士行为在魏晋以前，极为少见。因而，从魏晋隐士们对个性的标榜和特立独行的行为举止中，我们发现，这很明显就是魏晋以来受个体自觉发展影响的个体意识之觉醒。隐士们的"隐"，从心理上来解释也是从被动的"无道而隐"转向了主动、自觉的"隐"。这种主动选择在中国古代作者中表现得最为突出的就是陶渊明，虽然他的隐是因为官场黑暗而起，然而，这并非必然选择，只是因为"为五斗折腰"而伤害了他的自尊心，才毅然背离官场，走向山水田园，并在其中找到了自己的乐趣，成为中国古代文学史上一位最具有代表性的纯"文人"。《饮酒》组诗之五：

> 结庐在人境，而无车马喧。问君何能尔，心远地自偏。
> 采菊东篱下，悠然见南山。此中有真意，欲辩已忘言。

这种充满诗意、自得其乐的感觉是那些被迫归隐的人所不能相比的。很明显，陶渊明的这种行为是在个体意识觉醒下的"仕"观念转变中所形成的，也就是说，正因为他不再执着于"官员"这个身份，真正意义上的"文人"身份才得以实现。

从上面的论述可以看到，魏晋士大夫个体意识的觉醒，既促成了他们"文人"身份的形成，也带来了真正的文人之"隐"，使得在魏晋以后的时代里，具有"文人—隐士"复合身份的人越来越多，并因此形成了身在官场、

---

① ［唐］房玄龄. 晋书（卷94）［M］. 北京：中华书局，1974：2427.

心向山水的特殊之"隐"："吏隐"，前引白居易之《中隐》便是证据。而唐代王维、晚明小品文作者群体等则身体力行地演绎了这种"吏隐"生活，"隐"也因此成为中国古代文人们"用以保护自己出处选择的自由"①，并给了他们一个美好的精神家园。

第二节　个案分析："官员"身份影响下的文学活动

通过前面的分析，我们看到，在中国古代作者多重身份的形成中，"官员"身份总是悬置其上，或多或少、或隐或显地影响着作者其他身份的形成。按照后现代身份理论中作者身份对文学活动的影响来说，中国古代作者身份构成上的这种特殊性也必然会对中国古代文学活动产生影响，中国古代文学活动的发展，也因而总是与作者的"官员"身份有着千丝万缕的联系。这种影响表现在哪些方面，或者说是通过什么方式呈现出来的？笔者在此选取了中国古代作者包括"官员"身份在内的几个颇有代表性的身份，试图从"官员"身份本身及与它有着密切关系的其他身份、身份变异，来论述这些身份对文学活动所产生的影响。

一、从"进士"身份看唐代传奇的勃兴

中国古代科举考试制度自隋朝兴起，于唐代发展成熟并逐渐形成一种主要的选官制度。它的人才选拔标准曾深刻地影响了唐代知识分子的文化取向和身份构成，尤其是其"进士"科的设置更是对唐代的文学发展产生了重要影响。前面说过，唐代的人才选拔制度对文学之士极为优待，这主要体现在当时最为热门的进士科以"诗赋取士"的倾向，使得许多应进士试的考生把重心都放在诗文才能的培养上，唐代文士之多、文学之繁荣因而与

①　袁行霈主编. 中国文学史（卷2）[M]. 北京：高等教育出版社，2005：70.

这些"进士"们不无关系。这种影响最显见的便是诗歌的繁荣，不仅在数量上空前绝后，且杰作辈出。严羽在《沧浪诗话》中说到科举对唐代文学的影响，认为"唐以诗取士，故多专门之学，我朝之诗所以不及也"①，证明了进士科对唐代诗歌发展的影响。中国古代作者此种身份对当时诗歌发展的影响不言而喻，但如果只是就此方面来论证他们"进士"身份对文学活动的影响，或许说服力还不够，而唐传奇的发展，则可以从另一个侧面来证明这种身份所起的重要作用。

中国古代小说，起源于上古神话与传说，至魏晋南北朝时期，也多是记述神灵鬼怪的志怪小说，只有少数记人事的小说如《世说新语》，倾向于记载上层人士的谈吐和逸事。这些小说，大抵篇幅短小，文笔简约，缺少具体的描绘。所以，小说在唐以前，是为文论家所不重视的，其原因有二：一是如《汉书·艺文志》所说"小说家者流，盖出于稗官、街谈巷语、道听涂说者之所造也"②，其文学价值不及经、史、子、集四部；二是魏晋南北朝作者把小说作为记录异闻奇事的野史一类看待，略叙梗概，不讲究语言的藻饰。刘勰《文心雕龙》详述各种文体，下及谐辞隐语，于小说一类却只字不提。说明在当时区分文笔、注意藻绘的风气中，志怪记人之类的小说，因缺乏文采而不为论者所重视。但这种情况到了唐代传奇产生时就有了很大的改变：首先，在艺术形式上，唐代传奇小说篇幅加长，"叙述宛转，文辞华艳，与六朝之粗陈梗概者较，演进之迹甚明"③，部分作品还塑造了鲜明动人的人物形象；其次，在内容上也较过去远为广阔，生活气息较为浓厚；最后，最重要的还是因为作者不再只是记录"街谈巷语"或

---

① ［宋］严羽．诗辩［M］//郭绍虞校释．沧浪诗话校释．北京：人民文学出版社，1983：144.

② ［汉］班固．汉书（卷30）［M］．［唐］颜师古注．北京：中华书局，1983：1745.

③ 鲁迅．中国小说史略［M］．北京：中华书局，2010：39.

"道听涂说"，而是"始有意为小说"①，所以小说才在艺术形式上得到作者的重视，加以发展和改进。因此，唐传奇一改在魏晋南北朝时期不受重视的文学地位，成为唐代在诗歌之外另一个拥有重大成就的文学体裁，并受到上至达官贵人，下至平民百姓的喜爱。《唐人说荟·例言》中赞曰："唐人小说，不可不熟。小小情事，凄惋欲绝，洵有神遇而不自知者。与诗律可称一代之奇。"②把唐传奇同唐诗相提并论，给予了唐代传奇小说很高的评价。唐代传奇小说在唐代的勃兴和这种改变，自然有着其深刻和复杂的成因，并非三言两语可以说清，但其中有一个因素，与作者的身份有着密切的关系却是可以肯定的，那就是部分作者的"进士"身份对唐传奇发展的影响。

前面说到科举制度在唐代趋于成熟，成为当时人才选拔的重要方式，但参加考试并不是唯一的进阶途径，还有着其他灵活的方式，比如"行卷"。所谓"行卷"，就是应试的举子将自己的文学作品加以编辑，写成卷轴，在考试以前送呈当时在社会、政治和文坛上有地位的人，请求他们向当时的主考官推荐，从而增加自己及第希望的一种手段，同时也是一种凭借作品进行自我介绍的手段。而且，因为唐代科举分类的原因，重视文学才能的只是"进士"科，因此行卷的考生也就主要集中在"进士"这个群体中。这个行卷之风的流行与当时的考试制度是分不开的：在唐代，科举考试的试卷是不糊名的，也就是说，某年某科有谁参加考试、哪本试卷属于谁，这些资料都是公开的。这就使得主试官除了评阅试卷之外，还有参考甚至依据举子们平日的作品和誉望来决定去取的可能；使应试者有呈献平日的作品以表现自己和托人推荐的可能；同时，还有主试官的亲友有代他搜罗人才，加以甄

① 鲁迅. 中国小说史略[M]. 长沙：岳麓书社，2010：39.
② [清]陈世熙. 唐人说荟（影印）[M]. 扫叶山房石印，宣统三年：4.

别录取的可能。① 这些都是助长行卷之风的重要因素,但却并不仅限于此,因为行卷之风的盛行还与其可以更全面地呈现自己在文词方面的修养以及展现自己特殊文学才能的功能有关:行卷的体裁和题材不仅限于诗歌,古文、小说、词、赋、铭等都是进士们展现自己才能的绝佳方式。因此,以行卷来博取名流的好感而增加自己中举的机会就成了许多在京城无依无靠的士子们的首选。也正是进士们的这种行卷风尚,在一定程度上成为传奇小说在唐代繁荣及发展的一个促进因素,因为传奇小说是许多考生体现自己叙事能力的最佳选择。

宋代赵彦卫在《云麓漫钞》里曾认为唐代进士以传奇行卷,是因为这种样式"文备众体,可以见史才、诗笔、议论"②。近人程千帆先生在考察了唐代一些文学体裁的特点后认为,"甲赋、律诗可以表现其抒情能力,策可以表现其说理能力,可是叙事能力在这两个考试项目中是难以表现的",而"传奇小说以叙述故事、描写人物为主,正好可以使得作者在这方面的能力得到发挥。"③因此,考生们用传奇小说来行卷除了体裁新颖可以吸引当时名流的注意外,也可以使自己的文学才能得到更好的表现和发挥。《国史补》卷下,《韩、沈良史才》条云:

> 沈既济撰《枕中记》,庄生寓言之类;韩愈撰《毛颖传》,其文尤高,不下史迁。二篇真良史才也。④

称赞传奇小说,不从文词而从史才出手,很足以说明当时的传奇小说让作

---

① 程千帆. 古诗考索 唐代进士行卷与文学[M]. 武汉:武汉大学出版社,2009:380-381.

② [宋]赵彦卫. 云麓漫钞(卷8)[M]. 北京:中华书局,1985:222.

③ 程千帆. 古诗考索 唐代进士行卷与文学[M]. 武汉:武汉大学出版社,2009:449.

④ [唐]李肇,等. 唐国史补(卷下)[M]. 上海:上海古籍出版社,1991:55.

者充分地表现出了自己的叙事能力。但"文备众体，可以见史才、诗笔、议论"的这种说法还不足以解释唐代举子用传奇小说行卷的全部原因，鲁迅先生的说法则在某种程度上弥补了这种不足，他在回答文学社提出的"六朝小说和唐代传奇文有怎样的区别"时说：

> 诗文既滥，人不欲观，有的就用传奇文，来希图一新耳目，获得特效了，于是那时的传奇文，也就和"敲门砖"很有关系。①

也就是说，在那个诗词泛滥的年代，虽然不乏名篇佳作，但是看多了，也会产生"审美疲劳"，这时传奇小说的出现，就显得比较新颖且另类，自然容易在众多行卷中引起被谒名士的注意了，其成功的机会也随之增加，因此鲁迅先生称之为"敲门砖"也是很恰当的。

正是因为以上两个原因，传奇小说得到了众多应"进士"试的考生青睐，在有人开其先河后，都争先恐后地用传奇小说这种新颖的体裁去充分展现自己词赋之外的文学素养，如《南部新书》甲卷载李复言用《纂异》一部十卷纳省卷②，又《国史补》卷中，《晋公祭王义》条及《南部新书》戊卷记载元和十年(815年)，王承宗、李师道遣刺客谋害裴度，裴度的仆人王义为了保护裴度，以身殉职，这一年，多数进士都撰作《王义传》：

> 裴晋公为盗所伤刺，隶人王义捍刃死之。公乃自以文以祭，厚给

---

① 鲁迅．且介亭杂文二集［M］．北京：人民文学出版社，1973：88.
② "省卷"，与"行卷"略有不同，唐代考生到礼部应试(即所谓"省试"，"礼问"属尚书省)之前，除了要向有地位的人投"行卷"之外，还要向主试官纳"省卷"(称为"省卷"，因为是向尚书省所属官府——礼部交纳的，因此又称公卷，是相对于"行卷"系献给私人而言的)。两者的内容可能一样，但对象有所区别。

其妻子。是岁，进士撰《王义传》者，十有二三。①

这是当时应进士试的人写作传奇小说来纳省卷与投行卷的两个实例，但遗憾的是，因为史料的缺乏，李复言的《纂异》是否就是后来的《续玄怪录》已无法肯定，而那些为数众多的《王义传》又都已亡佚。现存唐人传奇，单篇和专集虽然都还不少，但哪些曾由作者用来行卷，行卷始于何时，却绝少直接的史料可供稽考，只有宋人赵彦卫在《云麓漫钞》里提出《幽怪录》（即牛僧孺之《玄怪录》，宋人以避讳而改"玄"为"幽"）和《传奇》（裴铏撰）确为唐人行卷之作。但史料的散佚并不表明用传奇小说来行卷只是唐代进士的偶一为之，从传奇到了中唐贞元、元和时代，才名篇迭出，而这个时代，又恰好是进士科日益为士人所重视、争以引人注目的行卷来求知己的时代来看，"则传奇的发达，与进士们用它来行卷有关可知"②。程千帆先生的这种说法并非空穴来风，冯沅君先生曾根据我们常见的唐人传奇单篇、专集以及具有传奇风格的杂俎——为《太平广记》《四库全书总目提要》等所采用、著录、论及者——六十种，统计其姓名可考的作者四十八人的出身，结果显示：在这四十八人中，有明确依据可考的，便有十五人应过进士举，一人应明经举，一人擢制科，一人应士举而落第；另外三人，从其后来成为翰林学士或校书郎的官位可以推想出，他们可能是进士或制科出身；其余的二十七个人中，有二十四人因行事记载不详，难以确认其是否曾应过科举，但这同时也意味着并不能排除其应过科举；行事可考但无科名的只有三人。与此同时，冯沅君先生还特别提醒我们要注意的一点是"唐传奇的杰作与杂俎中的知

① ［唐］李肇，等．唐国史补（卷中）［M］．上海：上海古籍出版社，1979：44．
② 程千帆．古诗考索 唐代进士行卷与文学［M］．武汉：武汉大学出版社，2009：449．

名者多出进士之手。"①

　　另外，笔者统计鲁迅先生在《中国小说史略》中所提到的一些有名有姓的传奇作者后也发现，他们中的大多数也都曾应过进士举（见表3）：

表3　　　　　　　《中国小说史略》中部分传奇作者及其经历

人物	经　　历	传奇作品
张鷟	以调露初登进士第，为岐王府参军，屡试皆甲科，大有文誉	《游仙窟》
沈既济	经学该博，以杨炎荐，召拜左拾遗史馆修撰	《枕中记》《任氏传》《湘中怨》
白行简	贞元末进士第，累迁司门员外郎主客郎中	《李娃传》
陈鸿	贞元二十一年登太常第，主客郎中	《东城老父传》《长恨歌传》
元稹	贞元九年明经及第，补校书郎，累迁至尚书左丞检校户部尚书	《莺莺传》
李公佐	尝举进士，元和中为江淮从事，会昌初，又为杨府录事	《南柯太守传》《谢小娥传》
牛僧孺	贞元二十一年登进士第，官至户部侍郎及太子少师	《玄怪录》
段成式	以荫为校书郎，仕至太常少卿	《酉阳杂俎》
李复言	曾举进士，后因事罢第，曾历任彭城令、苏州刺史、汝州刺史、泗州刺史等职	《续玄怪录》
温庭筠	举进士屡不中，曾官至国子助教兼主国子监试	《乾(月巽)子》
李商隐	开成三年进士及第，曾任弘农尉、佐幕府、东川节度使判官等职	《义山杂纂》

---

　　① 冯沅君．唐代传奇作者身份的估计，转引自程千帆．古诗考索 唐代进士行卷与文学[M]．武汉：武汉大学出版社，2009：448．

续表

人物	经　历	传奇作品
韩愈	贞元八年进士及第，曾任四门博士、国子博士、国子祭酒、兵部侍郎、吏部侍郎、京兆尹等职	《毛颖传》等
杜光庭	道门领袖，咸通中午进士不第，后入山作道士。唐僖宗李儇和前蜀王建两位帝王视杜光庭为帝佐国师，官至户部侍郎，并将他类比轩辕黄帝之师"广成子"，进其号为"广成先生"	《虬髯客传》

小结：在鲁迅先生提到的有名有姓的这13位作者当中，有6位是进士及第的，有3位曾举进士不第（但在当时的行卷风气下，也很有可能曾参与过行卷），有1位是明经及第，1位是因人推荐入仕的（当时行卷就是为获得举荐机会），只有1位是以荫入仕。因而，从整体比例来说，"进士"在其中是占了大多数的。

　　以上统计，对于唐代传奇小说与作者的"进士"身份有一定关系是较好的证明。虽然有一部分学者如傅璇琮先生认为不应过高估计进士行卷对唐传奇发展的作用①，但从唐代进士曾用传奇小说行卷这个事实，以及为古今学者所公认曾被用来行卷的三部作品都比较优秀来推测，则唐代进士的行卷对传奇小说的勃兴曾起到过一定的推动作用却是可以肯定的，否则，也不会有《国史补》中所载一旦有新鲜题材出现，当时的考生大多都作《王义传》的现象出现，想必用传奇小说来行卷在当时已是风气使然。

　　从上面的分析可以看出，正因为行卷突出的是考生的文学才能，才使得他们在行卷时，尤为注意写作的艺术化和描写的细致。而传奇小说的体

---

① 傅璇琮. 唐代科举与文学[M]. 西安：陕西人民出版社，2007：249.

裁因为适合表现进士们在这方面的才能，所以得到了他们的青睐，并在他们的努力下，使传奇小说得到了更进一步的发展，为传奇小说在唐代的勃兴起到了一定的推动作用。另外，唐代传奇小说在文学内容和形式上的这种变化，也主要是行卷的进士们有意为之，受到他们主观意识的影响，即对进士身份的认识，认为要表现一个进士所应具备的文学才能，必须以这样与众不同或新颖的写作方式才能体现出这种身份的水平。从以上两方面的原因我们或许可以认为，唐代传奇与进士的这种关系，正是身份对文学活动产生影响的一种表现，是作为"预备官员"的进士们所特有的一种写作和表现形式。

二、官员"宦游"与乡愁诗、边塞诗的兴起

所谓"宦游"，是指做了官的人离开自己的家乡去外地任职，这也是中国古代官员们一种普遍和特定的生活状态。著名诗人王勃在《送杜少府之任蜀州》中提到的"与君离别意，同是宦游人"便是对这种"宦游"生活的写照。中国古代官员"宦游"生活的出现，是官制直接影响的结果，即"本籍回避"制。所谓的"本籍回避"，意思是说如果某人做官的地方恰好是自己的籍贯所在地，那么，为了避免徇私枉法，势力勾结，便要选择回避，到远离自己家乡的地方去任职。这个制度自西汉开始，至唐代明确成形。西汉虽无明文规定，但武帝以后，实际上不用本地人。如"刺史不用本州人，郡守、相国，以及县令、长、丞、尉，不用本郡人。"①东汉更有"三互法"，规定"婚姻之家及两州人士不得交互为官。"②当然在某些特殊时候也因政治的原因而有所变化，如东晋时期皇权薄弱，为了巩固自己的地位，统治者会重用某些士族，琅琊王氏家族就是一例。也因此导致了这些士族

---

① 孔令纪，等．中国历代官制[M]．济南：齐鲁书社，1993：78.
② 孔令纪，等．中国历代官制[M]．济南：齐鲁书社，1993：78.

有时候利用自己的职权任用自己的亲友，而置官制于不顾。到隋唐时，因科举制的施行，文官数量大幅增加，为遏止士大夫势力过大，唐朝统治者再一次正式颁布"本籍回避"制。唐初规定，地方州县长官一律不得在本籍及邻近州县任职。唐高宗咸亨三年(672年)，因雍州、洛州为两享之地，又特许"雍、洛二州人任本部，其他州县仍按旧例回避"①。唐代宗永泰元年(765年)下诏重申："不许百姓，人本贯州县及本贯邻县夹。"②可见地方官回避本籍是唐代的一贯规定。不仅地方官需要回避本籍，中央要官和某些特殊职务也需要回避，比如科考的铨选官，由此避免了由于亲故、同籍等关系而造成的请托，作弊等行为，为唐代选拔人才的公平性起到了很大作用。也因此，"本籍回避"制虽不始于唐代，但唐代进士科"诗赋取士"风气的形成，使得许多有文学才能的人进入官场，"本籍回避"的制度也就因而对这样的一大批"文官"产生了重要的影响。

这种影响主要表现在他们中的绝大多数人从一进入官场开始，就不得不远离家乡和亲人东奔西走，有的人甚至终其一生都来回奔波在这种"仕"途中。"少小离家老大回，乡音无改鬓毛衰"(《回乡偶书》)，贺知章的诗句描写的是当时许多文人做官后的真实生活写照。而唐代的另一种官制："守选"制的施行又在某种程度上加剧了他们的这种奔波。所谓"守选"，意即每任一职期满后，要等待几年，才能出任下一官职，"唐人每任一官，都有一定期限。除了特殊情况，一般都在四年左右，不能长久连任。"③加上贬官等原因，便导致了这些"文官"们不仅常常要奔赴异乡任职，还待不长久，要辗转好多地方。因此，"唐人做官便往往注定一生或半生的飘

---

① ［宋］王钦若主编．宋本册府元龟(卷629)［M］．北京：中华书局，1989：2023.

② ［宋］王钦若主编．宋本册府元龟(卷630)［M］．北京：中华书局，1989：2028.

③ 赖瑞和．唐代基层文官［M］．北京：中华书局，2008：279.

泊。……唐人为公务远行之遥远，次数之频繁，即使以今天公务员出差的标准来看，也是相当惊人的。"①如大诗人白居易，贞元十六年(800年)进士及第，三年后中书判拔萃，授秘书省校书郎，后历任集贤校理、左拾遗、京兆户曹参军、左赞善大夫、江州司马、忠州刺史、主客郎中、中书舍人、苏州刺史、刑部侍郎、河南尹等职，会昌二年(842年)以刑部尚书致仕②。可以看出，在他做官的这四十年里，曾多次迁转，不能长久待在同一个地方。

不仅唐代是这样，唐以后的统治者也基本上沿袭了这一官制，文人做官仍然常常需要"宦游"。宋时规定，地方官任期为三年，任满三年就要调离，即"三年一易"。如开宝五年(972年)十月，太祖"诏诸州场院官、粮料使、镇将，并以三周年为任"③，又于太平兴国六年(981年)八月，"诏诸道知州、通判、知军监县及监榷物务官，任内满三年，川、广、福建满四年者，并与除代"④。所以，严格地说，宋代没有真正的地方官。"地方官多为临时差遣，当了三年就得离开任地，又不准本地人在本地当官。这就使宋代地方官没有一个能够真正熟悉所任地方的情况"⑤，因而就更不用提官僚们的安居乐业了。通常，他们"年轻时就开始参加科举考试，成功出仕之后，他们成年的大部分时光是在京城和家乡以外的地方度过的"⑥。如大诗人苏轼，嘉祐二年(1057年)进士及第，后历任福昌主簿、大理评

---

① 赖瑞和. 唐代基层文官[M]. 北京：中华书局，2008：导言.

② [宋]欧阳修，宋祁. 新唐书(卷132)[M]. 北京：中华书局，1975：4300-4304.

③ [宋]李焘. 续资治通鉴长编(卷13)[M]. [清]黄以周，等辑补. 上海：上海古籍出版社，1985：111.

④ [宋]李焘. 续资治通鉴长编(卷22)[M]. [清]黄以周，等辑补. 上海：上海古籍出版社，1985：187.

⑤ 孔令纪，等. 中国历代官制[M]. 济南：齐鲁书社，1993：218.

⑥ 张聪. 行万里路：宋代的旅行与文化[M]. 李文锋，译. 杭州：浙江大学出版社，2015：10.

事、凤翔府判官、开封府推官、杭州通判、湖州知州、黄州团练副使、登州知州、起居舍人、中书舍人、杭州知州、吏部尚书、颍州知州、扬州知州、兵部尚书、定州知州、惠州远军节度副使、廉州节度副使、舒州团练副使、朝奉郎等职,建中靖国元年(1101年)卒。① 其为官迁转之频繁和每职任期之短让人惊叹不已,其中虽有政治斗争的因素,但也从另外一个方面说明了宋朝官制与唐时一样,文人每每为了做官不得不东奔西跑,难以在一个地方安居乐业,扎下根来。辽、金、元三朝,种族统治的色彩比较浓厚,回避制度大为削弱,但也并未完全取消,如金朝授官有"不许就本乡"②的规定,元朝的制度也是"自己地面休做官"③,并把不避本籍当作一种信任和照顾官吏的优待。但到明、清时这种制度又开始被严格执行,洪武十三年(1380年),朱元璋亲自把全国定为地方官任用三大互调区域,即"以北平、山西、陕西、河南、四川之人,用于浙江、江西、湖广、直隶;浙江、江西、湖广、直隶之人,用于北平、山东、山西、陕西、河南、四川;广东、广西、福建之人,亦用于山东、山西、陕西、河 南、四川。考核不称及降谪者,不分南北,悉于广东,广西,江西龙南、安 远,湖广郴州之地任用,以示劝惩。"④虽然后来政策稍有松动和变动,但基本上其须"本籍回避"的中心思想却一直未变。到清朝时,统治者既要利用汉官进行统治,又惧怕汉人联盟反抗,故在利用之中又加以防范,因而更加严格地执行了"回避"制度,如规定本省汉官不能作本省官,即使不同省而离原籍在五百里以内者,也必须回避,直系亲属在同一省当官的,儿、孙要回避父、祖,不回避本省的,只有教官和武官,教官照例用本省人,但须隔

---

① [元]脱脱,等.金史(卷97)[M].北京:中华书局,1975.
② [元]脱脱,等.金史(卷54)[M].北京:中华书局,1975:1193.
③ 陈高华,等点校.元典章[M].北京:中华书局,2011:247.
④ [明]谈迁.国榷(卷7)[M].北京:中华书局,1958:583.

府①，《红楼梦》中贾政几次到外地任职就是清代这种官员回避制度的一个体现。因此，"宦游"不仅是一种常态，"也是做官士人逃不掉的命运。官做得越多、越高，四处飘泊的机会也就越多"②。

中国古代这种"本籍回避"官制的施行，使得那些作为官员的文人不得不常常离开家乡去"宦游"。中晚唐方镇大开，幕僚之风盛行，文人们为了理想和生活四处应辟入幕，宦游之风比唐前期更盛，如李商隐就几乎做了一辈子的幕僚。另外，古代交通的不发达，也增加了诗人们在官道上来回奔走的时间，其风雨兼程的旅途也就显得尤为凄苦。但是，因为中第不易，向来有"五十少进士"的说法，所以许多人虽然认为宦游是件苦差，却也不肯就此轻易放弃。也正是这种坚持使得他们中的许多人往往一生都在外奔波、流离。这使得他们家乡的基业不仅常常被迫放弃，还甚少与妻儿、父母团聚，因而思乡之情也就比普通人来得更为强烈，这种感情从很大程度上促使了唐代大量以"乡愁"为内容和风格的诗作出现。比如诗人高适，五十岁时才高中榜首，做到封丘县县尉，其沮丧心理可想而知了。他在《初至封丘作》中提到离家在外做官的心情时说：

> 可怜薄暮宦游子，独卧虚斋思无已。去家百里不得归，到官数日秋风起。

诗作写得沉痛有力，诉尽在外宦游的苦闷，但即便是这样，他也不愿轻易摘下官帽解甲归田。李商隐在妻子不幸亡故后不得不奔赴下一个幕主时，也在其《悼伤后赴东蜀，至散关遇雪》中叹道：

---

① 孔令纪，等．中国历代官制[M]．济南：齐鲁书社，1993：381.
② 赖瑞和．唐代基层文官[M]．北京：中华书局，2008：296.

剑外从军日，无家与寄衣。散关三尺雪，回梦旧鸳机。

岑参一介七尺血性男儿，在随幕主封大夫出任塞外时碰到入京使，也禁不住双泪长流：

故园东望路漫漫，双袖龙钟泪不干。马上相逢无纸笔，凭君传语报平安。

王维的《九月九日忆山东兄弟》更是中国古代因"宦游"而带来的乡愁诗典型：

独在异乡为异客，每逢佳节倍思亲。遥知兄弟登高处，遍插茱萸少一人。

李白在其第一次离开养育家乡的山水时悲伤道：

仍怜故乡水，万里送行舟。

戴叔伦《除夜宿石头驿》里书写除夕之时凄苦的思乡之情：

一年将尽夜，万里未归人。

以及：

　　故园此去千余里，春梦犹能夜夜归。（顾况《忆故园》）

　　露从今夜白，月是故乡明。（杜甫《月夜忆舍弟》）

　　长江悲已滞，万里念将归。（王勃《山中》）

　　……

这些蕴含在诗中的浓浓乡愁，可以说正是文人们因为其"官员"身份带来的"宦游"引起并形成的。

　　除此之外，文人的"宦游"还是促使边塞诗在唐代出现的直接原因。中国古代的交通不方便，经济也不是很发达，所以他们任职的许多地方极为偏远，有些文人因为入主幕府更是常常去到塞外，但文人天性中的艺术因子使得他们即使在这种恶劣的环境下也可以做出极好的诗来，并因此形成了唐代诗歌中的一大特色：边塞诗。如王维在赴河西节度使幕府时曾写的《使至塞上》：

　　单车欲问边，属国过居延。逢征出汉塞，归雁入胡天。

　　大漠孤烟直，长河落日圆。萧关逢候骑，都护在燕然。

把塞外风光写得磅礴大气，让人有身临其境之感。除此之外，他还写有《从军行》《观猎》《出塞作》《送元二使安西》等，无不洋溢着壮大明朗的情思和气势。王昌龄和岑参也是唐代著名的边塞诗人，在王昌龄的边塞诗里，用乐府旧题写的五言古诗和七言绝句就各有 10 首之多，如《出塞二首》其一之：

　　秦时明月汉时关，万里长征人未还。但使龙城飞将在，不教胡马
　　度阴山。

又有著名的《从军行七首》，现举三首如下：

烽火城西百尺楼，黄昏独上海风吹。更吹羌笛关山月，无那金闺万里愁。（其一）

青海长云暗雪山，孤城遥望玉门关。黄沙百战穿金甲，不破楼兰终不还。（其四）

大漠风尘日色昏，红旗半卷出辕门。前军夜战洮河北，已报生擒吐谷浑。（其五）

前一首写深长的边愁，后二首则写追求边功的豪情。把乡愁与英雄气概相结合，声情更显悲壮激昂，这也常常是唐代文人边塞诗的一大特色。岑参曾参过军，又两度出塞，因而他的边塞诗数量尤其多，在第一次出塞时就写下了《武威送刘判官赴碛西行军中作》《早发焉耆怀终南别业》《敦煌太守后庭歌》《碛中作》《武威送刘单判官赴安西行营便呈高开府》等众多边塞诗。再次出塞，给岑参提供了成为边塞诗大师的又一次机会，写有《轮台歌送封大夫出师西征》《天山雪歌送萧治归京》《火山云歌送别》《田使君美人舞如莲花北旋歌》以及非常出名的《走马川行奉送出师西征》和《白雪歌送武判官归京》等。他在这些作品中将西北荒漠的奇异风光与风物人情，用慷慨豪迈的语调和奇特的艺术手法，生动地表现出来，别具一种奇伟壮丽之风，如《走马川行奉送出师西征》：

君不见，走马川行雪海边，平沙莽莽黄入天！轮台九月风夜吼，一川碎石大如斗，随风满地石乱走。匈奴草黄马正肥，金山西见烟尘飞，汉家大将西出师。

又《白雪歌送武判官归京》：

> 北风卷地白草折，胡天八月即飞雪。忽如一夜春风来，千树万树
> 梨花开。

雪夜风吼、飞沙走石，这些边疆大漠中令人望而生畏的恶劣气候和环境，在诗人印象中却成了衬托英雄气概的壮丽景色，如果"宦游"的不是这些以文学才干入"仕"的官员们，恐怕是难以有如此好的边塞诗歌产生的。除此之外，还有王翰的《凉州词二首》，崔颢的《古游侠呈军中诸将》《雁门胡人歌》，李颀的《古从军行》，祖咏的《望蓟门》，高适的《古大梁行》《洪上酬薛三据兼寄郭少府微》《燕歌行》《送李侍御赴安西》《塞下曲》《武威作二首》，王之涣《凉州词二首》，陶翰《出萧关怀古》《塞下曲》等都是唐代"边塞诗"中的代表作，无一不显示出了这些文官们所充满的文学艺术气息。

从唐代乡愁诗和边塞诗的出现和盛行我们看到，这些文学题材的形成与中国古代作者"文人-官员"的复合身份有着密切的关系：如果"宦游"的不是这些颇具文学才能的文官，恐怕面对塞外恶劣的条件，是难以有如此具有艺术气息的诗歌出现的；而如果不是具有官员的身份，这些文人也不会经常离开家乡去宦游，乡愁便不会这么强烈，也不大有机会体验到塞外风光。正因为如此，乡愁诗和边塞诗才会既如此具有艺术美感，又深深地体现着"官员"型文人们的特殊生活状态。从这个方面来讲，中国古代诗歌中大量有关"乡愁"和"边塞"内容和题材的出现，虽然并不尽源于中国古代作者的这种特殊身份和特殊生活状态，然而，就我们所谈到的以及其他绝大多数有过这种身份和经历的诗人及其诗歌题材、内容来说，这无疑就是作者们"官员"身份对文学活动产生影响的一种突出表现。

三、作者身份变异与通俗文学的发展

通俗文学，也有人称之为"俗文学"，主要是相对传统文人心目中的"雅文学"来说的。"俗文学"的含义，据郑振铎先生在《中国俗文学史》开篇"何谓'俗文学'"中解释，"俗文学"就是"通俗的文学，就是民间的文学，也就是大众的文学。换一句话，所谓俗文学就是不登大雅之堂，不为学士大夫所重视，而流行于民间，成为大众所嗜好，所喜悦的东西。"①另外，因为正统文学的范围比较狭小，俗文学的范围便相应扩大，"差不多除诗与散文之外，凡重要的文体，像小说、戏曲、变文、弹词之类，都要归到'俗文学'的范围里去"②。而我们看到，在传统观念中，人们总是赋予了"雅文学"即诗歌、散文以很高的地位和相应的责任，儒家先圣孔子的"诗三百，一言以蔽之，曰思无邪"的观念也是针对诗歌所应具有的功能来说的。而针对小说之流的俗文学，却不太看重其功能，如司马迁史记不录小说一目，班固则在《汉书·艺文志》中评价道："小说家者流，盖出于稗官，街谈巷语，道听途说者之所造也"③，明显认为从小说产生的来源来说不如诗歌、散文等文体。这种文学观念对中国古代文人产生了很重要的影响，因此，我们看到，在唐以前，很少有文人涉足俗文学的创作，而一旦文人涉足其间，便极易遭到嘲笑，如韩愈作《毛颖传》，不仅时人"独大笑以为怪"，且遭到了许多传统士大夫的指责，认为他"以文为戏"④，"以为文人则有余，以为知道则不足"⑤。

---

① 郑振铎. 中国俗文学史[M]. 北京：中国文联出版社，2009：1.
② 郑振铎. 中国俗文学史[M]. 北京：中国文联出版社，2009：1.
③ [汉]班固. 汉书(卷30)[M]. [唐]颜师古注. 北京：中华书局，1983：1745.
④ [唐]裴度. 与李翱书[M]//吴文治编. 韩愈资料彙编. 北京：中华书局，1983：5.
⑤ [唐]张耒. 韩愈论[M]//吴文治编. 韩愈资料彙编. 北京：中华书局，1983：176.

但这种现象在后来却得到了一定程度上的缓解，并且在元代及以后俗文学还得到了长足的发展和繁荣，如唐代传奇小说因其可见"史才之笔"而得到了众多行卷、干谒的进士青睐，明清时期众多著名文人也涉足小说、戏曲创作等。人们对通俗文学态度为何有了如此转变？郑振铎先生认为这是因为雅文学的源头原本就与俗文学有关，许多正统文学的文体都是由"俗文学"升格而来的，如《诗经》中的大部分原来就是民歌，五言诗原来也是从民间发生的，而汉代的乐府，六朝的新乐府，唐五代的词，元、明的曲，宋、金的诸宫调等①无不如此。这种升格的过程，主要是缘于每当民间产生了一种新的文体时，初时完全被学士大夫们所忽视和鄙弃，但渐渐地，一些有勇气的文人学士们敢于采取这种新鲜的新文体作为自己的创作的形式了，并渐渐地得到了大多数的文人学士们的支持。"渐渐地这种新文体升格而成为王家贵族的东西了。至此，而他们渐渐地远离了民间，而成为正统的文学的一体了。"②郑振铎先生此话固然不错，但却忽略了俗文学兴起以至得到正统文人们的喜爱其实还有另外一个原因，这便是因统治者某些不利于文人仕进的政策或文人仕途不顺，而导致他们地位下降、热衷世俗并对通俗文学发生兴趣，从而在一定程度上促使了通俗文学的盛行。如在元代，科举考试时行时辍，儒生失去仕进机会，地位下降，世传"九儒、十丐"的说法虽不准确，但儒生被轻视，由此民谚看却是符合当时的事实的。这种身份地位的境况使得他们中的相当一部分人不再依附政权，或隐逸于泉林，或流连于市井，人格因此相对独立，思想意识便也随即灵动。"特别是一些'书会才人'，和市民阶层联系密切，价值取向、审美情趣更异于困守场屋的儒生。"③余阙说："夫士惟不得用于世，则多致

---

① 郑振铎．中国俗文学史［M］．北京：中国文联出版社，2009：1.
② 郑振铎．中国俗文学史［M］．北京：中国文联出版社，2009：1-2.
③ 袁行霈主编．中国文学史（卷3）［M］．北京：高等教育出版社，2005：190.

力于文字之间，以为不朽。"①仕途失落的知识分子，或为生计，或为抒愤，大量涌向勾栏瓦肆，俗文学便有了其发展的空间和机遇，"儒生不幸文坛幸，换言之，知识分子地位的下降，激发了他们的创作情绪"②，这一点，也是促成俗文学发展的重要因素。

文人因仕途失意、身份改变而转向通俗小说创作，在王国维先生那里也有着精辟的论述，他在《宋元戏曲史》一书中谈到元杂剧的产生时认为，元杂剧之发达，与元初废科举有着很大的关系。元代自蒙古灭金以来，科目已废近八十年，"故文章之士，非刀笔吏无以进身"③（这也是为什么这一时期的作家多为"掾史"）。在这种情况下，唐宋以来专心于科举的那些读书人，便会感到"彼其才力无所用"，而"一于词曲发之"④，从而促使了词曲的兴起。加上是外族专政，科目之学自然比不上前朝各代，"金时科目之学，最为浅陋"。这样的文学之士既无进取之途，又不精于"高文典册"，学术上做不下去，便只有转向他处，此时，恰好杂剧这种新兴文体出现，于是便多从事于此；"而又有一二天才出于其间，充其才力，而元剧之作，遂为千古独绝之文字"⑤。因而，由杂剧家产生的时代背景，来推算元剧创作的背景及其发达之原因，并将其归为作者身份的变异，并非无据之论。也就是说，王国维先生认为元代杂剧的兴盛与当时科举的时兴时废有着重要的联系。元代科举的暂时废除使得那些以前以"科举"为业的文士们突然失去了目标，加上当时的科目之学较为浅陋，他们又做不了"高文典册"的事，于是便把兴趣转向了词曲和杂剧等新文体。以他们在文学

---

① ［元］余阙. 贡泰父文集序［M］//李修生主编. 全元文（卷1495）. 南京：凤凰出版社，2004：134.

② 袁行霈主编. 中国文学史（卷3）［M］. 北京：高等教育出版社，2005：190.

③ 王国维. 宋元戏曲史［M］. 北京：中华书局，2010：91.

④ 王国维. 宋元戏曲史［M］. 北京：中华书局，2010：91.

⑤ 王国维. 宋元戏曲史［M］. 北京：中华书局，2010：91.

上的造诣，对于俗文学的发展当然是非常有利的。比如关汉卿，作为一个封建时代的知识分子，他曾熟读儒家经典，深受儒家思想影响，这由他在剧作中常把《周易》《尚书》等典籍的句子顺手拈来，运用自如可以看出来。但他却生活在仕进之路长期堵塞的元代，科举的废止、读书人地位的下降，使得他和当时许多知识分子一样，处于一种进退两难的尴尬境地。但他并没有就此消沉，反而放下了一般士子的清高，转而以开阔的胸襟，接纳了普通市井生活。在其散曲《南吕·一枝花》中，他自称"我是个蒸不烂、煮不熟、捶不扁、炒不爆、响当当一粒铜豌豆"①，这既是对封建价值观念的一种挑战，也是他狂傲倔强、幽默多智性格的自白。除关汉卿外，白朴、马致远等元代杂剧作家也是类似的失意文人，虽然在他们的内心深处，他们并不甘于仕途失落，但在现实生活中，"他们屡屡碰壁，理想归于幻灭，因而叹世归隐就成了这类作家创作的主旋律。"②如马致远的《汉宫秋》，虽然写到君臣、民族之间的矛盾，但着重表达的却是在乱世中失去美好生活的困惑、悲凉的人生感受，是对当时文人地位普遍下降后无所适从而彷徨的心理描写。明人王骥德在《曲律》之杂论中论及文人地位下降对通俗文学的发展时认为，这些失意文人"于是多以有用之才，寓于声歌，以抒其拂郁感慨之怀，所谓不得其平而鸣也"③，表明文人身份及地位的改变对通俗文学确实产生了一定的影响。

在通俗文学盛行的明、清，虽然科举制度已经恢复，但科举之途的不顺以及做官失败仍然是文人们所常有的命运。如《聊斋志异》的作者蒲松龄，其科举之路颇为坎坷，19岁就考中了秀才，但其后却一直无缘再进，到七十岁才被补为"贡生"。这中间的几十年里，他多次赴举，却又一次次失败，这对

---

① 关汉卿. 南吕·一枝花[M]//汇校详注关汉卿集(卷下). 蓝立萱校注. 北京：中华书局，2006：1704.

② 袁行霈主编. 中国文学史(卷3)[M]. 北京：高等教育出版社，2005：295.

③ 转引自李建中. 中国古代文论[M]. 武汉：华中师范大学出版社，2002：273.

他的打击是非常大的，"一次次名落孙山，沮丧、悲哀、愤懑不仅倾注于诗词里，也假谈鬼说狐发泄出来"①。蒲松龄的这种遭遇可以说是许多中国古代文人生活的常态，因而描写这种艳遇的小说也就大多出自落魄文人之手。西方汉学家通过对中国古代小说的文本细读、划分种类也发现，"失意文人的小说集中色情故事明显比得意的要多"②，借用当代作家的话来说，则是因为写作原本就具有使自己"无数的欲望"，聚集在一起，"在虚构的现实里成为合法"③的可能性，因而这种狐、鬼小说的出现，也可以说是文人们对自己"官员"身份追求未遂的一种补偿和发泄。另外，促使明清时期文人大量创作通俗小说的还有一个原因，便是明清商业和手工业的发达也使得市民阶层迅速扩大，使得文人士子开始逐渐改变不屑与商贾为伍的清高态度，从相对封闭的圈子中走出来，乐意与商人、出色艺人等交游④。在这种风气的影响下，一部分文人在科场或官场失意后转而经商，如小说家凌濛初、陆云龙和汲古阁主人毛晋等都曾兼营印刷业⑤，这种身份上的转变使得他们与大众俗世生活更接近，积累了更多的生活经验，有力地促进了通俗文学的发展，凌濛初的文言小说"二拍"系列就是例证。

从以上分析可以看出，文人因科举和做官失败而带来的身份转变确实对通俗小说的兴起和发展起到过一定程度的促进作用。身份的转变不仅促

① 袁行霈主编. 中国文学史（卷4）[M]. 北京：高等教育出版社，2005：269.
② 曹卫东编. 中国文学在德国[M]. 广州：花城出版社，2002：93.
③ 俞汝捷. 仙鬼妖人：志怪传奇新论[M]. 北京：中国工人出版社，1992：3.
④ 如刊于嘉靖初年的李梦阳之《空同集》，在总数45篇的墓志铭中，有4篇为商人所作，约占9%。至万历初年所刊的王世贞之《弇州山人四部稿》中，墓志铭类的作品总数90篇，为商人所作的则有15篇，占总数的16.6%。至于收录在王世贞晚年作品的《弇州山人续稿》中，为商人所作的墓志铭类作品更多至44篇，其比例上升到17.6%，可见当时士商互动之密切。（陈建华. 中国江浙地区十四至十七世纪社会意识与文学[M]. 上海：学林出版社，1992：335.）
⑤ 袁行霈主编. 明代文学[M]//中国文学史（卷4）. 北京：高等教育出版社，2005：5.

使了他们心态和价值观念的变化，还使得他们的身份意识也起了一定的变化，即不再把自己作为那个高高在上的、与普通市民相异的文人士大夫，而是把自己融入大众的生活中，把自己看作大众的一员。即便他们很多时候在作品中表达的是对自己不平身世的一种发泄和补偿，但仍然可以看出，他们的思想和经验中已经自觉或不自觉地浸染了这种身份变化后的生活点滴。通俗文学正是在他们这种身份和身份意识的转变中，得到了良好的发展契机。因而，从雅文学转向俗文学，从一定的程度上可以说是中国古代作者因身份变化而引起的一种特殊文学现象，也是作者身份变异对文学活动产生影响的一种体现。

第四章 "官员"身份与中国古代文学话语

在前面的论述中，笔者反复提到，中国古代作者有一个与现代、西方古代作者相比非常特殊的一个身份，那就是他们的"官员"身份，中国古代作者的写作，可以说在很大程度上都受到了这个身份的影响。在上一章"'官员'身份与中国古代文学活动"的分析中，我们已经看到了这种身份对作者其他身份构成的影响，以及这种身份对文学活动的影响。然而，在中国古代文学活动中，还有很多由特殊的文学观念和文学趣味构成的文学话语，其实与作者的"官员"身份也有着密切的关系，并且有些还可以说完全是因这种身份而起的。而正是这种特殊的文学话语，使得中国古代的文学活动显得颇有特色，具有很高的研究价值。因而，探讨中国古代作者官员身份与这些特殊文学话语的形成，就成为突出笔者研究主题的另一个重点内容。

第一节 "官员"身份意识的建立

身份对主体产生影响，其中一个很重要的表现是在对主体意识形成的影响上，因为在很大程度上是身份将主体建构成了一个主体，诚如丹尼·卡瓦拉罗所说，只有在身份这个体现着主体社会属性的层面上，主体才能更好地展现自身的存在意义①。而主体身份意识的产生正是伴随着其身份形成的，有了身份意识，才会有所谓的"身份认同"，主体也才会因这种身份认同而维护着自身身份，这与福柯所说的"因良知和自我认识而维系于自己的身份"从某种程度上来说是同一个意思。也就是说，只有身份意识形成后，主体才会因为"自我认识"而维系自己的身份，即尽量使自己的言行与身份相符，并因其往往还深入渗透主体的无意识中，而共同构建了一种身份话语。对一个作者来说，这必定会对他所从事的文学活动产生一定的影响，也会因为作者的写作而渗透至文学话语中，即便这种渗透很多时候可能是在作者一种无意识的状态下进行的。于中国古代作者而言，他们颇具特殊性的身份："官员"，必定也会使他们形成相应的身份意识，从而影响到他们的文学活动和写作本身。这种官员身份意识是如何建立起来的？笔者认为这与官方意识形态的介入、他们的群体身份认同以及来自他者的"凝视"有着密切的关系。正是在这些因素的介入和作用下，中国古代作者才真正形成了与自己官员身份相关的身份意识，在有意或无意中制约着他们的言行，并渗透至写作中形成了一些特殊的文学话语。

一、官方意识形态的介入

意识形态对主体的影响是不言而喻的，按照阿尔都塞的观点，主体意识甚至是被意识形态建构起来的。因而，在后现代的语境下谈主体的身份意识而不谈意识形态，显然是不成立的。对于作者来说，意识形态中影响最大的莫过于文化因素，因为文化接受是影响着作者写作的重要指标，这在本文第一章中笔者已经详细论述过了。而对于中国古代作者来说，文化的丰富多样性使得他们的文化接受显得极为复杂，但又不是每一种文化都

---

① 丹尼·卡瓦拉罗. 文化理论关键词[M]. 张卫东，张生，赵顺宏，译. 南京：江苏人民出版社，2006：73.

对他们的官员身份产生了同样重要的影响，正如霍尔所说，文化虽然"是有源头的、有历史的。但是，与一切有历史的事物一样，它们也经历了不断的变化"①。因此讨论他们官员身份意识的形成主要受到了哪种或哪些文化的影响，就显得很有必要。

中国古代文化非常丰富：春秋战国时期，诸子百家的学说使得先秦文化异彩纷呈；秦时法家出尽风头；汉朝前期又是黄老之学盛行；汉武帝时则把儒学定为官学，自后行之未改；但从魏晋开始，道、释两家又产生了广泛的影响，在一定时期内影响了儒学的发展，并在以后的朝代中始终在一定程度上影响着中国古代知识分子的文化接受。但是，在如此丰富多样的文化学派中，有一派的文化学说却自始至终对中国古代的大多数知识分子产生着重要影响，那就是儒学。关于知识分子与儒学的关系，笔者已在前面谈中国古代作者的身份构成时说得较为详细了，即因为儒学的继承人是儒士，而士阶层本来就属于知识阶层，因而二者之间有着某种天然的联系。儒家先圣对其弟子的基本要求是要担负起"道"的责任，即"士志于道"，虽然当时的"士"并不仅限于儒士，但儒家对此阐释的最多，因此影响也就最大。而要传"道"，在当时的社会条件下，入"仕"是一个最佳选择，因为只有官员能够最大范围、最大程度地去施行。这使得作为儒家弟子的儒士们具有极高的入仕热情，并逐渐形成了一种"官本位"的思想，即把做官当成自己的终身事业。然而，儒学在秦朝及汉初并未得到重视，儒士们也没有被重用，直到汉武帝"罢黜百家，独尊儒术"，把儒学作为官学，并制定了一些有利于儒士进入管理层的政策开始，儒士们才在春秋战国之后再一次与"官员"身份挂了上钩，儒学也才对中国古代大多数的读书人形成了普遍的影响。汉代的举"孝廉""贤良文学"以及隋唐时兴起的"明

---

① 斯图亚特·霍尔. 文化身份与族裔散居[M]//罗钢，刘象愚主编. 文化研究读本. 北京：中国社会科学出版社，2000：215.

经""进士"等科都是有利于儒士进取的，这在一定程度上激励了读书人的入仕热情，并确定了他们的学习方向，即以儒学作为自己的基础教育。这种文化接受以及儒学作为官学的事实，表明儒家文化已逐渐成为一种官方意识形态，主导并影响着中国古代大多数准备入仕的读书人们，使得他们不仅把儒学作为基础教育，还将其视为自己的文化正宗，这从他们在面对文化冲突时的最终选择可以看出来。但正如笔者前面所说，魏晋时期，道家和佛教思想大放异彩，曾给儒学造成了很大的冲击，这主要体现在：

1."道家"。所谓道家，是指以老、庄为代表的道学。春秋战国时期诸子百家争鸣，儒家以绝对优势胜出。但在汉武帝之前，道家还有着一定的势力和影响力，汉初推行的"黄老之学"就是最好的证明。汉武帝始，儒家成为官方正统学说，但道家也并未完全销声匿迹，它还是在小范围地传播着，这从民间道术风行和汉武帝用道士炼仙丹追求长生不老能看出来，只是因为他们不像儒家那样热衷"入世"，故在政治上的影响力不如儒家大。但作为一种与儒学相对的思想体系，道家还是被一部分淡泊名利和追求长生不老之术的人士所热爱，并在魏晋时期大放了异彩。学界对此成因有着诸多说法，但观其中心思想主要在于以下两点，一是认为出于政治上的原因，二是出于士大夫的群体、个体意识之觉醒。① 政治上的原因是显而易见的：汉末战事频起，朝纲大乱，儒学已不能施之于政，士大夫回天乏术，就开始了所谓的"清议"②，这些参加清议的名士借此臧否人物，针砭时政，特别是批判祸乱朝政的宦官。东汉党锢之祸后，人人自危，政治迫害使得先前从事清议的士人逐渐远离政治，转而开始注重抽象的理论，

---

① 余英时. 汉晋之际士大夫新自觉与新思潮[M]//士与中国文化. 上海：上海人民出版社，2003：251-302.

② "清议"，有别于魏晋时期的"清谈"，"清议"尚富含政治意味，而"清谈"偏于玄学。（王心扬. 东晋士族的双重政治性格研究[M]. 上海：上海古籍出版社，2010：140.）

老、庄超然世外的态度成了他们避世理所当然的选择，因此逐渐从"清议"转为只谈玄理"清谈"，进而在魏晋时期形成有名的"玄学"。至于余英时先生所说的士大夫群体、个体自觉意识之觉醒，则主要是从文化方面去谈的。这种转变仍然要追溯到东汉的政治：和帝永元年以降，朝政多为外戚和阉宦把持，东汉士大夫就在这种夹层中逐渐发展出了群体之自觉，也即是说，在与外戚和阉宦的斗争中，士大夫自觉结成了一个群体，与祸乱朝纲的奸臣对峙。而到魏晋时期，政治上的迫害更导致了士大夫的群体自觉选择：坚持自己立场的人为避祸成了"清谈"的成员，立场动摇的人成了新兴政权的帮手。此时，士大夫的群体意识则更进一步地表现为个体意识的觉醒了：首先是在"清谈"的风气下，政治已成了身外物，士大夫从"求利"转为"争名"，"各求以特立独物超迈他人，故其影响所及遂使个人意识益为滋长"[1]。汉末以来以郭林宗为代表的人物品评标准也从另一个方面说明了当时个体自觉意识的发展。助长个体自觉的除了这些，还有从政治上剥离出来的士大夫把主要心思放在了养生和怡情、文学艺术上，并使得中国的纯文学因此而诞生了。钱穆在谈到中国纯文学的觉醒时认为"文人之文"的特征，其主要表现就在于它的"无意于施用"，更进一步说，则表现在这种文章"仅以个人自我作中心"，以日常生活为写作素材，抒写性灵，吟咏情感，其写作因而也是"不复以世用撄怀"为其创作目的，这样的文学才可以称之为"纯文学"。与此相符的文学作品，则显然首发于随着"清谈""玄学"而成长起来的魏晋文学，因而，"纯文学作品之产生，论其渊源，实当导始于道家。"[2]我们看到，钱老区分纯文学与以往文学的标准在于文学不"以世用撄怀"，儒家不但功利性较重，且汉代儒生论经又逐渐流于章句烦

---

① 余英时. 汉晋之际士大夫新自觉与新思潮[M]//士与中国文化. 上海：上海人民出版社，2003：273.

② 钱穆. 读文选[J]. 新亚学报，1958(2)：3.

琐之途，不能再满足学者内心之要求，其影响便逐渐减弱；加上魏晋时期文人们在官场上所遭遇的挫折，因而以老庄为代表的道家思想此时便满足了魏晋文人士大夫的心理需求，"满足了魏晋士人重择生存方式、重铸才性范型的理论需求"①。据此，我们可以认为，老、庄哲学在魏晋时期大放异彩在一定程度上是迎合了当时社会发展和人们的心理需求的。

2. 佛教。它本是舶来品，肇始于印度佛教。印度佛教传入中国甚早，大概在两汉之际就已传入中国，但到魏晋及以后才发生重大影响，这主要是因为汉末以来中国社会动荡不安，"此世"越来越不足留恋，而佛教所倡导的苦行修炼即可到达的安静、平和的理想世界——"彼世"却越来越吸引着人们，因此，在魏晋南北朝时期，"佛教终于乘虚而入"②，不但大大地影响了中国的上层思想界，也逐渐深入了中国的民间文化。儒家在此期间虽然未完全失去其地位和影响，但其功用却大为削减，仅在实际政治和贵族的门第礼法方面维持着原有的影响力③。另外，据统计，在佛教发展的高峰期——南北朝时期，梁朝有寺 2846 所，僧尼 82700 人；北魏末期国都洛阳有寺 1367 所，江北整个地区有寺 3 万余所，僧尼 200 万人④，这充分说明了佛教在当时的影响力和受欢迎程度。佛教在中国支流甚多，但影响最大的却是禅宗一支。所谓"禅"，普遍认为，禅是对梵文 Dhyāna 的翻译。Dhyāna 之意来源甚古，印度古《奥义书》(Upanisad) 中便有类似的意思，其名曰"瑜伽"(Yoga)。瑜伽之法原有二，一是苦行，二是持心，持心即禅定，突出的是专注内心修养的"定"的工夫。这种专注内心修养的追求在魏

① 李建中. 中国古代文论[M]. 武汉：华中师范大学出版社，2002：120.
② 余英时. 中国近世宗教伦理与商人精神[M]//士与中国文化. 上海：上海人民出版社，2003：402.
③ 余英时. 中国近世宗教伦理与商人精神[M]//士与中国文化. 上海：上海人民出版社，2003：402.
④ 刘长久. 中国佛教[M]. 桂林：广西师范大学出版社，2006：46.

晋南北朝与当时盛行的老、庄哲学找到了完美的契合点，老、庄哲学一向以"虚、静"为追求，禅宗此时的介入可以说是找到了天时、地利的良好条件，而"禅"这个翻译过来的中文字符本身就带有老、庄哲学的影响。著名禅宗研究学家麻天仁先生甚至认为，"禅"是纯粹中国化的，是一种大众化的老庄哲学，"禅宗思想的形成，是以创造性翻译为前提，不断而又广泛地撷取庄、老思想，由道生、僧肇奠基，终至《坛经》而系统化、大众化的哲人之慧。"①也即是说，佛教在中国影响最大的禅宗实际上是一种中国式的佛教，从它来到中国，它就在不断的发展中被赋予了中华民族固有的特性。尤其是慧能(638—713 年)及其弟子神会所创立的"新禅宗"，"新禅宗"的"新"字里面包含的一个基本含义就是它与原始的印度佛教已有所不同，这个"新"体现在什么方面呢？其最主要是在"出世"与"入世"的态度上有所改变。前面提到印度佛教是极端出世型的，把现实世界看成是对人们罪恶的惩罚，只有彼岸世界才是真正的天堂，所以现世的人们只有努力修行，才能到达那个美好的彼岸世界。而且原始的佛教主张不劳动，佛徒以乞讨为生，不事农业生产。但中国是一个农业社会，僧徒完全不耕田事实上是办不到的，且安史之乱后，贵族富人的施舍不能如前此之盛，佛教徒便不能不设法自食其力。据《宋高僧传》之《怀海传》曰："朝参夕聚，饮食随宜，示节俭也。行普请法，示上下均力也"②。"普请"的意思是"作务"，也即是劳动之意。这样的话，怀海所说的意思就是要求僧人们"节俭"和"劳动"，由此看出，他是支持佛教徒们自食其力的，且后来还有"一日不作、一日不食"之语，并在民间流传甚广，这与印度佛教已明显不同了。另外，在内心观念上，新禅宗也与印度佛教有着不一样的观念。印度佛教的修行是苦修，往往用身体之苦来表明自己的诚心，且多半要在寺院

① 麻天祥. 中国禅宗思想史略[M]. 北京：中国人民大学出版, 2009：前言.
② [宋]赞宁. 宋高僧传(卷10)[M]. 北京：中华书局, 1987：236.

进行，魏晋南北朝时众多的寺院就表明了印度佛教的这个初衷，但新禅宗的祖师慧能却说："若欲修行，在家亦得，不由在寺……但愿在家修清静，即是西方"①。这在当时的佛教界有若投巨石于湖中，掀起层层狂澜，佛教精神从出世转向入世便在这句话中正式透了出来。新禅宗的这种精神理念在此与儒家的"人间性"达成了一致，消弭了绝对冲突，为佛教在中国的发展顺利引渡，同时也为佛教在中国的广泛传播起到了非常重大的作用。魏晋以后的中国，谈文化而不谈佛教，基本上已是不可能的了，尤其是在唐代，佛教还受到了上至皇室、下至平民百姓的普遍欢迎。

至此，我们看到，中国古代作者所受的文化影响是非常复杂的，儒学之外，还受到了道、佛两家学说的重要影响，尤其是在魏晋时期，一度形成了"三教鼎立"的局面，这对儒学可以说造成了相当大的冲击。然而，我们同时也看到，儒学在这期间始终未失去它的生命力，余英时先生虽然认为魏晋时期的儒学功用大为减弱，"仅限于实际政治和贵族的门第礼法方面"②，但这也表明，儒学只是在某些方面被抑制，而未完全失去其地位和存在的意义，其中最突出的一点就是其"忠""孝"的一面反而在某些时候得到了放大。儒家"忠君"观念从东汉后期开始式微，到西晋阮、鲍等人提倡无君论之时，已经到了十分孱弱的地步。但是，"'忠君'观念作为一种政治原则，实际上有其独立的价值，它不可能从士大夫的心中完全消失"③，司马懿的胞弟司马孚始终忠于魏室就是一个很好的例子。《晋书·温峤传》也载温峤"除散骑侍郎"时，其母崔氏反对他就任，温峤却"绝裾而去"。后母亡，峤请旨辞归，结果却遭到了众大臣的反对，史载当时朝廷对于此事

① 石刚.六祖坛经今注[M].北京：首都经济贸易大学出版社，2007：123.
② 余英时.中国近世宗教伦理与商人精神[M]//士与中国文化.上海：上海人民出版社，2009：402.
③ 王心扬.东晋士族的双重政治性格研究[M].上海：上海古籍出版社，2010：200.

172

异常重视，"诏三司、八坐议其事"：

> 皆曰："昔伍员志复私仇，先假诸侯之力，东奔阖闾，位为上将，然后鞭荆王之尸。若峤以母未葬没在胡虏者，乃应竭其智谋，仰凭皇灵，使逆寇冰消，反哀墓次，岂可稍以乖嫌，废其远图哉！"峤不得已，乃受命。①

温峤以回乡葬母为由上书辞职，却遭到众人的反对。这个事件无疑是一个信号，标志着在很多朝臣的心目中，儒家的"忠君"观念相对于士大夫的家族利益来说，已经开始占有一定的优势了。而在另一方面，温峤虽然对元帝尽了"忠"，却由于违背了母命而遭到乡议的批评，中正品级也随之被降低②，这也说明了当时孝道的重要性。通过温峤事件我们可以看到，儒家"忠""孝"的一面在魏晋时期仍然占有非常重要的地位，尤其是到了东晋后期，当时的大士族谢安为了振兴皇权，甚至不惜牺牲自己家族的利益，让出中枢权力③，这表明儒家"忠君"的观念已得到充分张扬。因而，准确地说，在魏晋时期，儒学只是在某些方面或某些时候遭到了暂时的冷落，并非完全失去了其生命力，并且在以后的时代里，它还因为吸收了佛、道两家学说的精华而焕发出了新的生命力，这从宋代新儒家的盛行可以看出来。

而文人们在面对道、释两家的冲击时，也表现出了自己的最终立场。如唐代因与魏晋南北朝时期最为接近，因而受到的影响也最大，道、释两

---

① ［唐］房玄龄．晋书（卷67）［M］．北京：中华书局，1974：1786.
② 王心扬．东晋士族的双重政治性格研究［M］．上海：上海古籍出版社，2010：180.
③ 王心扬．东晋士族的双重政治性格研究［M］．上海：上海古籍出版社，2010：200.

家的文化思想对唐代文人们产生了很大的影响，这从唐代许多文人与道教、佛门中人频繁来往可以看出，王维、李白就是最具代表性的两位。"诗佛"王维，在《大荐福寺大德道光禅师塔铭》中述及同名僧道光禅师的关系时道："维十年座下，俯伏受教，欲以毫末度量虚空，无有是处，志其舍利所在而已。"①王维与禅宗六祖慧能是同一个时代的人，写过《能禅师碑》，慧能的首席大弟子神会也与王维有私交。因而，在王维的诗作中，可以看到大量带有佛家意境的作品，如：

> 兴来每独往，胜事空自知。行到水穷处，坐看云起时。(《终南别业》)
>
> 空山不见人，但闻人语响。返景入深林，复照青苔上。(《鹿柴》)
>
> 独坐幽篁里，弹琴复长啸。深林人不知，明月来相照。(《竹里馆》)
>
> 木末芙蓉花，山中发红萼。涧户寂无人，纷纷开且落。(《辛夷坞》)

李白自称"青莲居士"，家在蜀中，少年时代曾"受到道教的深刻影响"②。李白家附近的紫云山是道教圣地，环境对他产生了很大影响，曾自述"家本紫云山，道风未沦落"(《题嵩山逸人元丹丘山居》)，又"十五游神仙，仙游未曾歇"(《感兴八首》其五)，因而，道教对李白的影响是非常大的，在他一生中所作的近千首诗中就有一百多首与神仙道教有关，并以"谪仙人"③自居。这种影响也使得李白的诗歌总是呈现出一种飘逸、大气、洒脱

---

① [唐]王维. 大荐福寺大德道光禅师塔铭[M]//赵殿笺注. 王右丞集笺注(卷25). 上海：上海古籍出版社，1984：460.

② 袁行霈主编. 中国文学史(卷2)[M]. 北京：高等教育出版社，1999：216.

③ 李白《无题》：青莲居士谪仙人，酒肆桃名三十春。湖州司马如相问，金粟如来是后身。

的风格，并充分展示出了其艺术想象力，如：

> 日照香炉生紫烟，遥看瀑布挂前川。飞流直下三千尺，疑是银河
> 落九天。（《望庐山瀑布》）
>
> 朝辞白帝彩云间，千里江陵一日还。两岸猿声啼不住，轻舟已过
> 万重山。（《早发白帝城》）

然而，我们看到，即便是在这种影响下，王维和李白也并未放弃其入"仕"的理想。开元九年(721年)，王维擢进士及第，后历任太乐丞、济州参军、右拾遗、河西节度使幕、监察御史等职，并曾"向宰相张九龄献诗以求汲引"①。在王维早期的诗歌中也可以看到他对功名的热情和积极的生活态度，如"孰知不向边庭苦，纵死犹闻侠骨香"（《少年行》），"慷慨倚长剑，高歌一送君"（《送张判官赴河西》）等。李白也有着"强烈的'济苍生''安社稷'的儒家用世思想"②，他在诗中自叙其"五岁诵六甲，十岁观百家"，"常横经籍书，制作不倦"③，并曾多次干谒名人，希求引荐："十五好剑术，遍干诸侯。三十成文章，历抵卿相"④；在干谒和做官失败后，他也并没有就此消沉，而是怀着"天生我材必有用"（《将进酒》），"长风破浪会有时，直挂云帆济沧海"（《行路难》）的理想，等待着下一次"仰天大笑出门去，我辈岂是蓬蒿人"（《南陵别儿童入京》）的入仕机会。王维和李白在深受佛、道影响的同时，还如此热衷功名，这充分说明，儒学的影响在

---

① 袁行霈主编．中国文学史(卷2)[M]．北京：高等教育出版社，1999：196.
② 袁行霈主编．中国文学史(卷2)[M]．北京：高等教育出版社，1999：219.
③ [唐]李白．上安州裴长史书[M]//李太白全集(卷26)．[清]李琦注．北京：中华书局，1977：1243.
④ [唐]李白．与韩荆州书[M]//李太白全集(卷26)．[清]李琦注．北京：中华书局，1977：1239.

唐代并未因佛、道的冲击而完全衰退。甚至有学者还认为：横亘整个中古时代，儒家依然是一个坚韧不摇的思想与价值系统，孔子仍是人们一致钦仰的圣人，儒家经典仍为中土圣典，"一言以蔽之，儒家在文化中继续占有正统的地位。事实上，在某些领域，例如法律，儒家的力量甚至比以往增强了很多"①。因此，就社会整体而言，这种变化和发展显然是往儒家文化加深的方向行进的。而儒学之所以拥有这么强大的生命力，除了与他的继承人有关，还与它作为官方意识形态有着密切的关系，也就是说，在官方意识形态的影响下，在中国古代许多读书人的心目中，只有儒学才是文化正宗，才是经世济国的良方，并因此影响了他们文化价值观的形成，建构了他们的身份责任感。如在唐代，进士科"诗赋取士"的人才选拔制度形成后，许多人便专攻诗文，而以儒学经义为考核目标的"明经"一科因其"背得滚瓜烂熟就有希望通过"②，而渐为时人所轻，《唐摭言》载："缙绅虽位极人臣，不由进士者，终为不美"③，还曾出现"五尺童子耻不言文墨"的局面"④。而唐代统治者衡量省题诗的标准，却大多时候"乃是齐梁体格"⑤，因而，当这样的局面发展到一定程度的时候，就开始有一部分颇具责任感的人站出来反对了，如经学宗师啖助的弟子赵匡在任洋州刺史期间，上《选举议》抨击当时的选举制度，认为在当时的"进士"试中，主考官取士的标准往往在于诗赋文章的"巧丽"与否，所以当时的考生不管这种诗文有没有实际的用处，有没有达到儒家所要求的"载道"的目的，都亦步亦趋地模仿，以投主考官之"所好"；同时，也不管这种诗文有没有违背儒家

① 陈弱水. 唐代文士与中国思想的转型[M]. 桂林：广西师范大学出版社，2009：导言.
② 孔令纪. 中国历代官制[M]. 济南：齐鲁书社，1993：161.
③ [五代]王定保. 唐摭言(卷1)[M]. 上海：上海古籍出版社，1978：4.
④ 杨波. 长安的春天 唐代科举与进士生活[M]. 北京：中华书局，2007：180.
⑤ 傅璇琮. 唐代科举与文学[M]. 西安：陕西人民出版社，2007：410.

"温柔敦厚"的宗旨，而仅以华丽辞藻堆砌成文，因而也助长了"佻薄"之风，正所谓：

> 所习非所用，所用非所习者也。故当官少称职之吏。①

而从贞元元年(785年)的《冬至大礼大赦制》以政府法令颁发的形式来看，赵匡等人的意见是得到了肯定的。当时起草的人是陆贽，若干年后他受命知贡举，将这种理念付诸行动，当年一榜之中录取了很多具有儒学才干的人，如韩愈、李观、李绛、崔群等，"数年之内，居台省清近者十余人"②，故时人称"龙虎榜"。又大和七年，李德裕建言，进士试以议论代诗赋，文宗准奏，声明其公卿士族子弟，自大和八年(834年)始：

> 不先入国学习业，不在应明经、进士之限。其进士学，宜先试贴经，并略问大义，取经义精通者；次试议论各一首，文理高者，便与及第。其所试诗赋并停。③

从以上材料可以看出，虽然儒学在当时似处于沦为章句之学的尴尬境地，但对儒学振兴的意图却从没有在这些做了官的儒家知识分子心里消失过。中唐韩愈、柳宗元倡导"古文运动"，并以"文起八代之衰"而获得了相当程度上的成功，很大程度上其实就是得益于在这些"士大夫"心目中，儒学才是经世济国的良方和他们唯一承认的正统学说。因而，在面对道学和佛学的冲击时，有责任感又有权力的"士大夫"们便肩负起了复兴儒学的重

---

① [唐]杜佑.通典(卷17)[M].王文锦，等点校.北京：中华书局，1988：419.
② [后晋]刘昫.旧唐书(卷139)[M].北京：中华书局，1975：2418.
③ [清]董诰，等编.全唐文(卷29)[M].北京：中华书局，1983：782.

任，如陈寅恪先生在《论韩愈》一文中就认，韩愈之所以提出"原道"等学说，很大程度上就是为了"排斥佛老，匡救政俗之弊害"①。并且，在这个过程中，儒学还兼容并包了另外两家学说之长，为己所用，如唐代文人虽然受佛、道二教影响颇大，但主要关注并汲取的却是其"心性"理论，用作人生和创作实践上安顿身心的手段和寄托。如很多官员在遭遇"贬官"等官场失意的事情之后，用佛、道理论来修心，以抚慰自己在仕途上所遭遇的挫败感，但一旦被统治者重新启用，却往往又再次充满热情。因而，用佛、道二家的理论来修心，并不影响他们作为儒家知识分子的入"仕"热情和匡济救世的理想。这里面蕴含着一个主次顺序和地位高下之分，很显然，儒学是主，其他两家是次。而这种文化价值取向的形成，显然与中国古代的官方意识形态有关，即正是因为统治者重视儒学，并把儒学作为当官的必备条件，才使得那么多的读书人以儒学为业，以做官为目标，并在这个过程中形成了自己的身份责任感，产生了一种与自己"官员"身份相伴的身份意识和身份话语。

二、"官员"的群体身份认同

主体身份意识的产生，除了意识形态在其中起着重要作用外，主体的身份认同也同样重要。如果没有主体自己对身份的认同，身份意识和身份话语就不会产生。后现代的身份理论在研究主体身份意识产生时，很大程度上也是从主体身份认同这个角度去谈的，这在本文第一章中笔者已有较为详细的论述。中国古代作者"官员"身份意识的产生，很显然也需要先有一个身份认同的过程，也就是对自己"官员"身份的认同。而这种认同的产生，首先是建立在他们对"官员"这个群体身份认同基础上的。所谓"群体"，按小罗贝尔词典的解译，是指"其成员共同生活或者拥有共同关联、

---

① 陈寅恪.论韩愈[J].历史研究，1954(2)：107-111.

利益的社会群体"①。对中国古代作者来说，这种有着共同关联和利益的最典型社会群体，无疑就是让他们有着"官员"身份的官员群体。

中国古代作者"官员"群体身份认同的产生，笔者认为，主要是在与他者的对比、比较中产生的，也就是说，与其他社会群体相比，他们感觉到了自己所属的这个群体的不同之处，并由此产生了一种群体归属感，而这种归属感表现最为突出的是在他们的群体身份责任感上。上一节笔者说过，中国古代作者官员身份的形成，儒家文化在其中起到了非常大的促进作用，加上儒家文化属于官方意识形态，这使得他们的官员身份责任感被整合进了大量的儒士身份责任感，进而形成一种区别于其他官员（如武官）或其他社会团体的群体特征。儒家文化对以儒学为基础并以此入"仕"的文官们的影响主要表现为形成了他们载"道"的责任，"孝"和"忠君"的价值观念这两大方面。关于"士志于道"对文人士大夫的影响笔者在前面已谈得很详细了，就不再赘述，此处重点谈一谈儒家"孝"和"忠君"观念对他们的影响。

1. "孝"。"孝"这个字，在中国古代人们心目中有着非常重要的地位，百善孝为先，"二十四孝图"一直是大家津津乐道的榜样。"孝"是符合人性的，可是一旦膨胀开来，反而遮蔽人性，对父母养育之恩的回报也往往变成了绝对的服从，如汉乐府《孔雀东南飞》里面的刘兰芝夫妇，本来感情非常好，结果因为婆婆的反对不得不分开。刘兰芝的丈夫在整个过程中显得非常被动，虽然知道妻子是贤惠又无辜的，但"孝"字当先，他不得不向现实低头，而放弃了自己追求幸福的权利。大诗人陆游和妻子唐婉的故事也是另一出《孔雀东南飞》的悲剧，由于唐婉不能生育，陆游迫于母亲的压力而休了唐琬，后来却发现原来自己深爱着前妻，于是便有了看后让人为之

---

① 转引自阿尔弗雷德·格罗塞.身份认同的困境[M].王鲲，译.北京：社会科学文献出版社，2010：7.

扼腕的"一怀愁绪，几年离索，错！错！错！"的千古名词《钗头凤》。不仅如此，清代蒲松龄《聊斋志异》中的人鬼恋也常常要受到"孝"的阻挠，书生迫于父命母命而离开了带给他爱情和诸多好处的女鬼是常有的事情……可以看到，"孝"在发展的过程中已然变了味。然而，"孝"对中国古代人们的约束还远远不止于此，因为原本属于人之常情的"孝"，后来却被统治者拿来当成有力的统治手段。作为儒家经典和权威的《孝经》，其最大的特点就是"孝"的泛化和政治化，《孝经·开宗明义》即曰"夫孝，始于事亲，中于事君，终于立身"①，把"事亲"和"事君"结合起来，"事君"成了孝道中不可或缺的内容；《孝经》还把"孝"分为五等，即"天子之孝""诸侯之孝""卿大夫之孝""士之孝"和"庶人之孝"，强调如果天子行"孝道"，就能"治天下"，"顺天下"②。宋代陈孝佐著文说："立身之谓道，本道之谓孝。上白天子，下至庶人，未有不由而立也。……斯之谓王化之基，人伦之本。"③由家而国，以孝为忠，故曰"孝者天下大本"，旌表孝悌之家，旨在"教孝而求忠"④。因此，在许多文人稍有反抗意识时，总会被父母以"不孝"的名义而打压下去，以"'父母'的身份强化了君权的不可置疑性"⑤，最终迫于"孝"而顺从统治者的意志，如岳飞被其母在背上刺"精忠报国"四个字，以对母亲的"孝"来表明对国家和天子的"忠"。"孝"的此种用途，使得统治者们不仅大肆宣扬，还使得深受儒家文化影响的文人官僚们以"孝"为"忠"来确认自己的身份，视"孝""忠"作为自己"天子之臣"身份所应具备的素质。

①　汪受宽译注. 孝经［M］. 上海：上海古籍出版社，2007：1.
②　汪受宽译注. 孝经［M］. 上海：上海古籍出版社，2007：9-26.
③　程瑞钊，等. 陈尧佐诗辑佚注析［M］. 成都：巴蜀书社，1991：133.
④　［宋］欧阳修，宋祁. 新唐书（卷195）［M］. 北京：中华书局，1975：5592.
⑤　阎步克. 士大夫政治演生史稿［M］. 北京：北京大学出版社，1996：96.

2. "忠君"。儒家原本在君臣观念上是宣扬"道尊于势"的①,也就是说臣子只是辅助君王,而并非一定是他的仆役,就像春秋战国时期的君主礼遇贤士一样,贤士不仅能够得到尊重,在身份上也颇为自由。但儒家宣扬的"尊尊、亲亲、贤贤"等礼教观念,这种原本出于天然人性的东西被统治者加以放大,就反过来成了束缚人们的绳索,"相互尊重"变成了对皇帝的"绝对尊重",并进而演变成"忠君"的理念。尤其是孔子之"君使臣以礼,臣事君以忠"(《论语·八佾》)的观念更是为他们提供了理论支撑。这个"忠",不仅表现在要对皇帝忠心耿耿,而且,在国家存亡之际,对君主的选择也成了"忠"的表现,即以最先侍奉的君主为正宗,而不愿为其他朝政替代者服务,所谓"不食周粟"是也。因此,我们看到,在曹操"挟天子以令诸侯"时,却被刘备、孙权等人骂为"汉贼",只因为在他们心中,刘氏宗姓才是天子正宗;而到了宋朝代替唐朝,清朝代替明朝时,人们又往往以前一个皇帝的宗姓作为自己所认准的真命天子。尤其对那些拿"官俸"、又受儒家文化浸淫的文人来说,"忠君"观念更为他们所坚持,也因此,每有朝代更替时,往往反对最激烈的就是那些文人。如明末的遗民诗人群体,顾炎武、黄宗羲、王夫之等人,在明亡后都曾积极参加过抗清运动。②诸葛亮因在《出师表》中对那个无能皇帝刘禅表达的尽心呵护和忠心耿耿,而成为许多"官僚"文人的楷模,虽然他们也批评皇帝的昏庸和无能,但对诸葛亮的忠心却是赞赏有加,因而常被后人吟咏,如唐温庭筠:"下国卧龙空寐主,中原得鹿不由人"(《经五丈原》);明杨慎:"旧业未能归后主,大星先已落前星"(《武侯庙》);明于谦:"三面英雄正角持,孤臣生死系

---

① 余英时. 古代知识阶层的兴起与发展[M]//士与中国文化. 上海:上海人民出版社,2003:35-37.

② 袁行霈主编. 中国文学史(卷4)[M]. 北京:高等教育出版社,1999:211-212.

安危"(《过南阳挽孔明》);清何绍基:"一代朝廷虽小小,君臣气象近虞周"(《武侯祠》);杜甫更是接连写了六首:《诸葛孔明》《蜀相》《八卦阵》《咏怀古迹》《武侯庙》《诸葛庙》。《水浒传》中的宋江,虽然落草为寇,表面与朝廷反抗,是一个革命义士,但骨子里却仍然对自己"强盗"的身份感到羞愧,他怀念的还是以前那个被世人所承认的官衔,因此一旦被朝廷招安,就立刻感恩戴德地妥协了。小说的这个结局与其说是宋江选择的,不如说是作者本人的选择,因为在施耐庵这个曾经的官僚心里,"忠君"才是"正道",所以梁山英雄好汉的种种革命精神最终断在了一个以儒家"仁、义、忠"为本的"官僚"宋江手里,宋江也因而被金圣叹骂为"假仁假义"。而明末许多士大夫以"杀身成仁"的惨烈姿态来表达自己"忠君"的方式更让人感觉到儒家文化影响之深远。文人士大夫们的这种"忠君"常常被后人认为是"愚忠",但如果我们了解这些文官们与儒家文化的渊源,是断然不会轻易对他们下这个结论的。意识形态一旦以一种潜移默化的方式深入人的意识之后,它对人们的约束就不再具有明显的强迫性,而是披着温情的面纱以一种无意识的形态根植在人们的思想中,致使人们在面对某些事情时,觉得是理所当然的,价值观念就这样在无形之中形成。比如世界人民对各自"国家""民族"的概念和责任感,事实上也是意识形态的一种长期植入而形成的。

在这样的责任感和价值观念形成后,中国古代官员们的群体身份感也基本上建立起来了,即作为官员,他们是一个有着共同责任和利益关联的社会群体,不仅有着传"道"的责任,要为建立良好的社会政治秩序而努力,并且,认为尽"孝"尽"忠"也是一个吃"皇粮"、拿俸禄的官员所应该具备的素质。这些责任和素质,对于农、工、商阶层来说,却不一定是必须有的,因为他们中的大多数人不仅不以儒学为业,也不以做官为终身目标;他们的职业也决定了他们不必担负起传"道"的责任,对统治者的"忠"

"孝"也不是他们所属阶层和团体所应该具备的素质;他们是受众,是文人官僚们所要教化的对象。因而,很明显,中国古代的文人官僚在建立了自己身份责任感的同时,其群体身份认同也随之形成。也就是说,在他们把自己归属为某个群体,并自觉地使自己的言行符合这个群体身份时,他们所做的就是一种群体身份认同。只有这种群体身份认同实现后,中国古代作者才会形成相关的身份意识,并形成相关的身份话语。

三、他者的"凝视"

关于"凝视"在主体身份构成中的作用,笔者在第一章已作过较为详细的阐述,它是文学理论家们将原本与眼睛和视觉有关的运动而延伸为一种"权力"形式,主体在这种"凝视"的权力下被规驯,其中包括在这种凝视之下获得的身份,并形成的一种身份意识。萨特说"人的身份本身就是凝视的产物"①,意思是我们对身份的感觉依靠另一个人的在场,正是在被凝视中,我们才感觉到了相对他者的自我身份,而这种相对他者的自我身份感觉事实上就是一种身份意识。当然,这种"凝视",有时候不仅是一种实质性的"被看",还有些时候它其实是想象性的,也就是说,这种"被看"很多时候并不一定是像福柯在《规训与惩罚》中所说的那样,真的有一个人透过一个小窗口在全景式的监狱里观察着众人的行为,而是个体自己想象出的一个"凝视",即感觉像在被人看,而实际上可能并没有。但不管是哪一种的凝视,最终都使得主体变得相当自觉,即在他者或一个想象的他者的注视下,主体会感觉到一种约束,从而使得他的言行会下意识地向着与自己身份相符的方面靠拢。

那么,中国古代作者的"官员"身份构成中是否也存在着这种"凝视"

① 丹尼·卡瓦拉罗.文化理论关键词[M].张卫东,张生,赵顺宏,译.南京:江苏人民出版社,2006:131.

呢？笔者认为，从这些文官们所受到外界的影响和某些自觉行为来看，这种"凝视"的作用是存在的。在上一小节的内容中，笔者谈到中国古代官员的身份责任感主要表现在传"道""忠""孝"等方面，而这种身份责任感的形成，很大程度上得益于他们的"官员"身份意识，也就是说，他们所表现出来的这种责任意识是和他们对自己官员身份的认同联系在一起的。简单说来，就是他们认为，只有为重建良好的政治社会秩序而努力，在对统治者尽忠、尽孝的同时，还对他们予以监督，并努力使自己的言行影响到下层人民，才是一个合格的"官员"。所以，我们看到，这些文官们在文学观念上总是提倡"文以载道""温柔敦厚"，并以"美刺""风教"为官员和诗歌的责任。而文官们这种身份责任感的形成，并不仅仅是受到了官方意识形态和自己的群体身份认同的影响，实际上还有"凝视"的作用。这种"凝视"有时候表现为官员们的一种想象，即想象着自己的一言一行都受了众人关注，因而必须以身作则，自觉地约束自己的言行，并履行与自己身份相关的责任和义务，如范仲淹之"每惧不称，为知己羞"①，表达的就是担心别人指责他不称职，而这种指责并不一定存在；当然，更多的时候，这种"凝视"是实实在在存在着的，确实有一种他者的眼光在监督着他们，这种监督具体说来，笔者认为主要是表现为一种社会舆论对他们言行的约束。

关于体现为社会舆论的这种"凝视"，我们可以从官员们自己对责任的阐述，以及其他社会群体对官员们的身份认识中看出来。比如，司马迁就在《史记·太史公自序》中说道："为人臣者，不可以不知《春秋》，守经事而不知其宜，遭变事而不知其权……为人臣子而不通于《春秋》之义者，必陷篡弑之诛，死罪之名"②，明确指出了作为官员一定要知《春秋》大义，

① 阎廷琛，杜九西，张辉编．中国历代清官廉吏（宋辽金元卷）[M]．北京：中国文史出版社，2001：95．

② [汉]司马迁．史记（卷130）[M]．[宋]裴骃集解，张守节正义．北京：中华书局，1956：3297．

否则必会冒犯君父，犯下篡弑等不义之罪，而不配为一个合格的人臣。李贽则在《答耿中丞》的书信中论及官员的责任和成就时说："夫以率性之真推而扩之，与天下为公，乃谓之道。既欲与斯世斯民共由之，则其范围曲成之功大矣"①，表明在他看来，官员的责任就是"与天下为公"，如果能够把"道"普及到人民大众，则功劳就大了，同时也配为一个合格的官员。苏轼则说士大夫当"砥名节，正色立朝，不务雷同，以固禄位"②。《东都事略》的作者王称在《李清臣传》中写道："人臣以公正为忠。"③范仲淹认为"忧国忧民，此其职也"④，又"有犯无隐，人臣之常；面折廷争，国朝盛典"⑤。朱熹也认为："士大夫以面折廷争为职"⑥。这些对官员责任和义务的论说都表达了人们眼中的官员言行应该符合一些什么样的身份标准。而从王安石说范仲淹"其好广名誉，结游士以为党助，甚坏风俗"⑦中又可以看出，如果官员做出不符合自己身份的事情，则是要受到指责的。这些对身份责任的阐述，既可看作是他们的一种自觉官员身份意识，也可以视为一种他者的"凝视"，即不仅是对自己作为官员的责任要求，同时也是对其他官员的监督。这种监督就是一种"凝视"，促使了作为"被看"者的其他官员们建立起自己的身份意识。史载范仲淹"每感激论天下事，奋不顾身，一时士大夫矫厉尚风节"⑧。这说明，范仲淹的言行不仅符合了大家心目中

①　[明]李贽．焚书(卷1)[M]．北京：中华书局，1975：16.

②　郎晔选注．经进东坡文集事略[M]．北京：文学古籍刊行出版社，1957：929.

③　转引自王瑞来．宋代士大夫主流精神论[M]//姜锡东，李瑞华主编．宋史研究论丛(第6辑)．石家庄：河北大学出版社，2005：194.

④　王云五主编．范文正公集(卷10)[M]．北京：商务印书馆，1937：146.

⑤　王云五主编．范文正公集(卷15)[M]．北京：商务印书馆，1937：210.

⑥　[宋]黎靖德编．朱子语类(卷138)[M]．上海：上海古籍出版社，2002：4281.

⑦　[宋]李焘．续资治通鉴长编(卷275)[M]．[清]黄以周，等辑补．上海：上海古籍出版社，1990：6732.

⑧　[元]脱脱，等．宋史(卷314)[M]．北京：中华书局，1977：10267.

的合格官员形象，而且，他对自己的严格要求也使得他成了大家效仿的榜样。同时，这种作为大家效仿的榜样，实际上就是一种他者的"凝视"，即作为效仿者的众人其实是在看着官员们的一言一行的。当代学者赵园女士在谈到明末士大夫殉节或失节(仕清)的梦魇时，就提到过这种"凝视"的作用，她认为明末"士"之存亡很大程度上就来自社会的舆论，因为"舆论之为自我监察手段"①。比如洪承畴因抵挡不住"诱惑"而仕清时，就遭到了来自各方面的舆论压力，时人吴伟业就在其《松山哀》一诗中写洪承畴战败降清，甘心为敌效劳，消灭抗清力量，含有讽刺之意，诗中写道："出身忧劳致将相，征蛮建节重登坛。还忆往时旧部曲，喟然叹息摧心肝。"这种来自外界的舆论压力，使得洪承畴即使在清朝拥有高官爵位，心里也颇不是滋味。不仅官员群体成员本身之间有着这种"凝视"，其他社会群体，如普通市民也莫不如此，据传洪承畴某日在谷雨天与客人下棋，随口出一上联："一局妙棋，今日几乎忘谷雨"；客人恨其失节辱义，遂对下联："两朝领袖，他年何以别清明"②，致使洪无地自容。可见，对"官员"身份责任的这种凝视，是无处不在的。

也正是在这种他者的"凝视"作用下，官员们逐渐形成了一种特殊的官员身份意识，即不仅要按照统治者对官员的考核标准去要求自己(即统治者所制定的官员考核标准)，而且，还要努力使自己的言行符合人们心目中那个合格官员的标准，即便这些标准有时候看起来非常苛刻。这种在他者"凝视"下形成的强烈官员身份意识，大大地影响了中国古代作者们的写作，使得他们的某些文学观念和文学趣味也不由自主地受到了这种身份意识的影响。

① 赵园．明清之际士大夫研究[M]．北京：北京大学出版社，1991：320.
② 李向明．大学人文基础知识积累卷[M]．长沙：湖南人民出版社，2007：230.

第二节 个案分析："官员"身份对作者文学观念的影响

中国古代作者最为特殊的身份是他们"官员"的身份，那么，按照后现代身份理论的观点，这种特殊身份必然会影响到他们的写作。这种影响是如何实现的呢？笔者认为，官员的身份意识在其中表现得最为明显，这从中国古代作者的几个特殊文学观念的形成可窥管豹。

一、"文以载道"："官员"的身份责任感

"文以载道"是中国古代的一个核心文学观念，是文章工具论的一种表达，它表明"文"的基本功能就是要肩负起"道"的责任。文与道联系在一起，出现得相当早，并且主要是由儒家学者阐发的。还在战国时，荀子就在其《解蔽》《儒效》《正名》等篇中要求"文以明道"；汉代大儒董仲舒也提出"诗道志，乐咏德"，"礼乐者，道之具"①，认为诗、文、礼乐等文学艺术都是为"道"服务的；三国时曹丕在《典论·论文》中也有"文以载道"的观念；南朝梁刘勰《文心雕龙》中更有《原道》《征圣》《宗经》等篇集中论述"文以明道"；中唐王勃在其《平台秘略·论艺文三》中更是把文章的载道功能提高到了"经国之大业"的至高地位。这说明，在儒家学者心目中，"文"的一个很重要的功能就是"载道"。那么，儒家学者心目中的"道"究竟所指何事？事实上，孔子本人对"道"并没有很明确的阐述，只在谈论君子之道时提到过："子谓子产有君子之道四焉：其行已也恭，其事上也敬，其养民也惠，其使民也义"（《论语·公冶长》）。说明君子之"道"在孔子看来主要是指一种良好的品行。被孔子视为得其"道"的学生曾参这样阐述孔子的"道"：

---

① 蔡镇楚. 中国文学批评史[M]. 北京：中华书局，2005：74.

子曰："参乎！吾道一以贯之。"曾子曰："唯。"子出，门人问曰："何谓也？"曾子曰："夫之子道，忠恕而已矣"①。

孔子的另一个学生有子也曾说过："君子务本，本立而道生。孝弟也者，其为仁之本欤"②。忠、恕与仁一样，都可以理解为一种良好的品德，其所包含的都是对世人的宽容和爱心。有了这些良好的品德作为基础即"本"立，"道"便随之产生了。可见，这个"道"所指的主要是一种关乎人伦日用的"人道"。荀子所谓的"道"也是此种意义上"道"："道者，非天之道，非地之道，人之所以道也"③。孔子及其他早期儒家学者对"道"的这种认识，这种"主要体现在道德本体的范围内，偏重于人伦的'道'，成为儒家的最高道德理想"④，并深深地影响了后来以儒家文化为基础知识的中国古代文官群体。

在那些深受官方意识形态即儒家文化影响下成长起来的文人官僚心目中，"道"是他们与生俱来的一个责任，因为他们"士"的身份本身就决定了这种责任感。在他们成为官僚后，这种责任意识就更加强烈，一种政治理想即将实现的热情鼓励着他们不断为此努力。而要实现这种"道"，"文"是最佳选择。范仲淹说"儒者报国，以言为先"⑤，这个言既指对统治者的监督和建议，同时也表示以身作则对其他人产生模范示范作用。而要立言，便得依靠"文"的力量，"文"所具有的记录、保存功能，以及条理清楚、易于传播的特点使得它能更好地为"言"服务，使"言"保存下来，让更多的人

---

① 杨伯峻. 论语译注[M]. 北京：中华书局，2009：38.

② 杨伯峻. 论语译注[M]. 北京：中华书局，2009：2.

③ 王先慎. 韩非子集解[M]. 北京：中华书局，1954：77.

④ 刘占祥. 儒家人伦之"道"、道家自然之"道"与中国古代文论[J]. 内蒙古大学学报，2009(4)：113.

⑤ [宋]范仲淹. 范文正公集(卷16)[M]. 王云五主编. 北京：商务印书馆，1937：220.

看到、听到。可以说,正是"文"的这个特点使得中国古代的官员们赋予了它以一种工具的功能和意义。而"文"虽然可以使"言"变成书面文字得以更好地传播,如果没有特定的内涵,这种"文"也是没有意义的。"文"所要具有的特定内涵是什么?笔者认为,对于中国古代的文人们来说,很大程度上指的就是"道"。韩愈的学生李汉在《昌黎先生集序》中说:"文者,贯道之器也,不深于斯道,有至焉者,不也?"①即认为如果没有"道"来填充"文"的内容,则无论如何都说不上是好的文章,而是空虚的文章。周敦颐在《通书·文辞》中对此解释道:"文所以载道也。轮辕饰而人弗庸,徒饰也,况虚车乎?文辞,艺也;道德,实也。"②南宋朱熹则加以发挥:"文所以载道,犹车所以载物,故为车者必饰其轮辕,为文者必善其词说,皆欲人之爱而用之。……况不载物之车,不载道之文,虽美其饰,亦何为乎?"③说明在他们看来,"文"与"道"的关系就像车子上载的物,没有物的车是空车,虚车;美丽的文辞是外表,而所担负的道德等责任才是实质性的内容。

"文"既然能够担负起"载道"的责任,那么,对于肩负着传"道"责任的文人官僚来说,"文"便在某程度上成为他们的一种工具,一种用来传达道义的工具。当然,文人们所说的"道"并不是一成不变的,虽然总体上来说它还是一种关乎人伦日用的"道",但其具体内涵却在随着时代的变化而变化。比如,刘勰《文心雕龙·原道》篇曰:"道沿圣以垂文,圣因文而明道",④ 又在《征圣》《宗经》篇中对此进一步阐发。"道"在刘勰那里,具有

---

① [唐]李汉.昌黎先生集序[M]//马其昶校注,马茂元整理.韩昌黎文集校注.上海:上海古籍出版社,1986:1.

② [宋]周敦颐.通书[M]//周敦颐集(卷2).陈克明注释.北京:中华书局,2009:46.

③ [宋]周敦颐.通书[M]//周敦颐集(卷2).陈克明注释.北京:中华书局,2009:46.

④ 周振甫.文心雕龙今译[M].北京:中华书局,1986:14.

一定的政治教化意味，当时的最高统治者"既利用儒家的伦常礼教来济俗为治，又要利用道家和佛教来麻醉人民"，而当时的世家大族，都过着极为奢靡的生活，不愿受儒家礼教的束缚，浮靡的文风正是他们生活的反映，刘勰此时提出"原道"，是要"用'明道'即以儒家为主兼采百家的道来作文，来反对浮靡的文风"①，因而提出了文学革新的主张，来为当时的皇权服务。初唐陈子昂目睹齐梁以来重辞采音律等形式之美，而轻思想内容的文学创作现实，力求拨正初唐文风，因而在《与东方左史虬修竹篇叙》中言道：

> 文章道弊五百年矣！汉魏风骨，晋宋莫传，然而文献有可征者。仆尝暇时观齐梁间诗，彩丽竞繁，而兴寄都绝，每以永叹。思古人，常恐逶迤颓靡，风雅不作，以耿耿也。②

可以看出，陈子昂所谓文章之"道"，"具有传统儒学重思想功用的色彩"③，因而，这里的"道"指的主要是文章的内容要有思想和精神的震撼力。到中唐大文学家韩愈、柳宗元那里，文的载"道"功能就更加被高扬起来，他们高举"文以明道"的旗帜，将继承与弘扬儒家之道视为文学的使命。韩愈《争臣论》云："修其辞以明其道"④，《题哀辞后》又谓："通其辞者，本志乎道也"⑤，更在《原道》篇中声言其所原之"道"乃是尧舜孔孟之道：

---

① 周振甫．文心雕龙今译[M]．北京：中华书局，1986：9．
② 李建中．中国古代文论[M]．武汉：华中师范大学出版社，2002：185．
③ 李建中．中国古代文论[M]．武汉：华中师范大学出版社，2002：185．
④ ［唐］韩愈．争臣论[M]//马其昶校注，马茂元整理．韩昌黎文集校注（卷2）．上海：上海古籍出版社，1987：108．
⑤ ［唐］韩愈．题哀辞后[M]//马其昶校注，马茂元整理．韩昌黎文集校注（卷4）．上海：上海古籍出版社，1987：304．

　　　　吾所谓道也，非向所谓老与佛之道也。尧以是传之舜，舜以是传
　　之禹，禹以是传之汤，汤以是传之文、武、周公，文、武、周公传之
　　孔子，孔子传之孟轲，轲之死，不得其传焉。①

韩愈在这里明确提出他所弘扬的是儒道，认为儒道至孟子后不传，而自承
此道以传之。他所弘扬的"儒道"，具体内容是指社会政治与道德人伦规
范，在文人身上则体现为"'修身、齐家、治国、平天下'的人格修养和仁
义品德"②。柳宗元与韩愈都是"文以明道"的倡导者，但柳宗元对"道"及
文道关系的理解与韩愈同中有异，韩愈排斥佛、老，柳宗元却是兼容儒、
道、释各家之道，《答韦中立论师道书》云：

　　　　参之谷梁氏以厉其气，参之孟、荀以畅其支，参之庄、老以肆其
　　端，参之《国语》以博其趣，参之《离骚》以致其幽，参之《太史公》以
　　著其洁，此吾所以旁推交通而以为之文也。③

另外，柳宗元论"道"还注重其现实性，要求文章有益于世。他强调"道"的
"及物"与"辅时"功能，所谓"道之及，及乎物而已耳"④，"意欲施之事
实，以辅时及物为道"⑤，强调用古代圣贤所言之道理，来解决现实生活中

① ［唐］韩愈．题哀辞后［M］//马其昶校注，马茂元整理．韩昌黎文集校注（卷
1）．上海：上海古籍出版社，1987：12.
② 李建中．中国古代文论［M］．武汉：华中师范大学出版社，2002：193.
③ ［唐］柳宗元．答韦中立论师道书［M］//柳宗元集（卷34）．北京：中华书局，
1979：874.
④ ［唐］柳宗元．报崔黯秀才论为文书［M］//柳宗元集（卷34）．北京：中华书局，
1979：886.
⑤ ［唐］柳宗元．答吴武陵《非国语》书［M］//柳宗元集（卷31）．北京：中华书
局，1979：824.

存在的各种矛盾，也就是说，他是要求文学应该有益于人民百姓生存的。其《杨评事文集后序》进一步强调文章与文学作品对现实生活的"讽喻""针砭"作用，因而在以"道"干预现实的思想上，比韩愈更加深入、具体一些①。宋代新儒学兴起，"文以载道"的思想得到了更进一步的阐发，周敦颐在其《通书·文辞》中明确地提出"文以载道"的主张，柳开则明确地阐明了自己所推崇的"道"为何物："吾之道，孔子、孟轲、扬雄、韩愈之道；吾之文，孔子、孟轲、扬雄、韩愈之文也"②。另外，朱熹、王禹偁、欧阳修、石介等人也都对"道"有过比较详细的阐述，因此，有学者评价道，"文以载道"的思想基本上在宋代文坛上占据着统治地位③。

　　从以上分析来看，儒家学者虽然对"道"的含义有过不同的解释和阐发，所要"文"载的"道"也不尽相同，但有一点却是可以肯定的，即儒家学者们心目中的"道"是一种与政治相关的意识形态。"文以载道"因而是一种价值观念，是将文学的社会功能置于到了审美功能之上。④而中国古代作者这种文学价值观念的形成，与他们的"官员"身份是分不开的，这表现在：一方面他们受到了与"官员"身份相伴的儒家文化的深刻影响，使他们自身具有一种强烈的使命感，自觉地承担起传"道"的责任，如韩愈一生始终坚守儒学思想，儒家文化可以说"是他立命、行官、为文的精神支柱"⑤。北宋欧阳修明确地说："君子之于学也，务为道，为道必求知古，知古明道，而后履之以身，施之于事，而又见于文章而发之，以信后世"⑥，文章因而被他们作为一种经世致用的"工具"，一种感染后世之人

　　①　李建中. 中国古代文论[M]. 武汉：华中师范大学出版社，2002：194.
　　②　[宋]柳开. 应责[M]//四川大学古籍整理研究所. 全宋文(卷115). 成都：巴蜀书社，1989：662.
　　③　袁行霈主编. 中国古文学史(卷3)[M]. 北京：高等教育出版社，2005：4.
　　④　袁行霈主编. 中国古文学史(卷3)[M]. 北京：高等教育出版社，2005：4.
　　⑤　李建中. 中国古代文论[M]. 武汉：华中师范大学出版社，2002：192.
　　⑥　[宋]欧阳修. 与张秀才第二书[M]//洪本健校笺. 欧阳修诗文集校笺(卷下). 上海：上海古籍出版社，2009：1759.

的工具；另一方面，作为一个"官员"，面对现实政治和社会中的种种不合理现象，他们也有着"匡救时弊"的责任，而这种对时弊的纠正，有时候就必须得依赖"文"所具有的教化功能。如白居易倡导诗歌干预现实的"美刺"作用，陈寅恪先生也在《论韩愈》一文中认为韩愈之所以特别强调文的载道功能，其中的一个主要原因就是当时的唐朝皇室把"老子"可笑地认作"宗亲"，"蠹政伤俗，实是当时切要问题"，故韩愈以文载"道"，期望"排除佛老，匡救政俗之弊害"①。白居易也自述其志为："仆常痛诗道崩坏，忽忽愤发，或食辍哺、夜辍寝，不量力才，欲扶起之"②。可以看到，中国古代文人这种深刻的责任意识，与他们在成为官员的过程中所受到官方意识形态即儒家文化影响，以及为官后的身份意识是分不开的。正是这种身份责任意识在很大程度促使了中国古代作者"文以载道"观念的形成，使得中国古代的"文"被赋予了特殊的内涵和责任，形成了中国古代文学史上非常特殊的一种文学观念。这种强烈的身份责任感在世界文学史上来说都是罕见的，因而也是中国古代文学话语构成中的一大特色。

二、"温柔敦厚"：政治理想与顺从

"温柔敦厚"是中国古代文学中常见的一个诗教观，也是中国古代作者又一个颇具特色的文学观念。所谓"温柔敦厚"，本是出自《礼记·经解》之："孔子曰：'入其国，其教可知也。其为人也，温柔敦厚，《诗》教也'……其为人也，温柔敦厚而不愚，则深于诗教也"③，意思是说在一个国家看到人们温柔敦厚的性情品貌，就可以知道是由于《诗》的教化，这种看法充分彰显了诗歌的教化功能。孔颖达在《礼记正义》中则对这几句经文

---

① 陈寅恪．论韩愈[J]．历史研究，1954(2)：107-110.

② [唐]白居易．与元九书[M]//顾学颉校点．白居易集(卷45)．北京：中华书局，1979：962.

③ 王文锦．礼记译解(卷下)[M]．北京：中华书局，2001：727.

作了这样的解释："温柔敦厚诗教也者：温，谓颜色温润，柔，谓性情和柔，诗依违讽谏，不指切事情，故曰温柔敦厚诗教也。"又进一步解释创作要温柔敦厚而不愚，才说得上是深于诗教者，"此一经以诗化民，虽用敦厚，能以义节之，欲使民虽敦厚不至于愚，则是在上深达于诗之义理，能以诗教民也。"①孔颖达大致是从如下两个方面来理解温柔敦厚的：一是教人作诗，二是以诗教人。所谓"教人作诗"，即人们可以以诗讽谏，但要掌握分寸，恰到好处，"既给了情志出路，又把它限制在所允许的范围之内"②；而"以诗教人"，则主要是就"温柔敦厚"具有涵养情性的作用而说的，"圣贤之于诗，将以变化其气质，涵养其德性，优游厌妖，泳叹淫决，使有得焉，则所谓温柔敦厚之教，习与性成，庶几学诗之道也"③。因而"温柔敦厚"的提出，可以说是对人们赋诗作文的"一个政治要求，是教化国民的一种手段"④。

诗文的这种教化功能，从其产生之始就被赋予了，儒家先圣孔子在谈到"诗"时，总是从其富含政治意味的教化功能来谈的，如"诗三百，一言以蔽之，曰'思无邪'"（《论语·为政》），又"诗，可以兴，可以观，可以群，可以怨；迩之事父，远之事君"（《论语·阳货》）。而作为诗文的创作者，诗的作者同时也被赋予了一定的责任，即创造诗文教化功能的责任，王禹偁说："夫文，传道而明心也"⑤，表明作"文"是为了"明心"，起教化的作用。这种创作者所指何人？当然就是辅政的文人官僚们，因为只有他

---

① ［汉］郑玄疏，［唐］孔颖达正义．礼记正义（卷58）［M］．吕友仁整理．上海：上海古籍出版社，2008：1903.

② 黄坤．"温柔敦厚"析［J］．文艺理论研究，1983（3）：61.

③ ［元］虞集．郑氏毛诗序［M］//李修生主编．全元文（卷818）．南京：凤凰出版社，2004：79-80.

④ 黄坤．"温柔敦厚"析［J］．文艺理论研究，1983（3）：62.

⑤ ［宋］王禹偁．答张扶书［M］//四川大学古籍整理研究所．全宋文（卷146）．成都：巴蜀书社，1990：357.

们才具有这种责任感和义务，即不仅作为一个儒学继承人，他们有责任承担起教化的任务，以"温柔敦厚"的诗风来美风俗，正人伦；而且作为一个文人"官僚"，要实现儒家的"仁政"、礼制社会理想，"温柔敦厚"也是一个必不可少的品德。因此，"温柔敦厚"便成了文人官僚和他们的诗文所应具备的品德，以及所希望实现的社会理想。在这种意义上，"温柔敦厚"还与作者的精神品性和作品美学风貌相关，北宋杨时就认为为文要有温柔敦厚之气，尤其是对"人主语言及章疏文字，温柔敦厚尤不可无"，他举例说，子瞻的诗因多于"讥玩"，便失去了恻怛爱君之意；而王荆公在朝议论事上，又多不循理，只是争气而已，因而也谈不上事君；真正的君子行为，则要令"暴慢邪僻之气，不设于身体"①。这说明诗文不仅与政治相关，还与个人涵养有关。南宋胡仔《苕溪渔隐丛话》引《龟山语录》云："观苏东坡诗，只是讥诮朝廷，殊无温柔敦厚之气，以此，人故得而罪之。若是伯淳诗，则闻者自然感动矣。"因举伯谆《和温公诸人禊饮》云："未须愁日暮，无际乍轻阴，又《泛舟》云：'只恐风花一片飞。'何其温厚也。"②可以看到，所谓"温柔敦厚"与诗文的美学风貌也有关系，即要少怨言，少责难，才算得上是好的诗。明王祎《学诗斋诗记》："既而思之，诗非徒事乎章句而已也。诗以理情性，是故圣人有优柔敦厚之教焉。求止乎礼义之中，而不失其所感之正，情性之道，斯得矣。"③清叶矫然《龙性堂诗话初集》："诗心与人品不同。人欲直而诗欲曲，人欲朴而诗欲巧，人欲真实而诗欲形似。盖直则意尽，曲则耐思；朴则疑野，巧则多趣；真实则近凝

---

① ［宋］杨时. 龟山先生语录［M］//四部丛刊续编·子部（卷49）（影印）. 上海：上海书店出版社，1984：174.

② ［宋］胡仔. 苕溪渔隐丛话（卷30）［M］. 廖德明校点. 北京：人民文学出版社，1962：323.

③ ［明］王祎. 学诗斋诗记［M］//李修生主编. 全元文（卷1690）. 南京：凤凰出版社，2004：494.

滞，形似则工兴比。要其旨统归于温厚和平，则人品诗心一揆也。"①都表明了在中国古代文人那里，诗品与人品是紧密联系在一起的。诗品是人品的一种体现，因此还有"诗品出于人品"②之说。

但是，这种人品要求所主要针对的人群却并不是普通大众，而是具有一定的文学素养的辅政"官员"们；"官员"们涵养情性，通过诗文一类的工具再去教化大众，最终实现孔子所见到的民风"温柔敦厚"的国家，这也是文人官僚们的一种政治理想。如元揭傒斯就把诗的风貌与政治明确联系起来："夫为诗与政同，心欲其平也，气欲其和也，情欲其真也，思欲其深也，纪纲欲明，法度欲齐，而温柔敦厚之教常行其中也。"③同时，统治者也可以从臣民们的诗文中看到自己国家的政治风貌，明陈子龙《皇明诗选序》曰："诗由人心生也，发于哀乐而止于礼旨。故王者以观风俗，知得失，自考正也。世之盛也，君子忠爱以事上，敦厚以取友，是以温柔之音作，而长育之气油然于中，文章足以动耳，音节足以竦神，王者乘之以致其治。"④因此，从某种程度上来说，"温柔敦厚"的诗文品貌就是文人官僚们政治理想的一种显现，即如果一个国家"温柔敦厚"的诗文风貌得以形成，则代表这个国家的政治秩序一定是良好的，那么，他们政治理想便也在某种程度上得到了实现。可以看到，中国古代作者们这种文学观念的形成，显然与他们的官员身份密切相关，是他们官员身份意识的一种表达。

当然，如果我们就此认为"温柔敦厚"仅仅是体现在这一个积极的层面

---

① ［清］叶矫然．诗论［M］//陈良运主编．中国历代诗学论著选．南昌：百花洲文艺出版社，1995：901.
② ［清］刘熙载．艺概·诗概［M］．上海：上海古籍出版社，1978：82.
③ ［元］揭傒斯．萧孚有诗序［M］//李梦生校点．揭傒斯全集（卷3）．上海：上海古籍出版社，1985：281.
④ ［明］陈子龙．皇明诗选序［M］//上海文献丛书编委会．皇明诗选．上海：华东师范大学出版社，1991：3.

上，那可就有失全面了，因为这里面还隐藏着更深一层的话语形成机制，即"温柔敦厚"的特性里实际还包含了作为"官员"的他们对不平之情的压抑，以及长期在专制淫威下形成的顺从、软弱性格的特征。这从许多文人因其"健笔纵谈"而得罪了不少人从而影响了自己的"仕"途可以明确看出来，如陈子昂曾因两次上谏疏直陈政事，受到武则天赏识，最后又因为上书言事而被降职①；韩愈也曾因上书直言时弊而两次遭贬；白居易更是自称"始得名于文章，终得罪于文章"②；金圣叹则为此丢掉了性命；还有清代"文字狱"的施行都说明了在文章中"秉性直言"确实会惹祸上身。晚明陈子龙因而感叹道："称人之美，未有不喜也。言人之非，未有不怒也。为人所喜，未有非谀也。为人所怒，未有弗罪也。……后之儒者，则曰忠厚，又曰居下位不言上之非，以自文其缩。然自儒者之言出，而小人以文章杀人也日益甚。"③因此，宋代文人在严政之下大多选择了巧妙地"影射"等文学手法，也即表面上的"温柔敦厚"，王夫之对此评论道："宋人骑两头马，欲博忠直之名，又畏祸及，多作影子语，巧相弹射。"④但文人往往却不得不如此，在领教过官场的黑暗和险恶后，原本斗志昂扬的"士气"渐渐被消磨掉，为保身家性命，不得已归于"温柔敦厚"一途。如被称为"诗佛"的王维，其早期的诗歌里也与大多数文人一样有着建功立业的热情，《老将行》曰：

少年十五二十时，步行夺得胡马骑。射杀山中白额虎，肯数邺下

---

① 袁行霈主编. 中国古文学史(卷2)[M]. 北京：高等教育出版社，2005：190.

② [唐]白居易. 与元九书[M]//顾学颉校点. 白居易集(卷45). 北京：中华书局，1979：962.

③ [明]陈子龙. 陈子龙文集(上)[M]. 上海：华东师范大学出版社，1988：358-359.

④ [清]王夫之. 夕堂永日绪论[M]//郭绍虞主编. 姜斋诗话(卷2). 北京：人民文学出版社，1961：159.

黄须儿！

……

　　愿得燕弓射大将，耻令越甲鸣吾君。莫嫌旧日云中守，犹堪一战取功勋！

但经历过官场的浮沉后，他逐渐地把锋芒收起来了，而转向山水之间寻找佛理，其诗也渐归"温柔敦厚"一途。因而，这种意义上的"温柔敦厚"诗风，可以说实际上是文人官僚们在统治者淫威之下所形成的，是统治者们用权力对他们的身体直接打压后形成的言语上的顺从，也是他们"官员"身份话语的一种变相表达。

三、"美刺"：身份责任与"臣属"话语的双重显现

　　所谓"美刺"，"美"即歌颂，"刺"即讽刺，强调的是诗歌中赞扬"善"和讽刺"恶"的社会功用，《论语·阳货》中孔子说："小子何莫学夫诗？诗，可以兴，可以观，可以群，可以怨。迩之事父，远之事君；多识于鸟兽草木之名"，其中的"怨"指的就是诗的这种"讽刺"功能。诗歌的这种"讽刺"的功能早在《诗经》中就得到了体现，如《魏风》中的《硕鼠》《伐檀》，以及《小雅》中的《正月》《十月之交》，《大雅》中《桑柔》《民劳》等，都是对当时的社会现实进行讽刺和批判揭露，具有"怨刺上政"的作用。从"美刺"所蕴含的内容和期望达到的目的来说，它们与人伦日用有着密切的关系，也就是说，它与儒家所追求的"人道"在精神上是基本一致的。儒家讲求以国为家，以修身、齐家、治国、平天下为做人的原则，"要求人们积极干预生活、评价生活"[①]，并且非常注重其学术思想的"经世致用"，它所宣扬的艺术的社会功利价值——劝人向善，淳化民情——也已得到社会的广

---

　　①　郭明辉. 略论中国古代文学中的美刺传统[J]. 承德师专学报，1986(3)：54.

泛认同。因而，作为儒家弟子，中国古代文人当然也就继承了这种艺术功能观，如汉代学者尤其重视诗歌的"美刺"功能，东汉郑玄就在论诗时说道"论功颂德，所以将顺其美；刺过讥失，所以匡救其恶"①，清人程廷祚在《诗论十三·再论刺诗》评论道："汉儒言诗，不过美刺二端"②。并且，在他们成为官僚后，也就是说在可能使文学最大限度地发挥其功能的条件实现后，他们更是把诗歌的这种功能论与其"官僚"身份责任紧密地结合在一起，形成了一种特殊的身份话语。白居易把"美刺比兴"作为对诗歌的基本要求："惩劝善恶之柄，执于文士褒贬之际焉；补察得失之端，操于诗人美刺之间焉。"又"美刺之诗不稽政，则补察之义废矣，"③强调诗歌应具有"救济人病，裨补时缺"的社会功能。唐代另一个大文豪元稹在其《乐府古题序》和《唐故工部员外郎杜君墓志铭并序》中也分别提出了"刺美见事"④、"歌颂讽赋"⑤之说，认为文学要反映社会现实，要有"上以风化下""下以风刺上"的讽谏教化功能。正是文人们的这种思想意识，才形成了中国古代诗歌的"美刺"传统。

文人们这样做的目的，很明显是出于一种身份责任感，将自己作为一个监督者的角色，提醒统治者在施政过程中的弊端，以引起统治者的警醒，而予以纠正。因而，他们在创作中也身体力行，如元稹的"乐府诗""怀古诗"与"传奇"，大多是"寓意古题，刺美见事"的讽喻之作；白居易

① ［汉］毛亨传，［汉］郑玄笺，［唐］孔颖达疏．毛诗正义（卷1）［M］//李学勤，等编．十三经注疏．北京：北京大学出版社，1999：4.

② ［清］程廷祚．诗论［M］//王运熙，顾易生主编．清代文论选（卷下）．北京：人民文学出版社，1999：468.

③ ［唐］白居易．议文章［M］//顾学颉校点．白居易集（卷65）．北京：中华书局，1979：1369.

④ ［唐］元稹．乐府古题序［M］//元稹集（卷23）．北京：中华书局，1982：255.

⑤ ［唐］元稹．唐故工部员外郎杜君墓志铭并序［M］//元稹集（卷56）．北京：中华书局，1982：600.

的大量诗作也是从对民生疾苦的描写来讽刺上层阶级的剥削，如《秦中吟》十首、《新乐府》五十首等，又在谈到张籍的诗时说："读君学仙诗，可讽放佚君。读君董公诗，可诲贪暴臣。读君商女诗，可感悍妇仁。读君勤齐诗，可劝薄夫敦。上可裨教化，舒之济万民。下可理情性，卷之善一身。……所以读君诗，亦知君为人"①，认为张籍的诗很可以代表诗歌的"美刺"功能；李商隐"商女不知亡国恨，隔江犹唱《后庭花》"则明显在讽刺之外还具有了一种警醒世人的含义；宋梅尧臣的《陶者》："陶尽门前土，屋上无片瓦。十指不沾泥，鳞鳞居大厦"，以两种人群生活的巨大差距来痛陈社会的不公平事实……而对于李白等一些不把"美刺"视为关键的文人，则遭到了批评，如白居易批评李白道："才矣奇矣，人不逮矣；索其风雅比兴，十无一焉"②，他自己则是身体力行，自叙"自拾遗来，凡所适所感，关于美刺兴比者；又自武德迄元和，因事立题，题为新乐府者，共一百五十首，谓之讽喻诗。"③

中国古代文人"美刺"文学观念的形成，从上面的分析可以看出，确实是作为"官员"的他们受到了官方意识形态——儒家文化的影响，是他们"官员"身份意识的一种体现，这种温和的态度也是儒家理想人格所应该具备的。然而，原因却并不止于此，它还与中国古代作者的身份地位有着密切的关系，即他们作为臣子总是处于被统治地位的事实，使得他们要实现自己"官员"身份的责任，除了上书皇帝以外——而在那时候通常是难有机会或难以得到重视的，唯有依靠诗、文的力量来达到政治干预的目的。而

---

① ［唐］白居易. 读张籍古乐府诗［M］//顾学颉校点. 白居易集（卷 1）. 北京：中华书局，1979：2.

② ［唐］白居易. 与元九书［M］//顾学颉校点. 白居易集（卷 45）. 北京：中华书局，1979：961.

③ ［唐］白居易. 与元九书［M］//顾学颉校点. 白居易集（卷 45）. 北京：中华书局，1979：964.

文人们之所以要选择"美刺"而不是犯颜直谏，一是因为中国古代严酷的政治环境所造成的，上一节内容中笔者所引的几位文人，如陈子昂、韩愈、白居易等人都曾因为直言上书而遭到了贬谪；二是在中国古代，作为臣子的官员也不能"越职言事"①，否则就超出了尊卑位置，因而只能选择这种巧妙的方式来行事。这说明，中国古代文学话语中的"美刺"，在更深层上是由中国古代作者的"臣属"地位决定的，是一种臣属话语的显现。从更深层的原因来说，中国古代作者的"美刺"文学观念，是与他们官员身份密切相关的一种身份责任感和臣属话语的双重体现，是作者身份话语的显现。

第三节　个案分析："官员"身份对作者文学趣味的影响

文学趣味是文学活动构成的一个重要内容，文学作品风格的形成往往与文学趣味有着密切的联系，并构成某一个时代文学作品的典型特色。文学趣味的形成，有着多方面的成因，不仅个人的文学素养和价值取向会对其产生重要影响，许多外界因素同样也会影响到他的文学趣味，其中包括因作者身份的关系而形成的某些文学趣味，如鲁迅就曾根据 20 世纪 20 年代一批从外地跑到北京"侨寓"的青年作家，从他们作品中"隐现着乡愁"的共同文学旨趣，而将其命名为"乡土作家"群体；以赵树理、马峰、西戎、李束为、孙谦、胡正等为代表的当代"山药蛋派"作家群体，也因为他们有一个共同的身份特点：山西农民出身，并因共同的身份而形成了相似的文学趣味：对农村生活和人物描写的偏好，而形成了一个独特的文学流派。这表明，作家的某些特殊身份确实会对其写作和文学趣味产生重要影响。那么，中国古代作者特殊的身份也势必会对其文学活动产生影响，比如，

---

① 王瑞来. 宰相故事：士大夫政治下的权力场[M]. 北京：中华书局，2010：353.

碍于自己的"官员"身份，作者们常常不能自由、直接地表达一些自己想说的话，但这并不表明他们没有诉说的欲望，在这种冲突下，作为艺术家的他们便采用了"隐语"这种委婉的方式来表达；还有一些人，在官场失意之后移情山水，在对山水的描写中抒发自己的失意，文学趣味便也由"心怀魏阙"转向了"寄情山水"；更有甚者，把对自己所拥有的"官僚"身份的压抑或由此而带来的"失意"放浪形骸于笔端，借一些艳词、艳句来发泄或给自己"信心"，形成一种"以文为戏"的文学旨趣。中国古代文学活动因这些文学趣味而愈发丰富多彩，形成了相异于古今中外文学作品的一大特点。

一、文学话语中的"隐语"

所谓"隐语"，主要是指作者在表达某些感情时，通常不是直接地表达出来，而是故意把明白的话说成不明白，通过"咏物""比拟"甚至假他人之口来体现，以此来达成自己表意或抒发情怀的目的。从现实的原因来说，则是有时候不方便直接说，或是慑于统治者的威严，不敢说得太露骨。这种"隐语"既无法直译，也不可能用简单的一两句话来解释清楚，因为它往往蕴含的是长期以来人们所惯用或心照不宣的一种文化积淀和言说方式。碰到这类诗词，如果读者不对其"隐语"所产生的背景和文化有充分的了解，是无法体味到作者想要表达的本意的。而观中国古代文学作品，其中就包含了大量的这种"隐语"，中国古代文学中为何会出现一个这样的特殊文学现象？除了作为一种艺术手法外，还会有什么原因让他们这样写作？这体现了中国古代作者怎样的一种文学趣味？要回答这些问题，还是得从中国古代作者的"官员"身份说起。

前面数次提到，中国古代大多数作者都曾有着"官员"的身份，那么，作为一个文人官僚。他们的言行也就不可避免地受到了这种身份的束缚，其中一个比较明显的约束就是碍于自己的"官员"身份，有些话不可以直接、明白地说出来。但对于这些不可以直接、明白说出来的话，并不表明他们就没有了言说的欲望，事实上，他们总是在试图寻找一种合适的方式来表达，一种既能够达到诉说的目的却又不会"锋芒毕露"，对人际关系造成紧张的表达方式，这就是"隐语"产生的直接诱因。"隐语"所蕴含的内容丰富又婉转，能够最大限度地避免他们受到伤害，因此，便成了许多"官员"型文人在写作时所喜用的话语方式。

"隐语"作为一种表达方式和手段，出现得相当早，比如闻一多先生在《说鱼》一文中所讲到的"鱼"，早在《诗经》和民谣中就被拿来作为两性关系的代指出现①，"鱼、水"关系最开始用来隐指夫妻关系，是一种艺术手法。但随后却扩充为君臣关系，这主要是因为依据"封建时代的观念，君臣的关系等于夫妻的关系，所以象征两性的隐语，扩大而象征君臣"②。因此，我们也看到许多古代文人用鱼水关系来形容夫妻关系，进而又用夫妻关系来影射君臣关系，如杜甫的《别蔡十四著作》：

> 我衰不足道，但愿子意陈。稍令社稷安，自契鱼水亲。
> 我虽消渴甚，敢忘帝力勤？尚思未朽骨，复睹耕桑民。

这里的"鱼水亲"就是指的君臣之义，用的是刘备和诸葛亮的典故，刘备说："孤之有孔明，犹鱼之有水也。"③继而，又有一些文人开始创造性地使用"隐语"，即虽然一些喻体是原始的，但其意思却起了变化，如孟浩然的《临洞庭上张丞相》中最后两句：

> 欲济无舟楫，端居耻圣明。坐观垂钓者，徒有羡鱼情。

---

① 闻一多.说鱼[M]//闻一多作品精选.北京：人民文学出版社，2009：251.
② 闻一多.说鱼[M]//闻一多作品精选.北京：人民文学出版社，2009：257.
③ [西晋]陈寿.三国志(卷35)[M].裴松之注释.北京：中华书局，2006：913.

此诗是引《汉书》用古人言："临渊羡鱼，不如退而结网"，本诗里"网"变为"钓"，隐指羡慕人家出仕而得其道。自己无钓具，只好羡慕人家钓得的鱼；自己不得仕，只好羡慕人家行道。在这里，"鱼"虽仍是关系代词，但不再代指夫妻或君臣，而是暗指别人的"得仕""行道"。

同时，因为在那个君权至上的专制社会，直接的指责或抱怨是会惹祸上身的，文人们便又不断地创造出大量新的"隐语"，以求以这种委婉的方式来暗示君臣、父子等各种人际关系，如屈原首创的以"香草美人"代指君臣关系。屈原在其代表作《离骚》中用"惟草木之零落兮，恐美人之迟暮"来暗指自己和当时的楚王；又描写了大量名目繁多的香草，并有与之相对的"恶草"，以暗喻与之相对的政治恶势力，"香草美人"因而就成了诗人自己品格和楚王的比喻象征关系。此一描写手法开启了中国古代文人写作的新篇章，其艺术手法便也被历代文人所借鉴，"香草美人"成为他们喻示君臣、幕主与幕僚等人际关系所固有的写作手法，并进而演变为一种普遍的文学趣味，如张衡的《四愁诗》就效仿屈原以美人喻君子；唐代诗人李贺也在诗中多寄情香草美人，凄婉哀绝的《苏小小墓》就是一例。杜甫在其《寄韩谏议注》中用：

> 美人娟娟隔秋水，濯足洞庭望八荒。……美人胡为隔秋水，焉得置之贡玉堂。

等句来暗指友人"韩谏议"，前面两句是指他已逃出世网，后面两句是说他则闲居不出很可惜，希望朝廷再起用他来匡君济世。还有其《野望》一诗：

> 惟将迟暮供多病，未有涓埃答圣朝。

"迟暮"一词显然来自屈原《离骚》中"恐美人之迟暮"一语，意指自己年纪老大，不曾有所建树报答朝廷。其后，"香草美人"的名称和关系逐渐泛化为"花与人""人与神、妖""妇人与君子"等，原来的"君臣"关系也泛化为幕僚与幕主、学生与老师、知音之间甚至是现实与理想等，但观其手法，则万变不离其宗，还是根源于"香草美人"的"君臣"之喻。如曹植的《洛神赋》便是借人、神之间的交接来暗喻现实与理想；陈子昂的《感遇》一诗中写兰草和杜若在春夏的欣欣向荣，空绝群芳，待到秋风一起，便摇落无成，也是他借香草之前荣后枯反映他在政治上的失意、不能及时有为的苦闷。

除以上这些颇具代表性和普遍性的"隐语"之外，因为自己特殊的"官员"身份，中国古代作者们还创造了许多新的"隐语"，这种"隐语"有时候是为了表达自己官场失意的愤懑和哀怨，如李白就在《行路难》和《蜀道难》中借"黄河冰塞""太行雪满"以及"蜀道"之艰险来比喻自己政治上的失意和接近君王的不容易；有时候则带有暗讽的性质，如杜甫在《丽人行》一诗中则借"杨花""白苹"的同一物种性质（"白苹，旧说是杨花入水所化"①）来暗指杨国忠与秦国夫人、虢国夫人兄妹私通："杨花雪落覆白苹，青鸟飞去衔红巾"。"青鸟"是神仙的比喻，暗指居间帮忙私通的侍婢，而"杨花"之意是取自北魏胡太后私通扬华作《杨白花歌辞》中有"杨花飘荡落南家""愿衔杨花入窠里"等语。这两句诗"隐约其辞，虽志在讥刺，而言之者无罪"②，既达到了诗人讽喻的目的，又不至于因此得罪权贵身陷囹圄。除此之外，中国古典诗词中更常见的"隐语"则是诗人借妇人、古人之身世来自喻，其所指对象也无外乎君王、幕主或是自己的政治理想。如杜甫的《佳

---

① 于唐编．朱自清、胡适、闻一多解读唐诗［M］．沈阳：辽海出版社，2001：12.

② 于唐编．朱自清、胡适、闻一多解读唐诗［M］．沈阳：辽海出版社，2001：12.

人》和王昌龄的《闺怨》就是借妇人的哀怨来暗示自己政治上的失意和仕途上的进退维谷。一个颇为有趣的例子是唐朝朱庆余的《早春近试上张籍水部》一诗，假借新婚女子口气探问自己的前途：

> 洞房昨夜停红烛，待晓堂前拜舅姑。妆罢低声问夫婿，画眉深浅入时无？

在唐代，进士有向名人行卷的风气，以求其举荐于主考官。但很多话又不便明说，官场上有些话往往是很敏感的，因而朱庆余便采用了"隐语"的方式向当时善于提拔后进的水部郎中张籍探问自己的前途。张籍为了鼓励朱庆余，也用同样的手法回了一首《酬朱庆余》：

> 越女新妆出镜心，自知明艳更沉吟。齐纨未足时人贵，一曲菱歌抵万金。

二人巧妙地借妇人的妆容一事来回答政治上的事，实在是罕见的艺术手法。另外，张籍还有一首带有弦外之音的佳作《节妇吟》：

> 君知妾有夫，赠妾双明珠；感君知妾意，系在红罗襦……还君明珠双泪垂，恨不相逢未嫁时。

诗句将相见恨晚的男女之情刻画得哀婉动人，令人唏嘘。但实际上，据有的学者考证，此诗是张籍为拒绝李师道收买而作：李师道是中唐藩镇割据时期的平卢淄青节度使，常用各种手段拉拢勾结文人和中央官吏。而张籍却主张统一，反对藩镇分裂，于是便借"节妇"明志，向李师道表明"你的一番'好意'恕我不能接受"①的心志，言辞委婉而坚决，即表明了自己的心迹，又不至于太过言辞尖锐而惹祸上身。这类"隐语"在李商隐的诗中更为常见，如其《为有》一诗：

> 为有云屏无限娇，凤城寒尽怕春宵。无端嫁得金龟婿，辜负香衾事早朝。

表面上看来，这是一个嫁给当官者的妇人对其夫不得不早起事早朝，而独守空房的一种娇嗔，但有学者却认为此诗"言外有刺"②。而所"刺"之事，则主要认为是针对他自己不幸卷入牛李党争的漩涡而作。笔者在第二章的"对文学才士的'破格录取'"一节中提到，李商隐早年入令狐楚幕，后更在其子令狐绹的帮助下高中进士，所以令狐家对他的恩情来说是非常大的；但李商隐后来却娶了令狐楚所在的牛党对头王茂元之女为妻，因而被令狐绹等牛党人士认为是忘恩负义，并在此后一直遭到排挤，导致其考"博学宏词"时受挫，仕途上也无发展。当其认识到这一点时，为时已晚，无力自拔，所谓"'无端嫁得金龟婿'，正是抒发了诗人悔恨莫及的痛苦之声"③。李商隐另有《锦瑟》一诗，更是包含着大量的"隐语"：

> 锦瑟无端五十弦，一弦一柱思华年。庄生晓梦迷蝴蝶，望帝春心托杜鹃。
>
> 沧海月明珠有泪，蓝田日暖玉生烟。此情可待成追忆，只是当时

---

① 杨靖. 弦外之音细细品：古代诗歌中隐语现象初探[J]. 安徽农业大学学报，2003（4）：112.

② 冯浩. 玉溪生诗集笺注（卷2）[M]. 上海：上海古籍出版社，1979：394.

③ 杨靖. 弦外之音细细品：古代诗歌中隐语现象初探[J]. 安徽农业大学学报，2003（4）：112.

已惘然。

一连用了"锦瑟""庄生梦蝶""杜鹃""珠有泪""玉生烟"等多个隐语，学人因而叹"一篇《锦瑟》解人难"①。对此诗的解译，许多人认为这是悼亡诗，如清朱鹤龄、朱彝尊、冯浩、何焯、钱良择以及今人刘开扬先生等；何焯、汪师韩以及今人叶葱奇、吴调公、陈永正、董乃斌等人则认为此诗是诗人回首生平遭际，"有的还特别强调是政治遭际之作"②，这种说法仍是针对李商隐陷于牛李党争来说的，是他身在官场纠纷中的无奈感叹。

中国古代文学中的这种"隐语"，表面看来，似乎只是作者的一种特殊艺术手法，然而，从我们所分析的"隐语"产生之原因来看，则很明显看出与作者的"官员"身份有着非常直接的关系。如果不是意识到自己的"官员"的身份，他们恐怕也不用顾及这么多，"隐语"也就会在很大程度上失去它所具有的功用。只有在这样的情形下，"隐语"才得到了众多作者的青睐，并在后来逐渐演变成了一种普遍的文学趣味，这除了它所具有的原始"隐藏"功能外，还因为"隐语的作用，不仅是消极地解决困难，而且是积极地增加兴趣，困难愈大，活动愈秘密，兴趣愈浓厚"③，并且，在某些时候，比如在外交场合中，它还是"智力测验的尺度。国家靠它甄拔贤才，个人靠它选择配偶，甚至就集体的观点说，敌国间还靠它伺探对方的实力"④。这使得"隐语"后来在某种程度上成为"谜语"一样的东西，成为衡量一个人学识和智力优劣的标准，《红楼梦》中黛玉因为宝玉不懂"绿蜡"一词的典故含义而嘲笑他正是这种评品标准的体现。也正是此种意义上，"隐语"被中国古代的作者们大量使用，成为中国古代文学史上一种极为特殊的文学趣

---

① 王蒙. 双飞翼[M]. 上海：上海三联书店，2006：3.
② 王蒙. 双飞翼[M]. 上海：上海三联书店，2006：4.
③ 闻一多. 说鱼[M]//闻一多作品新编. 北京：人民文学出版社，2009：249.
④ 闻一多. 说鱼[M]//闻一多作品新编. 北京：人民文学出版社，2009：249.

味和文学话语。

二、从"心怀魏阙"到"寄情山水"

"魏阙"本意指的是古代宫门外高大的建筑,后被人们用作"朝廷"的代称。"心怀魏阙"一词最早出自《庄子·让王》篇:"身在江海之上,心居乎魏阙之下"①,后《封神演义》第八回也有"我老臣虽然身在林泉,心怀魏阙"一语,意思是指人们虽然在外漂泊、远离朝廷,但心仍系在朝廷之事上。"心怀魏阙"后来逐渐被人们用来形容那些时刻惦记着进朝廷或是关心朝廷之事的人。那些惦记着进朝廷又时刻关心着朝廷之事的人在中国古代主要是哪一类人呢?很显然,就是本文所分析的重点对象:中国古代的"官僚"型文人们。

前面在分析中国古代作者官员身份意识形成的时候,着重提到了儒家文化对他们的影响,即有着强烈的入"仕"愿望,"做官"有时候甚至成为他们许多人一生为之奋斗的目标,如蒲松龄年近七十仍在参加进士考试。而儒家文化对他们影响最深的,莫过于那种关于"士"的身份责任感,即传承"道"的任务。这种"道",即我们前面说的"人道",是儒家先圣孔子及其追随者们的一种政治理想。《荀子·儒效》篇说儒生要"在本朝则美政,在下位则美俗",充分说明了作为一个"士"所应担负起的重大责任。而正是这种身份责任感和政治理想使得中国古代的知识分子有了一种超越个人情感之上的"大爱"精神,对社稷民生产生了强烈的关怀意识,从而对政事表现出了格外的热情和关心,也就是所谓的"心怀魏阙"。同时,在他们入"仕"后,作为一个"官员",他们也感到了自己的责任,即自己作为一个管理阶层所应负起的责任,对政事和民生的关心当然也就成了与他们"官员"身份相关的一种义务。尤其在某些特殊时候,统治者出台了对文人"官僚"

---

① 陈鼓应. 庄子今注今译(下)[M]. 北京:中华书局,1983:762.

特别有利的政策，更会鼓舞他们对政事的热情，譬如宋代，宋太祖不仅立下"不杀士大夫"①的规定，同时还重用文臣，"不但宰相须用读书人，而且主兵的枢密使等职也多由文人担任"②。这些措施在有力地加强君权的同时，也使得这些文官们社会责任感和参政热情空前高涨，"'开口揽时事，议论争煌煌'，是宋代士大夫特有的精神风貌"③。

正是在这样的心态影响之下，许多文人的写作也呈现出了一种"大爱"精神和对时政的热情。如杜甫的"安得广厦千万间，大庇天下寒士俱欢颜"（《茅屋为秋风所破歌》），"致君尧舜上，再使风俗淳"（《奉赠韦左丞丈二十二韵》）；范仲淹"居庙堂之高，则忧其民；处江湖之远，则忧其君。……先天下之忧而忧，后天下之乐而乐"（《岳阳楼记》）等超乎个人悲悯之情的"大爱"情怀；晚明东林党人的"家事、国事、天下事，事事关心"等表现出对时政强烈关怀的豪言壮语……尤其是爱国大诗人陆游在临死前的《示儿》诗：

> 死去元知万事空，但悲不见九州同。
> 王师北定中原日，家祭无忘告乃翁。

诗人在临死时还念念不忘国家大事，可以说是中国古代文人"心怀魏阙"精神的绝佳体现。翻阅中国古代作者的文学作品，可以发现这样的诗文比比皆是，韩愈、柳宗元、白居易、苏轼等大文豪均有许多饱含此类精神宗旨的作品，以至于形成了中国古代文人颇有特色的一种文学趣味。而这种文学趣味的产生，显然与他们的"官员"身份有着非常直接的关系，即在他们

① 王瑞明.宋代政治史概要[M].武汉：华中师范大学出版社，1989：448.
② 袁行霈主编.中国文学史（卷3）[M].北京：高等教育出版社，2005：3.
③ 袁行霈主编.中国文学史（卷3）[M].北京：高等教育出版社，2005：4.

官员身份构成的过程中，受官方意识形态影响，形成了一种官员身份意识，并由此产生了身份责任感。而正是这种身份责任感，使得他们形成了一种超越个人之情的"大爱"情怀，也才会对社稷民生表现出如此强烈的关心。因而，"心怀魏阙"的文学旨趣可以说是一种与作者"官员"身份相关的典型身份话语。

当然，文人们对政事的这种热情并不总是持续存在着，因为现实总是让他们的希望落空，让他们的热情冷却——这便是在官场上所遭遇的挫折。作为依靠科举入"仕"的他们，能力的展现往往只有寄托于作为伯乐的"考官"和举荐人以及那个大权在握的皇帝身上，如果没有他们的赏识，无论怎样的抱负都无法实现。但现实往往就是这么残酷，有的人终其一生也没遇到伯乐；有的人即便有机会做了官却也因为与自己的理想和初衷相去甚远而不得不辞官，如陶渊明；更常见的是许多文人为了生活和理想而终其一生都在官场上无奈地应酬、奔波着，"酌酒以自宽，举杯断绝歌路难"（鲍照《拟行路难》其四），"心怀魏阙"的热情就在这样的应酬和奔波中渐渐冷落下来，转而向着"寄情山水"一途去了——"弃置罢官去，还家自休息"（鲍照《拟行路难》其六）。也就是说，在官场失意后的他们，只好无奈地把生活热情转向山水田园。如魏晋时的文人们为了避祸和他们所认为的"忠君"①而不愿在新的执政者手里出仕，纷纷选择了隐居山林，以"清谈"来显示自己对时政的漠不关心②——即便这种"漠不关心"只是表面上的③。而在这个过程中，他们的个体意识也渐渐开始觉醒，使他们的关注重心从社稷民生转向了个体自由精神的发展，并逐渐形成了另一种风格迥异的文

---

① 关于文人"忠君"的观念，笔者在本书第三章中详细论述过。

② 余英时．汉晋之际士大夫新自觉与新思潮［M］//士与中国文化．上海：上海人民出版社，2003：251-342.

③ 王心扬．东晋士族的双重政治性格研究［M］．上海：上海古籍出版社，2010：124.

学趣味，即不再要求文学担负起某种特别的功用，只用作释放心灵的精神寄托。文人们文学趣味的这种转变甚至促使了中国纯文学的觉醒①：魏晋时期的散文以其闲适、淡雅的风格而著称，与先秦诸子散文对时政的强烈关怀不同，这时期的散文把关注的重点转到了日常事物以及优美风景上面，因而出现了大量以山水田园风光为题材、审美性较强的文学作品，文学不再总是作为一种政治工具出现。

文人们这种文学趣味的转变，简单说来，就是一种从"心怀魏阙"到"寄情山水"的转变。而与这种文学趣味转变相应的，是他们身份和心态的转变，一种曲折的反抗，即从"仕"到"隐"。在中国古代文人的传统观念中，"山林隐逸总是与社会仕途相对立的"②，"仕"是一种"入世"精神，而"隐"则是一种"出世"精神；"入世"代表着喧闹、繁华、复杂，"出世"则代表着清静、浪漫、单纯……总之"仕"与"隐"是两种性质不同的生活方式。而文人们的"隐"，有时候是以一种从官场全身而退的方式出现，有时候却是以一种隐含的方式出现："吏隐"，也就是说，身在官场，心在山水，因而这也可以说是"一种政治性的隐退，而非社会性的隐退"③。这两种情况在中国古代文人的"隐"中是很常见的，如宋代著名词人辛弃疾从29岁到42岁，13年间调、换共14任官职，使他无法在职任上有大的建树和作为，且在其"42岁的壮年，即被弹劾罢职，闲居江西上饶带湖十年。"④王维虽然号称"诗佛"，但早期的他却也有着与其他士人一样对功名充满着热情和向往，这从他"孰知不向边庭苦，纵死犹闻侠骨香"（《少年行》），"慷慨倚长剑，高歌一送君"（《送张判官赴河西》）等早期诗歌中可以窥知。但当他在开元九年（721年）擢进士第，释褐太乐丞后不久即因事获罪，而

---

① 钱穆．读文选[J]．新亚学报，1958(2)：3.
② 袁行霈主编．中国文学史(卷2)[M]．北京：高等教育出版社，2005：87.
③ 张明．皮陆小品文浅论[J]．镇江师专学报，1988(2)：15.
④ 袁行霈主编．中国文学史(卷3)[M]．北京：高等教育出版社，1999：130.

贬为济州司仓参军后，他便过起了"亦官亦隐"的生活，曾先后隐居淇上、嵩山和终南山，并在终南山筑辋川别业以隐居①，他所为后人称颂的山水田园诗就是在此隐居期间所写的。另外，首任官职级别之低也是造成文人们"归隐"的又一个原因：原以为"金榜题名"后就可以大展拳脚，建立一番丰功伟绩，但朝廷给予的官职之小，却让他们不仅没有机会建功立业，往往还在做着一些与他们所学的"经、术"完全不沾边的杂事，李商隐"黄昏封印点刑徒"（《任弘农县尉献州刺史乞假归京》）的为官生活是这些当时满怀热情入"仕"的文人们所常经历的。因而，在遭遇这种理想与现实的巨大落差后，他们当初的一颗火热的心就渐渐冷却下来，开始后悔和质疑起自己当初的选择："却羡卞和双刖足，一生无复没阶趋"（《任弘农县尉献州刺史乞假归京》），有的人便选择了辞官"归隐山林"，如李颀，他于开元二十三年（735 年）登进士第，但官至一小小县尉的现实，很快就击碎了他的美梦，故未满秩而去官，归隐东川②。

晚明小品文的作者也是如此。晚明小品文的代表作者李贽、公安"三袁"、钟惺、谭元春、张岱等人，除张岱外，他们都是身在官场或至少曾在官场长时间待过的人，但他们的文学趣味却无一例外地都在"山水"间。为什么在仅仅相隔不久的"两宋"文人表现出对时政的强烈关怀之后，晚明文人却决然地背向官场而转向山水了呢？笔者认为这依然是因为他们"官员"身份及这种身份与政治天然相倛而引起的。明中后期，帝王大臣荒淫无度，鲁迅先生在谈到这时期的政治与文学发展时说，成化年间，有方士曰李孜僧者，因献房中术获得高官厚爵；嘉靖年间又有曰陶仲文者以进"红铅"而得到明世宗的宠幸，官至特进光禄大夫、礼部尚书等职。这种不

---

① 袁行霈主编. 中国文学史（卷2）[M]. 北京：高等教育出版社，1999：196.
② 袁行霈主编. 中国文学史（卷2）[M]. 北京：高等教育出版社，1999：207.

良风气也渐渐地影响到了士人群体，"都御史盛端明布政使参议顾可学皆以进士起家，而俱借'秋石方'致大位。"①帝王大臣如此荒唐，加上外族入侵，明后期时国家实已陷入岌岌可危的地步。作为有良心的文人官僚，面对这种情况，自然无比揪心，但是，朝政被奸臣掌握，皇帝在那个深宫里哪能听得进去一句忠言？更可怕的是，一不小心，还会惹祸上身。并且，作为魏晋以来个体意识觉醒后的文人，他们也在这种官员身份的束缚中感到了深深的无奈，如李贽二十多年的宦游生活，使他深感受人管束之苦。《焚书·卷四》感慨平生说：

> 余唯以不受管束之故，受此磨难，一生坎坷，将大地为墨，难尽写也。为县博士，即与县令、提学触。为太学博士，即与祭酒、司业触。……司礼曹务，即与高尚书、殷尚书、王侍郎、万侍郎尽触也。……又最苦而遇尚书赵。赵于道学有名。孰知道学益有名，而我之触益又甚也。最后为郡守，即与巡抚王触，与守道骆触。……此余平生之大略也。②

这是他多年居官生活的总结，反映了处处与上司相抵触的情况。而袁宏道也曾多次辞官，把为官生涯说得极为不堪，在《与丘长儒书》中他写道：

> 弟作令，备及丑态，不可名状。大约遇上官则奴，候过客则妓，治钱谷则仓老人，谕百姓则保山婆。一日之间，百暖百寒，乍阴乍阳，人间恶趣，令一身尝尽矣。苦哉！毒哉！③

---

① 鲁迅．中国小说史略[M]．北京：中华书局，2010：113．
② [明]李贽．焚书 续焚书（卷4）[M]．北京：中华书局，1975：185-188．
③ [明]袁宏道．与丘长儒书．明朝小品：士大夫的哀歌绝唱[M]．合肥：黄山书社，2010：124．

政治的混乱，加上从官生涯的不愉快，使得原本对社稷民生有着强烈关怀的文官们开始犹豫、彷徨，也就是说，许多文人为官，他们所希望的往往是得遇明主而一展抱负，但现实却常常浇了他们一盆冷水。因此，他们的文学趣味便也由"心怀魏阙"，关心社稷、民生而转向了优美的山水和"修心"，公安"三袁""独抒性灵"的文学主张正是他们文学趣味转变后的呈现。而小品文所富含的"笔调闲适、文以自娱"的精神内核以及"言浅意深"的特征，使得它成了文人自嘲、抒写情绪的最佳文学样式，小品文也因此在晚明大放异彩。

由以上的分析可以看到，中国古代作者文学趣味的这种转变，基本上是因为他们"官员"的身份而起的，从"心怀魏阙"到"寄情山水"，虽然与个体意识的觉醒有着一定的关系，但总的说来，仍是因为官场失意而导致的，是一种不得已的隐退。也正因为如此，一部分官员在背离官场后，却并没有真正地放下"魏阙"，而是在"隐"的时候仍然关心着社稷民生。这从陶渊明归隐后的诗"日月掷人去，有志不获骋。念此怀悲凄，终晚不能静"（《杂诗》其二）的忧愤及"谈谐无俗调，所说圣人篇"（《答庞参军》）的诗句中可以看出，他的归隐实属不得已，而他的心，也仍在"圣人篇"上。还有李白，在被迫归隐后虽然颇为愤慨："楚国青蝇何太多？连城白璧遭谗毁"（《鞠歌行》），"我本不弃世，世人自弃我"（《赠蔡山人》），但他仍然关心国家命运，希望建立功业的心情并没有消退，这从其后他寄家东鲁，南下吴越，又北上蓟门漫游近十年，以及安史之乱时还慷慨从军的举动得到了最好的证明。大诗人杜甫，晚年虽然身处南方，隐逸幽居，远离政治中心，但心思仍不离朝政民生，在大历二年（767 年）以后，曾经写出过这样的诗句：

有客归三峡，相问过两京。（《柳司马至》）

西江使船至，时复问京华。(《溪上》)

寒空见鸳鹭，回首忆朝班。(《自瀼西荆扉且移居东屯茅屋》)

程千帆先生说："夫儒者学而优则仕，志在蒸黎。若当厥道不行，沦诸草野，则江湖魏阙，廊庙山林，必有往复驰思，哀乐无端者"①，点明了中国古代作者常常在"魏阙"与"山水"间的矛盾心理中挣扎。而由此呈现出来的文学趣味，便也总是与他们身份和心理变化有着密切的关系，即做官得意时，文章中多呈"心怀魏阙"的大家情怀；官场失意时，则多为"寄情山水"之文。周作人在谈到中国古代文学的发展流变时，认为有着"载道"与"言志"的起伏②，恐怕在很大程度上正是这种"心怀魏阙"与"寄情山水"文学趣味的写照。

三、"以文为戏"

"以文为戏"是唐代大文人裴度在《与李翱书》中指责韩愈"恃其绝足，往往奔放，不以文立制，而以文为戏"③中提出的。裴度之所以有这番指责，主要针对的是韩愈文章中大量存在的志怪和虚构。韩愈一向以儒家代言人自居，我们只须读一读他的《进学解》，从他虚拟的学生之口就知道他是如何深于孔孟之道的。他的文集中也有不少这样的文章，譬如说《原道》《原性》《原人》之类的作品。但当时和后来的道学家对韩愈却大加非议，如《旧唐书》为韩愈作传，列举他的不少文章，认为有悖于孔孟之道，太过游戏文笔；宋朝整个来说对韩愈评价很高，但仍有这样的议论，如王安石说

① 程千帆. 古诗考索 唐代进士行卷与文学[M]. 武汉：武汉大学出版社，2009：313.

② 周作人. 中国新文学的源流[M]. 南京：江苏文艺出版社，2007：16.

③ [唐]裴度. 与李翱书[M]//吴文治编. 韩愈资料汇编. 北京：中华书局，1983：5.

他"徒语人以其辞"①，也就是口是心非、只拿理论套别人而已。又张耒说他"以为文人则有余，以为知道则不足"②，意思是说他只是会写文章，远远说不上是已经掌握了孔孟之道。还有朱熹说他"裂道与文为两物"，也就是把文与道割裂开来，没有统一在文章中，且观韩愈之作"则其出于诣谀、戏豫、放浪而无实者，自不为少"③。自封为儒家的卫道士，最后却不被正统的卫道士认同，为什么会有这种情况出现？笔者认为，这主要是人们没有认识到韩愈多重身份尤其是"官员""文人"身份的事实。

我们说中国古代读书人做官的基本条件是要学习儒家文化，因而他们所受到儒家文化的影响也就显得尤为深远。对于文学创作的原则，儒家有着"修辞立其诚"④、"辞达"⑤、"文胜质则史"⑥等排斥虚构的言论。非虚构原则建立在事实之上，反对向壁虚造和娱乐倾向；而虚构诉诸的是想象，注重发挥想象力，容易引起作者对情节的刻意铺排、细节的摹画、文字的烘托还有娱乐倾向等。我们用儒家的非虚构原则去看韩愈文集，很容易看出韩愈文集里的虚构之作，委实比较扎眼。如《毛颖传》以拟人化手法为一支毛笔立传，先如一般纪传体记毛颖之籍贯、身世，再写其被封受宠的经过，最后写其"老而秃"，"不能称上意"，"赏不酬劳，惟老见疏"的结局⑦。此篇文章带

---

① [宋]王安石．上人书[M]//高克勤编．王安石诗文选评．上海：上海古籍出版社，2002：24.

② [唐]张耒．韩愈论[M]//吴文治编．韩愈资料汇编．北京：中华书局，1983：176.

③ [宋]朱熹．读唐志[M]//朱子文集(卷12)．北京：中华书局，1985：446.

④ [宋]朱熹．周易本义(卷9)[M]．苏勇校注．北京：北京大学出版社，1992：163.

⑤ 杨伯峻．论语译注[M]．北京：中华书局，2009：168.

⑥ 杨伯峻．论语译注[M]．北京：中华书局，2009：60.

⑦ [唐]韩愈．毛颖传[M]//马其昶校注，马茂元整理．韩昌黎文集校注(卷8)．上海：上海古籍出版社，1987：566-569.

有明显的虚构成分，因而文章一出，时人"独大笑以为怪"①。这种虚构的手法在其《送穷文》中表现得更为突出，作者假想结柳作车、缚草为船，把有生以来陪伴自己的五个穷鬼——智穷、学穷、文穷、命穷、交穷送走，五鬼张眼吐舌、手舞足蹈，向主人申诉：我们作为主人的真正知音，忠实地陪伴主人，赶我们走不仅是不公平的，也是不可能的。主人最终垂头丧气，又把穷鬼请回了上座②。这种对鬼神的描写尤其是儒家所摒弃的，因为儒家先圣基本上不提鬼怪，孔子的弟子记其"不语怪，力，乱，神"，并常常回避关于鬼神的话题，被人问道也只是说"未能事人，焉能事鬼？"或"未知生，焉知死？"③（《论语·先进》）而且在儒家的经典作品中，也看不到这种虚构和对鬼怪的描写。另外，儒家也讲究"乐而不淫、哀而不伤"，就是说要把喜怒哀控制在礼制范围之内，但韩愈所写之《祭十二郎文》，简直是如泣如诉，令人回肠荡气。因此，从某种程度上说，拥护传统儒家学说的人在这一要旨上批评韩愈，是不算冤枉他的。但是，我们也看到，批评韩愈的人都忽略了一个事实，即他不仅是"儒士"，还是一个"官僚""文学家"。不仅对于文学创作来说，虚构和想象都是不可避免的，是艺术表达的一种方式和一种艺术创造；而且，作为一个"官僚"，他也有着心理的需要，即当他在官场上遭受挫折之后，需要有一个可以让他自嘲、发泄愤懑和疗伤的途径。这个途径，在有些人如魏晋文人和王维那里，体现为一种对山水田园闲适生活的向往，而在另外一些人那里，则体现为一种"以文为戏"的创作态度，如韩愈通过《送穷文》中的五个穷鬼来自嘲作为一个生性耿直的文人逃不脱的命运和生活现实，《毛颖传》则借一支毛笔的命运

---

① ［唐］柳宗元．读韩愈所撰毛颖传后题［M］//柳宗元集（卷21）．北京：中华书局，1979：569.

② ［唐］韩愈．送穷文［M］//马其昶校注，马茂元整理．韩昌黎文集校注（卷8）．上海：上海古籍出版社，1987：570-572.

③ 杨伯峻．论语译注［M］．北京：中华书局，2009：112.

来暗示自己和其他文官们的命运悲剧。虽然韩愈用的都是戏谑口吻，却借此很好地表达了他作为一个"官僚"型文人的无奈和自嘲。

事实上，"以文为戏"的写作手法并不是韩愈所独有的，可以看到，中国古代文学中不乏此类作品，如柳宗元的《骂尸虫文》《有蝮蛇文》《乞巧文》，萧颖士的《伐樱桃树赋》等，都是在嬉笑怒骂、讥讽中表达了自己对当时官场黑暗的不满。而这些文人之所以也有着同样的文学旨趣，则主要也是针对他们在"仕"或入"仕"过程中所遭遇到的不公平或失败而起的，这些不公平和失败促使他们在某些特定时候暂时背离了传统文学的"载道""温柔敦厚"等创作宗旨，用"以文为戏"来"自遣"，在作品中寄托身世之感，抒发不平之气。"浮白载笔，仅成孤愤之书"①，虽然这在当时的作者，不一定是自觉地把这看成有社会政治意义的行为，对他们来说，更有可能是一种自我心理治疗的措施，使其所郁积的情绪在审美的方式中得以疏导、散发，并由此变沉重而为轻快，是他们利用自己的才能优势排解苦恼的一种好办法。也有一些作者，他们的心理可能主要不是"愤"，而是"憾"——即悲叹自身愿望的落空和地位的失落，于是想把在现实生活中失去的，在艺术创作中找回来，"以期求在虚幻中找寻自欺的快乐"②。还有一些作者，则是如王先霈先生所说，是一种在人生的战场失意之后，转而驰骋于文学技艺之场的心理和行为，"他们既无由指挥官吏将士建立社会功业，便去指挥语言文字建立艺术功业，在克服艺术表现的困难中使自己的生命力得以尽情奔涌，使自身的人生价值得以充分实现"③。也就是说，用他们文人特有的艺术方法去满足自己未实现的愿望。如《剪灯余话》的作

① ［清］蒲松龄. 聊斋自志［M］//聊斋志异. 北京：中华书局，2009：1.
② 王先霈. 以文为戏的文学观对明清艺人小说与文人小说之不同影响［J］. 华中师范大学学报，1990(3)：73.
③ 王先霈. 以文为戏的文学观对明清艺人小说与文人小说之不同影响［J］. 华中师范大学学报，1990(3)：73.

者李昌祺就在其自序中说自己因为"两涉忧患，饱食之日少"，又不好博弈，如果不借着文字书写，则无法开怀，宣其郁闷之情。虽然自己也知道这些文字滑稽谐谑，不了解此种心情的人，定会加以嘲笑。但仍"负遣无聊，姑假此以自遣"①，明确表明自己"以文为戏"以"豁怀抱"的创作宗旨。王先霈先生在考察传奇和志异小说作者时还发现，其中有相当多的一部分人，"在下者为落魄穷愁文人，在上者为遭谪受屈闲官"，而其原因也主要是"他们因个人的坎坷而感到人世的不平，对统治者和封建制度却并不怀有愤恨，他们将种种感慨隐于心中，另著新奇诡异之文字以涵养性情"②。对于明初传奇小说的忽又繁盛，王先生也认为其重要原因之一就在于朝代转换、政治巨变，加上统治又较严密，作为"官员"的文人们甚觉苦闷，"乃在传奇小说的写作中消磨自己的心力，求得心理的安逸与宁静"③。

正是这种基于自己"官员"身份的无奈，使得"以文为戏"成为文人们一个非常特殊的文学趣味，也使得他们中的许多人在"载道"之文外，还创作了大量"以文为戏"的作品。如温庭筠、李商隐、柳永等诗词中大量出现的艳词艳句，实际上就是他们官场失意后转而游戏人生的一种生活态度的写照；又比如明清时期兴起的"艳情小说"，在很大程度上也是文人的一种"意淫"，是文人们的一种心理补偿：男主人公超强的性能力，其实是许多文弱书生的一个美好幻想，不仅身体方面他们无法达到小说主人公的标准，就是在精神上，处于君主之下绝对臣服的状态也让中国古代的文人都普遍具有一种"臣妾"心态。这让"官僚"型文人们的政治文化心理始终处于

① ［明］李昌祺. 剪灯余话序［M］//朱一玄编. 明清小说资料选编（卷下）. 济南：齐鲁书社，1990：1115.
② 王先霈."剪灯二种"与明初文人以文为戏的小说观［J］. 华中师范大学学报，1986（2）：95.
③ 王先霈."剪灯二种"与明初文人以文为戏的小说观［J］. 华中师范大学学报，1986（2）：95.

被阉割的状态，而这种心理阉割又是通过权力对人体的驯服实现的，因此，"面对以权力为强有力后盾的阉割威胁，个人既不想受阉又不想毁灭的唯一可行性就只有'狂'了"①。"狂"的方式有很多种，纵欲就是其中一种，通过性功能的强大而使女性臣服的满足心理弥补了他们精神上的软弱无力。

也就是说，艳情小说中男主人公强大的性能力其实是文人们对自己"臣妾"身份的一种补偿，这是他们作为艺术家所特有的一种发泄和补偿途径。弗洛伊德曾在谈到作家与白日梦时认为，作家写作与孩子玩游戏时具有某种相似性，都投入了巨大的热情和专注，孩子长大后不再做游戏，而改为创造"白日梦"，并在其中获得了极大的满足和补偿。作家的写作正是如此，"许多事情，假如它们是真实的，就不能产生乐趣，在虚构的戏剧中却能够产生乐趣"②。尤其是那些在世俗眼光看来低俗、评价不高的长篇小说、传奇文学和短篇小说，他们的作品中总有一个特征不能不打动我们，虽然其内容很难被看作是对现实的描写，但作为白日梦的成分却很容易被理解，并且带给了读者快乐。也就是说，这些艳情小说虽然不被正统文学所接纳和认可，但作者自己却在这种夸张的性能力描写下大大地抒发了自己被压抑的情绪，得到了一定程度上的满足，许多读者也同样在其中得到了某些释放的快乐。

另外，"以文为戏"的文学趣味还为文人的文学创作开辟了新天地，在他们挣脱了正统文学所带来的种种限制与束缚后，反而更"有利于文人的发挥和创造"③，因此其本身也是一种有意识的艺术创新。而且，当时唯一

①　叶舒宪. 阉割与狂狷[M]. 上海：上海文艺出版社，1999：252.
②　西格蒙德·弗洛伊德. 达·芬奇与白日梦[M]. 张唤民，陈伟奇，译. 上海：上海译文出版社，2020：22-23.
③　袁晓薇. 柳宗元对"以文为戏"的贡献[J]. 东方丛刊，2006(1)：243.

支持韩愈这种创作主张的柳宗元还认为"以文为戏"能够以"俳""戏"的形式寓庄于谐，"发其郁积"，达到对社会现象的褒贬、讽喻目的，从而"有益于世"①，而这种作用与他们"官员"的身份仍是相符的，是对其艺术家和官员身份的一种话语融合。柳宗元的这种观点在后来为许多文人所认同并身体力行，尤其表现在明清小说创作中，如《西游记》以人、神、鬼、怪为主人公，其事也荒诞不经，但其暗讽世人的主旨使它仍然具有极高的文学价值；清末谴责小说的流行，更是充分展示了"以文为戏"所具有的"讽喻"目的。也正是在文人们的这种心态下，"以文为戏"逐渐成了文人们创作和欣赏时的一种文学态度，到后来更泛滥为一种普遍的文学趣味，并为一部分正统士大夫所接受，这从文人们后来热衷创作的所谓"打油诗"和讽刺小品文、人鬼爱情故事小说中已经体现出来。

从以上笔者分析"以文为戏"所具有的"自遣""排忧""抒愤"和"讽喻"等功能来看，究其根源，它仍是作者们因自己"官员"身份引起和形成的一种特殊艺术表现方式，是中国古代作者在面对官员身份与其他身份发生冲突时的一种艺术性调和。同时，这种文学趣味也是文学话语构成复杂性的一种显现，是作者身份干预文学活动的一个最好例证。

---

① ［唐］柳宗元.读韩愈所撰《毛颖传》后题［M］//柳宗元集（卷21）.北京：中华书局，1979：569.

结语　非审美因素对文学活动的影响
——从"身份"理论看中国古代文学研究

在中西方的传统文学观念中，作者是作为文学活动的主体出现的，有着一个变动不居的主创地位；文学写作受到作者意识的支配，是一种具有独创性的艺术活动，充满着审美的特质。然而，20世纪中后期兴起的"身份"理论却颠覆了这种传统观点，不仅作者的写作被认为受到了来自社会、历史、语言等多种因素的影响，甚至作者的意识，也是被建构起来的……这就使我们不得不开始关注一些文学之外的非审美因素对作者创作的影响，其中就包括"身份"理论带给我们的启示，即作者具有多重身份的事实，使得我们不再把作者看成一个纯粹的文学作者，而要看到他所同时具有的其他身份。这种文学作者之外的身份，使得作者在写作时，很有可能没办法以一个单纯的文学作者姿态介入写作，而是多重身份共同对他产生影响。西方后现代的一批学者已经循此意义迈出了他们可贵的第一步，如女性主义研究和萨义德的"东方学"研究，都在不同程度上向人们展示了文学活动中作者身份对文学活动所产生的影响。对后殖民学派的代表人物萨义德来说，"东方"形象的建立，很大程度上是缘于一群生活在西方的所谓"东方学家"通过文本建构起来的，因为"一般而言，被研究的东方只是文本中的东方；东方所产生的影响主要是经由书籍和手稿"①。而"东方学家"之所以会有这种颇显主观的描写，则主要是因为他们的文化身份造成的，也就是说，他们把自己放在了与"东方人"相对的"西方人"这个文化身份和角度，将"东方"视为一个他者，用自己的想象建构起了一个文本中的"东方"形象，而不是真实的"东方"。这充分说明了"文学作者"之外的身份对作者写作形成了一定的影响，并由此影响到了他(她)的文学活动。

从这种理论及研究成果出发，我们回过头来再看中国古代文学活动时会发现：尽管"身份"理论是个舶来品，是伴随着西方学者对主体性的思考出现的，然而，这种对"作者"身份的深入探讨和独特观点，同时也可以丰富和深化我们的中国古代文学研究，因为中国古代作者的身份极为特殊——文学作者之外，他们更为突出的是其"官员"的身份。萨义德等西方学者的研究已经显示，文学作者之外的身份会对其写作产生重要影响，认识不到这一点，中国古代文学活动中的许多特殊文学现象和文学话语，是无法得到令人信服的解释的。比如，以往我们在讨论中国古代文人为什么会对"文以载道"这种与文学本身审美性相去甚远的政治功用不仅不反抗还极力拥护时，许多人认为这只是文人作为统治阶级代言者的一种敷衍做法，或者是"为封建地主阶级说教"②；而相对忽略了他们因为要入"仕"所受儒家文化的深远影响，并由此而产生的那种自觉为"道"作承担者的奉献精神，以及把自己当成基本价值维护者的勇气。这对我们重新认识中国古代文人的文学价值观念，有着重要作用。中国古代大量的"边塞"诗、"乡愁"诗，也并不是仅从审美角度就可以很好地诠释的，这种题材的产生，事实上很大程度上与他们"文人-官员"的复合身份有关。也就是说，作为

---

① 爱德华·W. 萨义德. 东方学[M]. 王宇根，译. 北京：生活·读书·新知三联书店，1999：229.

② 游国恩，等. 中国文学史(卷2)[M]. 北京：人民文学出版社，1998：159.

"官员"，他们要受到官制的制约，如唐代以来因"本籍回避"制的施行，做了官的文人就必须离开家乡"宦游"，并且往往"宦游"的地方还很偏远，在这种情况下，离开家乡、亲人的苦闷，沿途的风土人情，为官所在地及塞外的异域风光等，在他们笔下就演化成了乡愁诗、边塞诗。虽然中国古代的乡愁诗、边塞诗并不尽由此而生，但从乡愁诗、边塞诗大量出现的时间，适值唐代"本籍回避"制的施行，加上我们今天所熟知的一些唐代大诗人都有过做官、"宦游"的经历，以及笔者在本文第三章中所列举的一些大诗人的宦游诗，至少可以证明，文人们的这种"官员"身份和"宦游"的经历确实曾对乡愁诗、边塞诗的兴盛起过重要的推动作用。另外，还有一些文人因为"做官"失败，而使得他们的身份发生变化，有的转向山水田园做起了"隐士"，心无"俗务"缠身和牵绊，从而促进了纯文学的发展；另外一部分人则转向世俗生活，间接地促使了俗文学的兴起；其中一些人更因做官失败而选择了一个极端，放浪形骸，通过夸张的描写寻求虚伪的慰藉和满足感，如艳情小说中的艳词艳句，并因此形成了中国古代文学中"以文为戏"的特殊文学趣味……总之，可以看到，无论是在其有意或无意识的层面上，中国古代的文学活动都在一定程度上受到了他们"文学作者"之外的"官员"身份影响，而这种影响，是无法仅从文学作者这个身份本身和审美角度去读解的。

　　当然，对中国古代作者"官员"身份的这种探索性研究，还只是迈出了"作者身份"研究的一小步，事实上，不仅"官员"身份对中国古代作者的影响远远超出了本文的研究范围，而且，中国古代作者的其他身份也有可能同样对他们的写作产生重要影响。比如，哥伦比亚大学尤金·法菲尔（Feifel, Eugene）的博士论文《作为谏官的白居易》就着重谈到了"谏官"这个具体官员身份对白居易的影响；阿拉斯（Arase, Juduth Kieda）之《曹丕的三重身份：皇帝，批评家和诗人》，也把目光投向了曹丕"皇帝"的身份上，认为这种特殊身份对其文学活动产生了重要影响……另外，由于文学活动本身是复杂的，中西方的理论家们从作者身份角度切入研究，虽然获得了许多重要成果，但也并未完全、充分地说明文学活动构成的全部，还有待我们从其他更多的角度切入。尤其是对中国古代文学活动，我们更应该看到它历史、社会、文化等成因的特殊性，勇于从更多超乎常规的方法和角度入手，去努力挖掘潜藏在文学活动背后的文学运行机制。卡勒曾说，在文学研究中，循规蹈矩、不温不火的诠释表达的往往只是一种共识，尽管这在某些情况下也自有其价值，然而却像白开水一样淡乎寡味，诠释只有走向极端才有趣。这种极端，就是"文学运行机制"①，因为"作为一个学科的文学研究的目的正在于努力去理解文学的符号机制，去理解文学形式所包含着的诸种策略"②，这也是探索文学奥秘的最好方法和智慧源泉。虽然这种做法在某些时候可能会造成"过度诠释"，但我们却不应该"讳疾忌医"，放弃文学研究中应有的创新精神。

另外，针对引进西方文学理论，当下一部分学者认为这种做法会带来"水土不服"，"用别人的规则来衡量中国诗作，自然方枘圆凿，龃龉难入，不理解"③。这种说法自有其理论依据，但是，我们也不应该就此对西方文论退避三舍，毕竟，在文学中，有些因素是共通的。就如本文所采用的"身份"理论，其对"作者身份"的理解和阐释，便使得中国古代作者的"官员"身份进入了笔者的视野，并通过仔细分析和研究，发现这种身份确实曾对作者及其创作产生过重要影响，使得我们对中国古代文学活动中的一些特殊文学现象，有了一个更新和更深入的认识，一个不同于过去文学研

---

① 禹建湘．乡土想像：现代性与文学表意的焦虑[M]．长沙：湖南人民出版社，2008：382．

② 转引自艾柯．诠释与过度诠释[M]．王宇根，译．北京：生活·读书·新知三联书店，1997：144．

③ 曹顺庆．文论失语症与文化病态[J]．文艺争鸣，1996(2)：55．

究中从、纯审美因素去研究的特殊视角，并由此打开了我们的研究思路。因此，从"身份"理论看中国古代文学研究，我们或许可以更加肯定，不仅新的研究方法和视角是必需的，中西文论的交融也是我们文学研究得以进行的有效手段。

附录 中国古代具有代表性的作者简表

人物	简 介	代表作品
两 汉		
陆贾	高帝时为使臣，后因有功擢为太中大夫	《楚汉春秋》《新语》等
贾谊	二十岁时以才名为河南郡守吴公荐，被文帝召为博士，不到一年被破格提为太中大夫，后历任长沙王太傅、梁怀王太傅等职	《过秦论》等
晁错	政论散文家，早年学法，后学儒，汉文帝时为太子家令，汉景帝时为内史，后升迁御史大夫	《论贵粟疏》等
朱买臣	五十岁，以精《春秋》、楚辞为同乡严助荐(具体时间已不可考)，拜为中大夫，后任会稽太守	—
枚乘	初为吴王濞郎中，因吴王事败，从梁孝王，后被景帝拜为弘农都尉	《七发》等
东方朔	以上书自荐封为侍诏公车，后封侍诏金马门，后拜为太中大夫给事中	《答客难》《非有先生论》等
司马相如	以赀为郎，事孝景帝，为武骑常侍。后因《子虚赋》得名，天子以为郎，后又拜为孝文园令	《子虚赋》《上林赋》等
董仲舒	汉景帝时为太学博士，武帝时举贤良文学，历任江都易王刘非国相、胶西王刘端国相等职	《举贤良对策》等
公孙弘	六十岁举贤良文学，为博士，后历任左内史、御史大夫等职	《公孙弘》十篇

人物	简　　介	代表作品
司马迁	武帝时为太史令	《史记》
扬雄	年四十余，始游京师，以文见召，成帝时任给事黄门郎。王莽时任大夫，校书天禄阁	《蜀都赋》《甘泉赋》等
王褒	长词赋，宣帝时以文才拜为待诏，不久升为谏议大夫	《洞箫赋》
刘向	宣帝时，为谏大夫；元帝时，任宗正；后历任光禄大夫、中垒校尉等职	《新序》《说苑》等
班彪	班固之父，东汉初，举茂才，任徐县令	《冀州赋》等
班固	明帝时兰台令史；后迁为郎，典校秘书；章帝时迁玄武司马	《汉书》《两都赋》等
张衡	永元中，举孝廉不行，安帝雅闻衡善术学，公车特征拜郎中，再迁为太史令	《二京赋》等
王充	曾在地方官府任功曹、从事、治中等职	《论衡》等
马融	汉安帝时，任校书郎，后拜郎中等职	《春秋三传异同说》
郦炎	仕途不顺，曾为郡吏，州郡察举孝廉，征召为右北平从事祭酒，不就	《见志诗》等
赵壹	灵帝时受聘为汉阳郡上计吏，后迁为弘农太守	《刺世疾邪赋》《服鸟赋》等
刘歆	成帝时任中垒校尉，后历任侍中太中大夫、骑都尉奉车光禄大夫、右曹太中大夫、羲和京兆尹等职	《七略》等
蔡邕	灵帝时召拜郎中，校书于东观，迁议郎；献帝时曾拜左中郎将	《翠鸟诗》等
魏晋南北朝		
曹操	官至丞相，为魏始祖	《步出夏门行·观沧海》等
曹丕	皇帝	《典论·论文》等
曹植	曹操次子，为陈王	《洛神赋》等

续表

人物	简　介	代表作品
王粲	"建安七子"之冠，为曹操辟为丞相掾，后拜侍中	《七哀诗》等
刘桢	受曹操征辟，曾任丞相掾属、平原侯庶子、五官将文学等职	《毛诗义词》等
阮籍	曾任步兵校尉，世称"阮步兵"，后避祸不仕	《咏怀诗》八十二首
嵇康	与魏宗室通婚，拜中散大夫，世称"嵇中散"，后避祸不仕	《幽愤诗》《与山巨源绝交书》等
应璩	文帝、明帝时，历官散骑常侍，曹芳即位，迁侍中、大将军长史	《百一诗》等
陆机	曾为成都王司马颖表为平原内史，世称"陆平原"	《文赋》
潘岳	曾任河阳县令、太傅主簿等职	《金谷集作诗》等
左思	曾任武帝朝殿中侍御史、太原相、弋阳太守等职	《三都赋》等
张协	曾任公府掾、秘书郎、华阳令等职，后归隐	《杂诗》十首
刘琨	曾任并州刺史、司空等职	《扶风歌》等
郭璞	历任宣城、丹阳参军，著作佐郎、尚书郎等职	《游仙诗》等
王羲之	历任秘书郎、宁远将军、江州刺史、会稽内史，领右将军，人称"王右军""王会稽"	《兰亭集序》等
孙绰	袭父爵为长乐侯，官拜太学博士、尚书郎，后历任建威长史、右军长史、永嘉太守、散骑常侍等职	《游天台山赋》等
许询	通文学、好玄学，终身不仕	《隋书》《唐书经籍传》等
陶渊明	曾任江州祭酒、建威参军、镇军参军、彭泽县令等，后弃官归隐	《饮酒》组诗、《归去来兮辞》《桃花源记》等
谢灵运	"山水诗"鼻祖，十八岁袭封康乐公，曾外任永嘉太守、临川内史等职	《石壁精舍还湖中作》《登江中孤屿》等

人物	简　　介	代表作品
鲍照	宋文帝时为国侍郎。孝武帝时为大学博士兼中书舍人，出任魏陵令，转永嘉令，后任胊海王刘于顼的前军参军、军刑狱参军，人称"鲍参军"	《拟行路难》十八首
沈约	历仕宋、齐、梁三朝。在宋仕室参军、尚书度支郎；在齐仕著作郎、尚书左丞、骠骑司马将军；在梁仕尚书左仆射、尚书令，领太子少傅	《宋书》《别范安成》《登玄畅楼》等
谢朓	初任豫章王萧嶷的太尉行参军，后在随王萧子隆、竟陵王萧子良幕下任功曹等职。建武二年（495年），出任宣城太守，故有"谢宣城"之称。齐明帝时任尚书吏部郎	《晚登三山还望京邑》《游东田》等
庾信	历任湘东国常侍、车骑大将军、开府仪同三司等职，世称"庾开府"	《乌夜啼》《燕歌行》等
范晔	历任右军参军、尚书外兵郎、荆州别驾从事史、秘书监、新蔡太守、司徒从事中郎、尚书吏部郎等多种职务	《后汉书》
刘勰	曾任县令、步兵校尉、宫中通事舍人等职	《文心雕龙》
郦道元	曾任太傅掾、尚书郎、治书侍御史、冀州长史、颍川太守、鲁阳太守、河南尹等职	《水经注》
干宝	曾由华谭推荐任著作郎，后历任山阴令、始安太守、关内侯、司徒右长史、散骑常侍等职	《搜神记》
刘义庆	精文学，为临川王，历任秘书监、荆州刺史、兖州刺史等职	《世说新语》《幽明录》
隋唐五代		
王绩	隋末举孝廉，除秘书正字；初唐时，以原官待召门下省。曾三"仕"三"隐"	《野望》《过酒家五首》等

续表

人物	简 介	代表作品
王勃	"初唐四杰"之一，因才名未成年即被司刑太常伯刘祥道赞为神童，向朝廷表荐，对策高第，授朝散郎，后为沛王李贤征为王府侍读	《滕王阁序》《杜少府之任蜀州》等
杨炯	"初唐四杰"之一，上元三年（676年）应制举及第，授校书郎；后历任崇文馆学士、詹事、司直、梓州司法参军、颍川县令等职，世称"杨颍川"	《从军行》《出塞》等
卢照邻	"初唐四杰"之一，高宗永徽五年（654年），为邓王李裕府典签，高宗乾封三年（668年）初，调任益州新都尉，后因故归隐	《长安古意》《行路难》等
骆宾王	"初唐四杰"之一，应进士试落第，唐龙朔初年，骆宾王担任道王李元庆的属官，后历任武功主簿、明堂主簿、侍御史、临海县丞等职，后人也称"骆临海"	《畴昔篇》《途中有怀》等
陈子昂	永淳元年（682年）进士及第，释褐将仕郎，后历任秘书省正字、右拾遗等职	《登幽州台歌》《感遇三十八首》等
张若虚	生平事迹不详，但确曾做过兖州兵曹（事见《旧唐书·贺知章传》）	《春江花月夜》
刘希夷	上元二年（653年）进士，其他事迹不详	《代悲白头翁》
王维	开元九年（721年）中进士，释褐太乐丞，后历任济州司仓军、右拾遗、监察御史兼节度判官、尚书右丞等职	《终南别业》《鹿柴》《九月九日忆山东兄弟》等
孟浩然	开元十六年（728年）入长安应举，落第；开元二十五年（737年）入张九龄荆州幕，无实职，后终生不仕	《临洞庭湖赠张丞相》《春晓》等
王翰	睿宗景云元年（710年）登进士第，举直言极谏，调昌乐尉；复举超拔群类，召为秘书正字，擢通事舍人、驾部员外，出为汝州长史，改仙州别驾，后贬道州司马	《凉州词二首》《饮马长城窟行》等

人物	简　介	代表作品
王昌龄	开元十五年(727年)登进士第,补秘书省校书郎;七年后中博学宏词科,为汜水尉,后历任江宁丞、龙标尉等职	《出塞二首》《从军行七首》《芙蓉楼送辛渐二首》等
李颀	开元二十三年(735年)登进士第,官授新乡县尉,未满秩而去官,归隐东川,不再仕	《古从军行》《听董大弹胡笳弄兼寄语房给事》等
崔颢	开元十一年(723年)登进士第,官至太仆寺丞,天宝中为司勋员外郎	《黄鹤楼》《长干曲四首》等
祖咏	开元十二年(724年)登进士第,但仕途不畅,只任过短期的驾部员外郎	《望蓟门》《终南望馀雪》等
高适	天宝八载(749年),经睢阳太守张九皋推荐,应举中第,授封丘尉。后辞官,入陇右、河西节度使哥舒翰幕,为掌书记。安史乱后,曾任淮南节度使、彭州刺史、蜀州刺史、剑南节度使等职,官至封渤海县侯,世称"高常侍"	《燕歌行》《别董大》《塞下曲》等
岑参	天宝八载(749年)登进士第,授右内率府兵曹参军。后弃官从戎,两次出塞入幕府,后经杜甫等推荐,历任右补阙、起居舍人、虢州长史、嘉州刺史等职	《白雪歌送武判官归京》《走马川行》《轮台歌》等
王之涣	以门荫调为冀州衡水主簿,遭诬愤而去官,交谒名公。开元末复出仕,补文安郡文安县尉	《凉州词二首》《登鹳雀楼》等
李白	十八岁隐居大匡山读书,"待价而沽";二十五岁时只身出蜀,开始了广泛漫游,交接名公,希图"荐举",但未果。直到天宝元年(742年),因人推荐,李白被召至长安,供奉翰林,但不久即因谗被迫离京,后不仕	《蜀道难》《行路难》《梁父吟》《将进酒》《望庐山瀑布》等

人物	简　介	代表作品
杜甫	二十四岁举进士不第，后到长安干谒赠诗，希求汲引，但都落空。肃宗即位，始授左拾遗。后弃官西行，一度在剑南节度使严武幕中任检校工部员外郎，故又有杜工部之称。后被贬为华州司功参军，乾元二年（759 年），弃官携家入蜀，后不再仕	《春望》《望岳》《兵车行》、"三吏""三别"等
元结	天宝六载（747 年）应举落第后，归隐商余山。天宝十三载（754 年）登进士第，擢右金吾兵曹参军，摄监察御史。后以讨贼功，迁监察御史，又进水部员外郎，佐荆南节度使，晚拜道州刺史，进授容管经略使	《贼退示官吏》《系乐府十二首》等
韦应物	少任侠气，十五岁为玄宗三卫近侍，曾入太学折节读书，于广德元年（763 年）出任洛阳丞，后任京兆府功曹、滁州刺史等职	《滁州西涧》《寄全椒山中道士》《咏声》等
刘长卿	曾应举十年不第，大概于天宝十一载（752 年）方登进士第，肃宗至德间任监察御史、长洲县尉，贬岭南南巴尉，后返，旅居江浙。代宗时历任转运使判官，知淮西、鄂岳转运留后，被诬再贬睦州司马	《长沙过贾谊宅》《逢雪宿芙蓉山主人》《江中对月》《送灵澈上人》等
顾况	至德二载（757 年）登进士第，建中二年（781 年）至贞元二年（786 年）被润州刺史韩滉召为幕府判官，贞元三年（787 年）为李泌荐引，入朝任著作佐郎，后被贬饶州司户参军	《苔藓山歌》《江上》《听子规》等
李益	大历四年（769 年）登进士第，六年登讽谏主文科，后迁主簿，曾入渭北节度使臧希让、朔方节度使李怀光等幕下，后历任中书舍人、右散骑常侍等职，以礼部尚书致仕	《夜上受降城闻笛》《从军北征》等
萧颖士	十岁补太学生，唐开元二十三年（735 年）登进士第，天宝初年（743 年）补秘书正字，后历集贤校理、史馆待制、河南府参军等职	《萧茂挺集》等

人物	简　　介	代表作品
梁肃	建中元年(780年)登文辞清丽科，授太子校书郎，复受荐为右拾遗，以母老病辞。贞元五年(789年)，召为监察御史，后历任右补阙、翰林学士、皇太子诸王侍读、史馆修撰等职	《过旧园赋》《代太常答苏端驳杨绾谥议》《常州刺史独孤及集后序》《兵箴》等
独孤及	天宝末，以道举高第，补华阴尉。代宗召为左拾遗，俄改太常博士。后迁礼部员外郎，历濠、舒二州刺史，以治课加检校司封郎中，赐金紫	《毗陵集》二十卷
韩愈	贞元八年(792年)登进士第，三试博学鸿词不入选，便先后赴汴州董晋、徐州张建封两节度使幕府任职，后至京师，官四门博士、监察御史，历任阳山令、潮州刺史、国子监祭酒、兵部侍郎、吏部侍郎等职	《早春呈水部张十八员外二首》《师说》《送孟东野序》《此日足可惜赠张籍》等
柳宗元	贞元九年(793年)登进士第，贞元十四年(798年)登博学鸿词科，授集贤殿正字。一度为蓝田尉，后迁礼部员外郎。永贞元年(805年)贬邵州刺史，十一月加贬永州司马，元和十年(815年)再次被贬为柳州刺史，卒于任所	《永州八记》《南涧中题》《登柳州城楼寄漳汀封连四州》《渔翁》等
张籍	贞元十四年(798年)，韩愈为汴州进士考官，荐张籍，次年进士及第，元和元年(806年)调补太常寺太祝，后历任国子监助教、秘书郎、国子博士、水部员外郎、主客郎中、国子司业等职	《行路难》《野老歌》《牧童词》《征夫怨》等
孟郊	早年屡试不第，至四十六岁才进士及第，五十岁任溧阳尉，后历任河南水陆转运从事、试协律郎、试大理评事等职	《登科后》《游子吟》《苦寒吟》《感怀》等
李贺	因讳父名不得参加进士试，后荫举九品奉礼郎，不久托疾辞归，二十七岁卒于故里	《李凭箜篌引》《雁门太守行》《金铜仙人辞汉歌》《秋来》等

续表

人物	简　　介	代表作品
刘禹锡	贞元九年(793年)登进士第,后又登博学宏词科,历任淮南幕府、监察御史、屯田员外郎、朗州刺史等职	《秋词二首》《杨柳枝词九首》《竹枝词二首》等
白居易	贞元十六年(800年)进士及第,三年后中书判拔萃,授秘书省校书郎,元和三年至五年,授左拾遗、充翰林学士,后历任京兆户曹参军、太子左赞善大夫、江州司马、忠州刺史、主客郎中、知制诰、中书舍人、苏州刺史、刑部侍郎、河南尹等职,会昌二年(842年)以刑部尚书致仕	《长恨歌》《琵琶行》《卖炭翁》《赋得古原草送别》《钱塘湖春行》《暮江吟》等
王建	资料不详,大概五十岁时初任官,曾任县丞、太府寺丞等小官,官至陕州司马	《田家行》《织锦曲》《饮马长城窟》《宫词》百首等
元稹	贞元九年(793年)明经及第,十年后以书判拔萃登第,元和元年(806年)年又以制科入等,授左拾遗,后历任监察御史、江陵士曹参军、唐州从事、通州司马、虢州长史、膳部员外郎、祠部郎中、知制诰等,并于长庆二年(822年)升任宰相,后又任浙东观察史、武昌军节度使等职	《莺莺传》《上阳白发人》《五弦弹》《织妇词》《连昌宫词》等
杜牧	唐文宗大和二年(828年)进士及第,授宏文馆校书郎。后赴江西观察使幕,历任淮南节度使幕、观察使幕、史馆修撰、膳部、比部、司勋员外郎,黄州、池州、睦州刺史等职,官至中书舍人	《阿房宫赋》《赤壁》《登乐游原》《泊秦淮》《寄扬州韩绰判官》等
贾岛	早年贫寒,落发为僧,还俗后屡举进士不第。唐文宗时任长江主簿(是否中进士第不详),故被称为"贾长江",开成五年(840年),迁普州司仓参军	《题长江厅》《病鹘吟》《下第诗》《题李凝幽居》等

人物	简　介	代表作品
姚合	元和十一年(816年)进士第。初授武功主簿，人因称为姚武功，后调富平、万年尉，历任监察御史、户部员外郎，荆、杭二州刺史、给事中，陕、虢观察使等职，仕终秘书监	《寄周十七起居》《武功县中作三十首》等
温庭筠	早年以词赋知名，然屡试不第，唐宣宗朝试博学宏辞，因扰乱科场，贬为隋县尉。后历任襄阳刺史署巡官、检校员外郎、方城尉等职，官至国子助教	《春愁曲》《商山早行》《经五丈原》《菩萨蛮十四首》等
陆龟蒙	资料不详，只知早年曾举进士不第，后归隐故乡松江甫里	《野庙碑》《记稻鼠》《江湖散人歌》等
皮日休	咸通八年(867年)进士及第，在唐时历任苏州军事判官、著作佐郎、太常博士、毗陵副使等职。因参加黄巢起义，新旧《唐书》不为他立传	《文薮》《胥台集》《十原》等
司空图	咸通十年(869年)应试，擢进士第，天复四年(904年)，为礼部尚书，佯装老朽不任事，被放还。后梁开平二年(908年)，唐哀帝被弑，他绝食而死	《二十四诗品》等
罗隐	大中十三年(859年)应进士试，历七年不第，后来又断断续续考了几年，总共考了十多次，自称"十二三年就试期"，最终铩羽而归，史称"十上不第"。黄巢起义后，避乱隐居九华山，五十五岁时归乡依吴越王钱镠，历任钱塘令、司勋郎中、给事中等职	《谗书》等
韦庄	乾宁元年(894年)以五十九岁登进士第，授校书郎，后历任左补阙、掌书记等职，唐亡，王建称帝，任命他为宰相，后终身仕蜀，官至吏部侍郎兼平章事	《秦妇吟》《悯耕者》《浣花集》等
李商隐	早年举进士不第，入令狐楚幕，在令狐楚子帮助下开成三年(838年)进士及第，历任弘农尉、佐幕府、东川节度使判官等职	《锦瑟》《有感二首》《骄儿诗》《无题二首》等

人物	简　介	代表作品
冯延巳	因为多才艺，先主李昇任命他为秘书郎(有否举进士不详)，后任翰林学士，保大四年(946年)，登相位，后因故改任太子太傅，保大六年(948年)，出任抚州节度使，保大十年(952年)，再次登相位	《谒金门》《鹊踏枝》等
宋　代		
王禹偁	宋太宗太平兴国八年(983年)登进士第，授成武县主簿，迁大理评事；次年，改任长洲知县，端拱元年(988年)召试，擢右拾遗并直史馆，后历任左司谏、知制诰、大理评事、商州团练副使、礼部员外郎、翰林学士等职，并曾以工部郎中贬知滁州、扬州、黄州、蕲州等地	《小畜集》等
林逋	隐逸诗人，终身不仕	《秋日西湖闲泛》《山园小梅》二首等
寇准	太平兴国五年(980年)进士，授大理评事，先后在工部、刑部、兵部任职，又任三司使。景德元年(1004年)，与参知政事毕士安一同出任宰相(同平章事)	《春日登楼怀归》《书河上亭壁》等
王安石	庆历二年(1042年)三月，进士及第，授淮南节度判官。后调任鄞县，嘉祐三年(1058年)冬，改任三司度支判官。后出任常州知州、江东刑狱提典等职，1070年任同中书门下平章事，位同宰相，后遭罢，次年又起为相，熙宁九年(1076年)十月再次罢相，出任江南签判，次年隐退江宁，过着闲居生活	《泊船瓜洲》等
范仲淹	秋和八年(1015年)春进士及第，任广德军的司理参军，后历任集庆军节度推官、兴化县令、大理寺丞等职	《岳阳楼记》《苏幕遮》《渔家傲》等

人物	简　介	代表作品
晏殊	景德元年(1004 年)，以才名受到真宗嘉赏，赐同进士出身。三年，召试中书，任太常寺奉礼郎。大中祥符元年(1008 年)任光禄寺丞；次年，召试学士院，为集贤校理；三年，任著作佐郎。七年，随真宗祭祀亳州太清宫，赐绯衣银鱼，诏修宝训，同判太常礼院、太常寺丞。尔后，历任左正言、直史馆、王府记室参军、尚书户部员外郎、太子舍人，权知制诰，判集贤殿等职。天禧四年(1020 年)，为翰林学士、左庶子	有集《珠玉词》，其中有《踏莎行》《玉楼春》《浣溪沙》等名词
欧阳修	仁宗天圣八年(1030 年)进士及第，次年任西京，景祐元年(1034 年)，召试学士院，授任宣德郎，充馆阁校勘。后历任夷陵令、右正言、滁州太守，改知扬州、颖州应天府(今河南商丘)，后又相继任刑部尚书、兵部尚书等职，以太子少师致仕	《醉翁亭记》《秋声赋》《采桑子》十首等。
张先	张先于天圣八年(1030 年)进士及第，明道元年(1032 年)为宿州掾，康定元年(1040 年)以秘书丞知吴江县，次年为嘉禾判官。皇祐二年(1050 年)，知永兴军，辟为通判。四年以屯田员外郎知渝州，嘉祐四年(1059 年)，知虢州，后知安陆，世称"张安陆"，治平元年(1064 年)以尚书都官郎中致仕	《减字木兰花》《庆春泽》《定西番》《定风波令》等
柳永	景祐元年(1034 年)，五十岁时进士及第，历任睦州团练推官、余杭县令、晓峰盐场监和泗州判官等职，官至"屯田员外郎"，世称"柳屯田"	《定风波》《雨霖铃》《满江红》《望海潮》《忆帝京》等
梅尧臣	少时应进士不第，以荫补河南主簿。五十岁后，于皇祐三年(1051 年)始得宋仁宗召试，赐同进士出身，为太常博士。以欧阳修荐，为国子监直讲，累迁尚书都官员外郎，故世称"梅直讲""梅都官"	《鲁山山行》《东溪》《田家语》《猛虎行》等

续表

人物	简　　介	代表作品
苏舜钦	初以父任补太庙斋郎，调荥阳县尉，历任大理评事、集贤殿校理、监进奏院等职、湖州长史等职	《大风》《城南归值大风雪》《淮中晚泊犊头》等
曾巩	嘉祐二年(1057年)登进士第，嘉祐四年(1059年)，任太平州司法参军，后历任馆阁校勘、集贤校理，越州通判、齐州、襄州、洪州、福州、明州、亳州等知州，史官修撰，管勾编修院，判太常寺兼礼仪事。元丰五年(1082年)，拜中书舍人	《上欧阳舍人书》《上蔡学士书》《赠黎安二生序》等
苏轼	嘉祐二年(1057年)进士及第，嘉祐六年(1061年)，苏轼应中制科考试，授大理评事、签书凤翔府判官，后任杭州通判，知密州、徐州、湖州等地，历任黄州团练副使、礼部郎中、起居舍人、中书舍人、翰林学士，知制诰，知礼部贡举等多职，故有"历典八州，行程万里"之说	《赤壁赋》《石钟山记》《饮湖上初晴后雨》《念奴娇·赤壁怀古》等
黄庭坚	英宗治平四年(1067年)进士及第，历任叶县尉、校书郎、著作佐郎、秘书丞、涪州别驾、黔州安置等职	《寄黄几复》《题落星寺》《双井茶送子瞻》《雨中登岳阳楼望君山二首》等
陈师道	元祐二年(1087年)，受苏轼等人任徐州州学教授，历仕太学博士、颍州教授、秘书省正字等职	《示三子》《别三子》《舟中》等
陈与义	政和三年(1113年)登上舍甲科，授开德府教授，累迁太学博士，晋升为符宝郎，不久贬为陈留郡酒税监，后历任礼部侍郎、湖州令、江州令、中书舍人、直学士院、翰林学士等职，官至参知政事(副宰相)	《巴丘书事》《再登岳阳楼感慨赋诗》《除夜》等

人物	简 介	代表作品
曾几	历任江西、浙西提刑、秘书少监、礼部侍郎。徽宗朝，以兄弼恤恩授将仕郎，试吏部优等，擢国子正兼钦慈皇后宅教授，后迁辟雍博士，除校书郎。历任应天少尹、淮东茶盐、广西运判，历江西、浙西提刑、广西转运副使、浙东提刑、秘书少监、礼部侍郎等职，以左通议大夫致仕	《三衢道中》《苏秀道中，自七月二十五日夜大雨三日，秋苗以苏，喜而有作》等
晁补之	大宋元丰二年（1079 年）进士及第，授澶州司户参军。元祐初，任太学正，著作佐郎，后以秘阁校理通判扬州，后知齐州、应天府、亳州、监处州、信州、达州、泗州等地	《摸鱼儿》《万年欢》《盐角儿》《水龙吟·问春何苦匆匆》等
晏几道	是否曾应进士第资料不详，但确曾历任颍昌府许田镇监、乾宁军通判、开封府判官等职	《小山词》《临江仙·梦后楼台高锁》《鹧鸪天·彩袖殷勤捧玉钟》等
秦观	元丰八年（1085 年）进士及第，初为定海主簿、蔡州教授，元祐二年（1087 年）苏轼引荐为太学博士，后迁秘书省正字，兼国史院编修官，历任杭州通判、处州监酒税等职，后徙郴州，编管横州，又徙雷州，徽宗即位后秦观被任命为复宣德郎	《满庭芳》《鹊桥仙》《阮郎归》《淮海集》等
贺铸	以荫授右班殿直，后出监临城县酒税，历任承事郎、太府寺主簿、宣议郎、奉议郎，泗州、太平州通判等职，大观三年（1109 年）以承议郎致仕	《青玉案·横塘路》《鹧鸪天·半死桐》《芳心苦》等
周邦彦	神宗时为太学生，因歌颂新法被擢为太学正，国子主簿，徽猷阁待制，提举大晟府，累官庐州教授、知溧水县等	《兰陵王·柳》《六丑·蔷薇谢后作》《满庭芳·夏日溧水无想山作》等

续表

人物	简　　介	代表作品
李清照	女词人，未仕	《一剪梅》《声声慢》《如梦令》等
朱敦儒	绍兴二年（1132年），经人举荐，高宗诏为右迪功郎，赴临安任职，赐进士出身，授秘书省正字，后兼兵部郎官，迁两浙东路提点刑狱，以鸿胪少卿致仕	《鹧鸪天·西都作》《卜算子》《相见欢》等
张元干	政和初，为太学上舍生，宣和七年（1125年），任陈留县丞。靖康之难中投笔从戎，入李纲行营使幕府，后以将作监致仕	《石州慢·己酉秋吴兴舟中作》《贺新郎·送胡邦衡待制》等
叶梦得	绍圣四年（1097年）登进士第，调丹徒尉，徽宗时官翰林学士，历任户部尚书、尚书左丞、江东安抚大使（兼知建康府）、行宫留守等职	《石林燕语》《石林词》《石林诗话》等
陆游	高宗时应礼部试，为秦桧所黜；孝宗时赐进士出身，中年入蜀，投身军旅生活，官至宝章阁待制，历任宁德县主簿、镇江通判、夔州通判等职	《示儿》《关山月》《书愤》《游山西村》《临安春雨初霁》等
杨万里	绍兴二十四年（1154年）进士及第，历任国子博士、太常博士、太常丞兼吏部右侍郎、广东常平茶盐公事、广东提点刑狱、吏部员外郎等职	《初入淮河四绝句》《舟过扬子桥远望》《过扬子江》等
范成大	绍兴二十四年（1154年）进士及第，初授户曹，又任监和剂局、处州知府，以起居，假资政殿大学士出使金朝，后历任静江、咸都、建康等地行政长官。淳熙时，官至参知政事	《四时田园杂兴六十首》《石湖诗集》《石湖词》等
辛弃疾	二十一岁参加抗金义军，不久归南宋。历任湖北、江西、湖南、福建、浙东安抚使等职	《水龙吟·登建康赏心亭》《永遇乐·京口北固亭怀古》《破阵子·为陈同甫赋壮词以寄》等

续表

人物	简　介	代表作品
姜夔	少年孤贫，屡试不第，后终身未仕，一生转徙江湖	《暗香》《扬州慢》等
吴文英	《宋史》无传，一生未第，游幕终生	《莺啼序》《八声甘州·陪庾幕诸公游灵岩》等
文天祥	宝祐四年(1256年)文天祥上京赴考，殿试时为理宗钦点为一甲第一名，后知瑞州，咸淳六年(1270年)九月，被免官后回家乡隐居，后复仕历任湖南提刑等职	《过零丁洋》《正气歌》等
朱熹	绍兴十八年(1148年)进士及第，初任泉州同安县主簿。任满后，辞官，潜心理学研究，四处讲学	《四书章句集注》《楚辞集注》《晦庵词》等
叶绍翁	长期隐居钱塘西湖之滨，未仕	《游园不值》、田家三咏等
真德秀	南宋庆元五年(1199年)进士及第，授南剑州判官。再试，中博学宏词科，被闽帅萧逵聘为幕僚，旋召为太学正，宁宗嘉定元年(1208年)升为博士官，后知泉州、福州。理宗时期再度历知泉州、福州，皆有政绩，后召为户部尚书，再改翰林学士、最后拜参知政事	《行状》等
元好问	兴定五年(1221年)进士及第，不就选；正大元年(1224年)，中博学宏词科，授儒林郎，充国史院编修，历镇平、南阳、内乡县令。八年(1231年)秋，受诏入都，除尚书省掾、左司都事，转员外郎；金亡不仕	《遗山文集》四十卷、《遗山乐府》五卷、《续夷坚志》四卷等

元　代

注：因元代科举考试时行时废，这一时期不仅赴考人大为减少，且读书人地位降低，故赴举人或中举人的资料也相当匮乏，许多有名的作者均资料不详。

续表

人物	简　　介	代表作品
董解元	生卒年及其他资料均不详，"解元"两字疑是当时读书人之通称	《西厢记诸宫调》
关汉卿	生平资料不详，据元代后期戏曲家钟嗣成《录鬼簿》的记载，"关汉卿，大都人，太医院尹，号已斋叟"	《窦娥冤》《救风尘》《单刀会》等
王实甫	生平资料不详，从其曲中"红尘黄阁昔年羞""高抄起经纶大手"等句来看，似曾在京城任高官	《西厢记》《破窑记》《芙蓉亭》等
白朴	出身官僚士大夫家庭，其父白华为金宣宗三年(1215年)进士，官至枢密院判，但朴终身未仕	《梧桐雨》《墙头马上》等
马致远	青年时期仕途坎坷，中年中进士，曾任浙江省官吏，后在大都任工部主事。晚年不满时政，隐居田园	《汉宫秋》《天净沙·秋思》《东篱乐府》等
纪君祥	生平资料不详	《赵氏孤儿》《松阴梦》
杨显之	生平资料不详	《潇湘雨》
尚仲贤	生卒资料不详，曾任江浙省务提举，后弃官归隐	《柳毅传书》《气英布》《三夺槊》等
郑延玉	生平资料不详	《看钱奴》
石君宝	生平资料不详	《秋胡戏妻》《紫云亭》等
吴昌龄	生卒年不详，前期曾从事过军屯，后期升任婺源知州	《东坡梦》《西天取经》等
郑光祖	生平资料不详，《录鬼簿》说他"以儒补杭州路吏"，可知他早年习儒为业	《迷青琐倩女离魂》《虎牢关三战吕布》《倩女离魂》等
乔吉	生平资料不详	《两世姻缘》《扬州梦》《金钱记》等

续表

人物	简 介	代表作品
方回	南宋理宗时登进士第,知严州。降元,授建德路总管。后罢官,往来杭歙间	《瀛奎律髓》四十九卷
刘因	元世祖至元十九年(1282年)应召入朝,为承德郎、右赞善大夫,不久借口母病辞官归乡	《登武遂北城》《塞翁行》《武当野老歌》《和陶诗》《豳风图》等
卢挚	至元五年(1268年)进士及第,历任廉访使、翰林学士等职	《双调·沉醉东风》《秋景》等
姚燧	至元十二年(1275年),被许衡任命为秦王府文学,官翰林学士承旨、集贤大学士等职	《中吕·醉高歌》《感怀》《越调·凭栏人》《寄征衣》等
金仁杰	生年不详,小试钱穀,给由江浙,与钟嗣成交往,二十年如一日。天历元年冬,授建康崇宁务官	《萧何月下追韩信》
耶律楚材	契丹贵族,初仕金,为开州同知、左右司员外郎。窝阔台汗三年(1231年),任中书令(宰相)	《过阴山和人韵》《和移剌继先韵》等
明 代		
罗贯中	生卒年及生平资料不详,唯一可看到的是明代无名氏编著的《录鬼簿续编》上写:"罗贯中,太原人,号湖海散人……"	小说《三国演义》,剧本《隋唐两朝志传》《赵太祖龙虎风云会》等
施耐庵	元延祐元年(1314年)中秀才,泰定元年(1324年)中举人,至顺二年(1331年)登进士。不久任钱塘县尹,应张士诚邀为军幕,后入江阴祝塘财主徐骐家中坐馆,为避祸,隐居白驹	《水浒传》(今有人证或是假托)
高启	元末受淮南行省参知政事饶介守邀,应为幕僚。洪武初,以荐参修《元史》,授翰林院国史编修官,受命教授诸王,后擢户部右侍郎	《青丘子歌》《登金陵雨花台望大江》《池上雁》等

续表

人物	简　　介	代表作品
宋濂	明初，就任江南儒学提举，为太子(朱标)讲经。洪武二年(1369年)奉命主修《元史》，累官至翰林院学士承旨、知制诰	《送东阳马生序》《书斗鱼》等
刘基	元统元年(1333年)进士及第，闲居三年。至元二年(1336年)，授江西高安县丞。至正三年(1343年)，出任江浙儒副提举，兼任行省考试官。至正二十年(1360年)，应朱元璋请至应天任谋臣。明洪武三年(1370年)，授为弘文馆学士	《郁离子》集、《卖柑者言》《活水源记》等
李东阳	天顺八年(1464年)进士及第，选庶吉士，不久授编修，参与修撰《英宗实录》。成化三年(1467年)书成，升从六品俸，后迁侍讲，旋入经筵侍班。十六年，为应天乡试考官。二十年，再迁侍讲学士，辅太子诵习。孝宗弘治二年(1489年)，补原官加左庶子，预修《宪宗实录》，书成，升太常寺少卿	《怀麓堂集》《怀麓堂诗话》《燕对录》等
李梦阳	弘治六年(1493年)举陕西乡试第一，次年进士及第。丁忧守制。弘治十一年(1498年)，出任户部主事，后迁郎中。曾因触犯权贵两次下狱	《述愤》《离愤》《自从行》《叫天歌》等
何景明	弘治十五年(1502年)进士及第，授中书舍人，后官至陕西提学副使	《津市打渔歌》等
王世贞	嘉靖二十六年(1547年)进士及第，授刑部主事，屡迁员外郎、郎中，又为青州兵备副使。历任浙江右参政、山西按察使、广西右布政使、太仆寺卿、右副都御史、应天府尹、南京刑部右侍郎、南京刑部尚书等职	《弇山堂别集》《嘉靖以来首辅传》《觚不觚录》《弇州山人四部稿》等
李攀龙	嘉靖十九年(1540年)乡试第二名，三年后赐同进士出身。嘉靖三十二年(1553年)，历任顺天乡试同考官、刑部广东司主事、刑部员外郎、刑部山西司郎中等职	《登黄榆、马陵诸山是太行绝顶处四首》《挽王中丞八首》等

人物	简　　　介	代表作品
归有光	嘉靖十九年(1540年)中举,后曾八次应进士试皆落第。嘉靖四十四年(1565年)六十岁始登进士第,授湖州长兴县知县,调任顺德通判,后由大学士高拱、赵贞吉推荐,于隆庆四年(1570年)为南京太仆寺丞,留掌内阁制敕,修《世宗实录》	《先妣事略》《思子亭记》《项脊轩志》《寒花葬志》等
王九思	孝宗弘治九年(1496年)及进士第。武宗正德四年(1509年),升任吏部考功员外郎等职。后因刘瑾案被迫归乡	诗文集《渼陂集》、杂剧《沽酒游春》《中山狼》等
康海	弘治十五年(1502年)登进士第一,升为翰林院修撰兼经筵讲官,曾参与修宪宗、孝宗两朝实录。后因李梦阳事,以文为身累,倦于修辞	诗文集《对山集》、杂剧《中山狼》、散曲集《沜东乐府》等
徐渭	二十岁时成为生员,嘉靖二十六年(1547年)在山阴城东赁房设馆授徒,四十岁才中举人。后来为浙闽总督作幕僚,曾入胡宗宪幕府	《四声猿》《歌代啸》等
高濂	能诗文,兼通医理,擅养生。其他资料不详	《遵生八笺》《玉簪记》等
李开先	嘉靖八年(1529年)进士及第,任职户部。嘉靖十一至二十一年(1532—1542年),历任吏部考功司主事、稽勋司员外、文选司郎中、太常寺少卿等职,并曾提督四夷馆	《宝剑记》等
梁辰鱼	未仕	《浣纱记》等
汤显祖	十四岁补县诸生,三十四岁中进士,在南京先后任太常寺博士、詹事府主簿和礼部祠祭司主事等职,后调任浙江遂昌县知县,万历二十六年(1598年)愤而弃官归里	《牡丹亭》《邯郸记》《南柯记》《紫钗记》等
孟称舜	崇祯时诸生、训导,力以励风俗、兴教化为己任。朔望升堂讲道,阐明濂闽心学,课士严正,毋敢或哗。入清,尝为松阳令	《娇红记》《桃花人面》等

人物	简　　介	代表作品
吴承恩	科考不利，屡试不第，至中年才补上"岁贡生"，后流寓南京，晚年因家贫出任长兴县丞，不久愤而辞官，贫老以终	《西游记》、《射阳先生存稿》四卷
阮大铖	万历四十四年（1616年）进士及第。天启初，由行人擢给事中，为太常少卿。崇祯十七年（1644年），福王在南京即帝位，马士英执政，阮大铖得其荐举，被起用为兵部右侍郎，不久晋为兵部尚书。后降清，得受内院职衔	《春灯谜》《燕子笺》《双金榜》《牟尼合》等
冯梦龙	屡试不第，崇祯三年（1630年）五十七岁时补为贡生，次年破例授丹徒训导，七年（1634年）升任福建寿宁知县。四年以后回到家乡。曾在清兵南下时，以七十岁高龄，奔走反清	"三言"：《喻世明言》《警世通言》《醒世恒言》
凌濛初	十二岁入学补弟子员（县学生），屡试不中。十八岁补廪膳生，五中副车（乡试的副榜贡生），崇祯七年（1634年）五十五岁以副贡选任上海县丞，崇祯十五年擢徐州判官	"二拍"：《初刻拍案惊奇》《二刻拍案惊奇》
瞿佑	生于明经世家，洪武时期，由贡士荐授仁和训导，历任浙江临安教谕、河南宜阳训导、周王府长史等职。永乐年间，因作诗获罪，谪戍保安（今河北怀柔一带）十年。洪熙元年（1425年）英国公张辅奏请赦还，先在英国公家主持家塾三年，后官复原职，内阁办事，后归居故里，以著述度过余年	《剪灯新话》《乐府遗音》《归田诗话》等
李昌祺	永乐二年（1404年）进士及第，选翰林院庶吉士，曾参与修撰《永乐大典》，擢礼部主客郎中。永乐十七年（1419年）因过失被撤职，罚役房山。洪熙元年（1425年）以才望卓异重新起用，迁广西布政使，正统四年（1439年）告病致仕	《剪灯余话》《运甓漫稿》等

人物	简　　介	代表作品
李贽	嘉靖三十年(1551年)中福建乡试举人。嘉靖三十五年(1556年)授河南共城教谕。三十九年(1560年)，擢南京国子监博士，嘉靖四十二年(1563年)任北京国子监博士。隆庆四年(1570年)，调任南京刑部员外郎，万历五年(1577年)，出任云南姚安知府公余之暇，从事讲学	《焚书》《继焚书》《藏书》等
袁宏道	万历二十年(1592年)登进士第，万历二十三年(1595年)谒选为吴县知县，二十六年(1598年)，授顺天府教授。越二年，补礼部仪制司主事，数月即请告归。后迁官至稽勋郎中，不久即谢病归里	《山阴道》《戏题斋壁》《初至绍兴》《西湖》等
袁宗道	万历十七年(1589年)进士及第，次年任翰林院编修，授庶吉士，仕至右庶子	《戒坛山一》《上方山》《小西天一》等
袁中道	万历四十四年(1616年)进士及第，授徽州府教授，历任国子监博士、南京吏部主事、南京吏部郎中等职	《听泉》《游荷叶山记》等
钟惺	万历三十八年中(1610年)进士及第，授行人，掌管诗诰及册封事宜。次年，他以奉节使臣出使成都；后又出使山东。万历四十三年(1615年)，再赴贵州，主持乡试。后迁工部主事，又由北京调往江南，任南京礼部祭祠司主事，迁南京礼部仪制司郎中	《宿乌龙潭》、《诗归》(与谭元春合编)等
谭元春	天启七年(1627年)乡试第一，后屡举进士不第。崇祯十年(1637年)，赴京会试，不幸病死于旅舍	《游九峰山》《咏九峰山泉》《诗归》等
张岱	生于世宦之家，终生未仕	《西湖七月半》《湖心亭看雪》《陶庵梦忆》等
陈子龙	崇祯十年进士及第，曾任绍兴推官，论功擢兵科给事中，命甫下而明亡	《岁暮作》、《秋日杂感》十首等

人物	简　　　介	代表作品
夏完淳	生于名士之家，未仕，17 岁即被清兵杀害	《土室余论》《狱中上母书》《别云间》等
清　代		
顾炎武	十四岁取得诸生资格，崇祯十六年(1643 年)夏，以捐纳成为国子监生。清兵入关后，由昆山县令杨永言之荐，投入南明朝廷，任兵部司务。后为抗清奔走一生	《日知录》《音学五书》《军制论》《天下郡国利病书》等
黄宗羲	崇祯十五年(1642 年)科举落第，顺治三年(1646 年)二月，被鲁王任兵部职方司主事，六年升左副都御史。顺治十年(1653 年)九月，始著书讲学，康熙二年至十八年(1663—1679 年)，于慈溪、绍兴、宁波、海宁等地设馆讲学	《云门游记》《山居杂咏》《感旧》《书事》等
王夫之	十四岁中秀才，崇祯十五年(1642 年)中举。明亡后誓不出仕	《读通鉴论》《宋论》《尚书引义》《读四大全说》等
屈大均	顺治七年(1650 年年)，为避祸，削发为僧。康熙十二年(1673 年)，被吴三桂委为广西按察司副司，不久辞去，后未仕	《大同感叹》《菜人哀》《猛虎行》《旧京感怀》等
候方域	少有才名，十五岁中秀才，入清未仕	《朋党论》《与方密之书》等
钱谦益	明万历三十八年(1610 年)进士及第，官至礼部侍郎。后降清，仍为礼部侍郎	《初学集》《有学集》《投笔集》等
吴伟业	崇祯四年(1631 年)进士及第，授翰林院编修，十年(1637 年)东宫讲读官，十二年(1639 年)，再迁南京国子监司业，十三年(1640 年)，升中允谕德，十六年(1643 年)，升庶子。顺治十年(1653 年)，不得已应诏入都，授秘书院侍讲，寻升国子监祭酒。顺治十四年(1657 年)，辞官归里	《永和宫词》《洛阳行》《萧史青门曲》《圆圆曲》等

人物	简　　　介	代表作品
陈维崧	清初诸生，康熙十八年（1679 年）举博学鸿词，授翰林院检讨。五十四岁时参与修纂《明史》	《醉落魄·咏鹰》《夏初监·本意》等
朱彝尊	清康熙己未（1679 年）举博学鸿词，以布衣授翰林院检讨，入直南书房，出典江南省试。后罢归，殚心著述	《经义考》《日下旧闻》《曝书亭集》等
纳兰性德	康熙十五年（1676 年）进士，官至一等侍卫，一生淡泊名利	《忆王孙》《山花子》《钦水集》等
王士禛	顺治十五年（1658 年）戊戌科进士，顺治十六年（1659 年），任扬州推官，康熙十七年（1678 年），受康熙帝召见，转侍读，入值南书房，升礼部主事。康熙四十三年（1704 年），官至刑部尚书。不久，因罪革职回乡。康熙四十九年（1710 年），特诏官复原职	《池北偶谈》《香祖笔记》《渔洋文略》《渔洋诗集》《带经堂集》《感旧集》《五代诗话》等
李玉	生平资料不详，焦循《剧说》卷四曰："元玉系申相国家人，为申公子所抑，不得应科试，因著传奇以抒其愤。"	《一捧雪》《占花魁》《永团圆》等
李渔	十八岁补博士弟子员，在明代中过秀才，进士不第，入清后无意仕进	《闲情偶记》、《凤求凰》、《肉蒲团》（一说为假托）等
洪昇	康熙七年（1668 年）北京国子监肄业，二十年均科举不第，白衣终身	《长生殿》等
孔尚任	康熙二十三年（1684 年）得康熙赏识，破格授为国子监博士，赴京就任。康熙二十九年（1690 年），奉调回京，历任国子监博士、户部主事、广东司外郎等职。次年三月，被免职，两年后回乡隐居	《桃花扇》等

续表

人物	简　介	代表作品
蒲松龄	十九岁应童子试，接连考取县、府、道三个第一，名震一时。补博士弟子员。后屡试不第，直至七十一岁时才成岁贡生。为生活所迫，他除了应同邑人宝应县知县孙蕙之请，为其做幕宾数年之外，主要是在本县西铺村毕际友家做塾师	《聊斋志异》等
吴敬梓	生于科举世家，二十九岁时在滁州参加科考，不第；雍正十三年（1735年），应巡抚赵国麟荐以应"博学鸿词"，不赴。后罢举，不仕	《儒林外史》等
曹雪芹	少年家境富裕，后没落。曾在后族学堂"右翼宗学"做掌管文墨的杂役，终身未仕	《红楼梦》
沈德潜	乾隆元年（1736年）荐举博学鸿词科，不第。从二十二岁参加乡试起，共参加科举考试十七次，最终在乾隆四年（1739年）进士及第，时年六十七岁。乾隆七年（1742年），授翰林院编修，次年迁左中允，累迁侍读、左庶子、侍讲学士。乾隆十二年（1747年），命在尚书房行走，又擢礼部侍郎。乾隆十三年（1748年），充会试副考官，以原衔食俸。乾隆十六年（1751年），加礼部尚书衔	《古诗源》《唐诗别裁》《明诗别裁》《清诗别裁》等
翁方纲	乾隆十七年（1752年）进士及第，授编修。历督广东、江西、山东三省学政，官至内阁学士、左鸿胪寺卿等	《粤东金石略》《苏米斋兰亭考》《复初斋诗文集》等
袁枚	乾隆四年（1739年）进士及第，授翰林院庶吉士。乾隆七年（1742年）外调做官，曾任沭阳、江宁、上元等地知县。后辞官养母，在江宁购置隋氏废园，改名"随园"，筑室定居，世称"随园"先生	《小仓山房集》《子不语》《随园诗话》等

人物	简 介	代表作品
蒋士铨	二十三岁开始北上求仕,屡试三次未第,乾隆二十二年(1757年)始进士及第,授庶吉士,三年后授翰林院编修。历任顺天乡试同考官和续文献通考纂修官,乾隆二十九年(1764年)辞官南归	《红雪楼九种曲》《京师乐府词十六首》等
郑板桥	康熙时秀才、雍正时举人、乾隆元年(1736年)进士及第,未仕。卖画为生	《孤儿行》《私刑恶》《悍吏》等
黄景仁	十七岁补博士弟子员,但屡应乡试不第。乾隆四十一年(1776年)应乾隆帝东巡召试取二等,授武英殿书签官。乾隆四十三(1778年),受业于鸿胪寺少卿王昶门下,后入陕西巡抚毕沅幕府,捐补县丞	《杂感》《都门秋思》《悲来行》等
方苞	康熙四十五年(1706年)进士及第。时母病回乡,未应殿试。康熙六十一年(1722年),充武英殿修书总裁。雍正九年(1731年)授詹事府左春坊左中允,次年迁翰林院侍讲学士。雍正十一年(1733年),提升为内阁学士,任礼部侍郎,充《一统志》总裁。雍正十三年(1735年),充《皇清文颖》副总裁。清乾隆元年(1736年),再次入南书房,充《三礼书》副总裁。乾隆四年(1739年),被遣革职,仍留三礼馆修书。乾隆七年,因病告老还乡,乾隆帝赐翰林院侍讲衔	《游雁荡记》《狱中杂记》《左忠毅中逸事》等
姚鼐	乾隆二十八年(1763年)进士及第,任礼部主事、四库全书纂修官等。年四十,辞官南归,先后主讲于扬州梅花、江南紫阳、南京钟山等地书院四十多年	《登泰山记》《游灵岩记》《古文辞类纂》等

续表

人物	简　　　介	代表作品
汪中	清乾隆二十八年(1763年)补诸生。乾隆三十三年(1768年),乡试落第,遂不复应试,专心治学。乾隆四十二年(1777年),举为拔贡生,历任太平知府沈业富、宁绍台道冯廷丞、安徽学政朱筠管书记。乾隆五十五年(1790年),应聘至镇江文宗阁检校《四库全书》	《哀盐船文》《广陵对》《汉上琴台之铭》等
张惠言	嘉庆四年(1799年)进士及第,授庶吉士,充实录馆纂修官。六年(1781年),改翰林院编修	《游黄山赋》《赁春赋》《送恽子居序》《词选序》等
李百川	生卒年及生平事迹均不详,曾辗转做幕宾	《绿野仙踪》
李汝珍	因不屑八股文,终生官职不达(有否应进士举资料不详),曾任河南县丞	《镜花缘》等

小结:笔者在此统计了西汉至清末218位极具代表性和为我们所熟知的作者,可以看到,他们中的绝大多数曾有过"仕"的经历或曾经为"入仕"而努力过。未有过"入仕"经历的只有15位,占统计总数的7%,而且其中还包括9个资料不详的人。因此,说中国古代作者的"官僚"身份具有普遍性显然并不为过。

参 考 文 献

一、国内主要参考文献

[1]王先慎集解．诸子集成本[M]．北京：中华书局，1954.

[2]汪受宽译注．孝经[M]．上海：上海古籍出版社，2007.

[3]王文锦译解．礼记译解[M]．北京：中华书局，2001.

[4]吕友仁译注．周礼译注[M]．郑州：中州古籍出版社，2004.

[5]王文锦译注．大学中庸释义[M]．北京：中华书局，2008.

[6][唐]孔颖达疏．十三经注疏[M]．北京：北京大学出版社，1999.

[7][唐]孔颖达正义．礼记正义[M]．上海：上海古籍出版社，2008.

[8]周振甫译注．诗经译注[M]．北京：中华书局，2002.

[9]李民，王健译注．尚书译注[M]．上海：上海古籍出版社，2004.

[10]杨伯峻译注．论语译注[M]．北京：中华书局，2009.

[11]杨伯峻译注．孟子译注[M]．北京：中华书局，1984.

[12][清]王先谦译注．荀子集解[M]．北京：中华书局，1988.

[13]陈鼓应译注．庄子今注今译[M]．北京：中华书局，1983.

[14][汉]司马迁．史记[M]．[宋]裴骃集解，张守节正义．北京：中华书局，1956.

[15][汉]班固．汉书[M]．[唐]颜师古注．北京：中华书局，1983.

[16]［汉］班固．白虎通义［M］．北京：中华书局，1985.

[17]［汉］刘安．淮南子［M］．马庆洲注评．南京：凤凰出版传媒集团，2009.

[18]［汉］许慎．说文解字［M］．［宋］徐铉校定．南京：江苏古籍出版社，2001.

[19]［汉］王充．论衡［M］．北京：中华书局，1985.

[20]［汉］刘向集录．战国策［M］．上海：上海古籍出版社，1985.

[21]许维遹集释．韩诗外传集释［M］．北京：中华书局，1980.

[22]［晋］李轨注．扬子法言［M］．北京：中华书局，1954.

[23]向新阳，刘克任校注．西京杂记校注［M］．上海：上海古籍出版社，1991.

[24]周振甫．文心雕龙今译［M］．北京：中华书局，1986.

[25]［魏］曹丕．典论［M］．孙冯翼辑．北京：中华书局，1985.

[26]易健贤译注．魏文帝集全译［M］．贵阳：贵州人民出版社，2008.

[27]［南朝宋］范晔．后汉书［M］．［唐］李贤，等注．北京：中华书局，1965.

[28]［唐］房玄龄．晋书［M］．北京：中华书局，1974.

[29]［唐］裴庭裕．东观奏记［M］．田延柱点校．北京：中华书局，1994.

[30]［唐］杜佑．通典［M］．王文锦，等点校．北京：中华书局，1988.

[31]［唐］李肇，等．唐国史补［M］．上海：上海古籍出版社，1979.

[32]［唐］康骈．剧谈录［M］．上海：古典文学出版社，1958.

[33]［唐］孟棨．本事诗［M］．李学颖标点．上海：上海古籍出版社，1991.

[34]［唐］赵璘．因话录（卷3）［M］．北京：中华书局，1985.

[35]白居易集［M］．顾学颉校点．北京：中华书局，1979.

[36]马其昶校注,马茂元整理.韩昌黎文集校注[M].上海:上海古籍出版社,1987.

[37]赵殿笺注.王右丞集笺注[M].上海:上海古籍出版社,1984.

[38]柳宗元集[M].北京:中华书局,1979.

[39]孙望校.元次山集[M].北京:中华书局,1960.

[40]李太白全集[M].北京:中华书局,1977.

[41]赵贞信校注.封氏闻见记校注[M].北京:中华书局,2005.

[42]冯浩笺.玉溪生诗集笺注[M].上海:上海古籍出版社,1979.

[43]李商隐选集[M].周振甫选注.上海:上海古籍出版社,1986.

[44]冀勤点校.元稹集[M].北京:中华书局,1982.

[45][五代]王定保.唐摭言[M].上海:上海古籍出版社,1978.

[46][五代]孙光宪.北梦琐言[M].贾二强点校.北京:中华书局,2002.

[47][后晋]刘昫,等.旧唐书[M].北京:中华书局,1975.

[48][西晋]陈寿.三国志[M].裴松之注释.北京:中华书局,2006.

[49][宋]薛居正,等.旧五代史[M].北京:中华书局,1976.

[50][宋]王谠.唐语林校证[M].周勋初校证.北京:中华书局,1987.

[51][宋]朱熹.四书章句集注[M].北京:中华书局,1983.

[52][宋]朱熹.四书或问[M].黄珅校点.上海:上海古籍出版社,2001.

[53][宋]朱熹集传.诗经[M].[清]方玉润评.上海:上海古籍出版社,2009.

[54]朱子全书[M].朱杰人,严佐之,刘永翔主编.上海:上海古籍出版社,2002.

[55][宋]赞宁.宋高僧传[M].北京:中华书局,1987.

[56]［宋］苏轼．经进东坡文集事略[M]．郎晔选注．北京：文学古籍刊行出版社，1957.

[57]［宋］王溥．唐会要[M]．北京：中华书局，1955.

[58]［宋］李焘．续资治通鉴长编[M]．［清］黄以周，等辑补．上海：上海古籍出版社，1980.

[59]［宋］庞元英．文昌杂录[M]．北京：中华书局，1985.

[60]［宋］王钦若，等编．宋本册府元龟[M]．北京：中华书局，1989.

[61]［宋］欧阳修，宋祁．新唐书[M]．北京：中华书局，1975.

[62]［宋］司马光．司马氏书仪[M]．北京：中华书局，1985.

[63]［宋］李昉．太平御览[M]．北京：中华书局，1960.

[64]［宋］计有功．唐诗纪事[M]．北京：中华书局，1965.

[65]陆游集[M]．北京：中华书局，1976.

[66]郭绍虞校释．沧浪诗话校释[M]．北京：人民文学出版社，1983.

[67]陈克明注释．周敦颐集[M]．北京：中华书局，2009.

[68]［宋］赵彦卫．云麓漫钞[M]．北京：中华书局，1985.

[69]朱子文集[M]．北京：中华书局，1985.

[70]［宋］黎靖德编．朱子语类[M]．王星贤点校．北京：中华书局，1983.

[71]［宋］胡仔．苕溪渔隐丛话[M]．廖德明校点．北京：人民文学出版社，1962.

[72]洪本健校笺．欧阳修诗文集校笺[M]．上海：上海古籍出版社，2009.

[73]高克勤．王安石诗文选评[M]．上海：上海古籍出版社，2002.

[74]王延梯选注．王禹偁文选[M]．北京：人民文学出版社，1996.

[75]四川大学古籍整理研究所．全宋文[M]．成都：巴蜀书社，1991.

[76]李修生主编．全元文[M]．南京．凤凰出版社，2004.

[77][元]脱脱，等．宋史[M]．北京：中华书局，1977.

[78][元]脱脱，等．金史[M]．北京：中华书局，1975.

[79][元]马端临．文献通考[M]．北京：中华书局，1986.

[80]陈高华，等点校．元典章[M]．北京：中华书局，2011.

[81]李梦生校点．揭傒斯全集[M]．上海：上海古籍出版社，1985.

[82]蓝立萱校注．贪校详注关汉卿集[M]．北京：中华书局，2006.

[83][明]李贽．焚书[M]．北京：中华书局，1975.

[84][明]谈迁．国榷[M]．北京：中华书局，1958.

[85][明]陈子龙．皇明诗选[M]．上海：华东师范大学出版社，1991.

[86]上海文献丛书编辑委员会．陈子龙文集[M]．上海：华东师范大学出版社，1988.

[87][清]赵翼．廿二史札记[M]．北京：商务印书馆，1958.

[88][清]董诰，等编．全唐文[M]．北京：中华书局，1983.

[89][清]陈世熙．唐人说荟(影印)[M]．扫叶山房石印，宣统三年．

[90][清]刘熙载．艺概[M]．上海：上海古籍出版社，1978.

[91][清]王夫之．姜斋诗话[M]．郭绍虞主编．北京：人民文学出版社，1961.

[92][清]蒲松龄．聊斋志异[M]．北京：中华书局，2009.

[93]四部丛刊续编(影印)[M]．上海：上海书店出版社，1984.

[94]陈良运主编．中国历代诗学论著选[M]．南昌：百花洲文艺出版社，1995.

[95]钱穆．两汉经学今古文平议[M]．北京：商务印务馆，2001.

[96]程瑞钊，等解析．陈尧佐诗辑佚注析[M]．成都：巴蜀书社，1991.

[97]陈贻欣．杜甫评传[M]．上海：上海古籍出版社，1982.

[98]蒋寅．大历诗人研究[M]．北京：中华书局，1995.

［99］杨波．长安的春天 唐代科举与进士生活［M］．北京：中华书局，2007.

［100］王心扬．东晋士族的双重政治性格研究［M］．上海：上海古籍出版社，2010.

［101］陈弱水．唐代文士与中国思想的转型［M］．桂林：广西师范大学出版社，2009.

［102］王勋成．唐代铨选与文学［M］．北京：中华书局，2001.

［103］赖瑞和．唐代基层文官［M］．北京：中华书局，2008.

［104］孙望，郁贤皓主编．唐代文选［M］．南京：江苏古籍出版社，1991.

［105］葛晓音．诗国高潮与盛唐文化［M］．北京：北京大学出版社，1998.

［106］安旗，薛天纬编．李白年谱［M］．济南：齐鲁书社，1982.

［107］吴文治．韩愈资料汇编［M］．北京：中华书局，1983.

［108］蒋寅．大历诗人研究［M］．北京：中华书局，1995.

［109］程千帆．古诗考索 唐代进士行卷与文学［M］．武汉：武汉大学出版社，2009.

［110］吴宗国．唐代科举制度研究［M］．北京：北京大学出版社，2010.

［111］傅璇琮．唐代科举与文学［M］．西安：陕西人民出版社，2007.

［112］尚永亮．唐五代逐臣与贬谪文学研究［M］．武汉：武汉大学出版社，2007.

［113］于唐．朱自清、胡适、闻一多解读唐诗［M］．沈阳：辽海出版社，2001.

［114］俞钢．唐代文言小说与科举制度［M］．上海：上海古籍出版社，2004.

［115］金滢坤．中晚唐五代科举与社会变迁［M］．北京：人民出版社，2009.

[116]祝尚书.宋代科举与文学考论[M].郑州：大象出版社，2006.

[117]王瑞明.宋代政治史概要[M].武汉：华中师范大学出版社，1989.

[118]姜锡东，李瑞华主编.宋史研究论丛[M].石家庄：河北大学出版社，2005.

[119]陈璧耀.唐宋诗名句品读[M].上海：上海社会科学院出版社，2008.

[120]陈长文.明代科举文献研究[M].济南：山东大学出版社，2008.

[121]巫仁恕.品味奢华：晚明的消费社会与士大夫[M].北京：中华书局，2008.

[122]翟昊，等编.明朝小品：士大夫的哀歌绝唱[M].合肥：黄山书社，2010.

[123]朱一玄编.明清小说资料选编 [M].济南：齐鲁书社，1990.

[124]吴存存.明清社会性爱风气[M].上海：人民文学出版社，2000.

[125]阎步克.士大夫政治演生史稿[M].北京：北京大学出版社，1996.

[126]余英时.士与中国文化[M].上海：上海人民出版社，2003.

[127]扬之水.终朝采蓝：古名物寻微[M].上海：上海三联书店，2008.

[128]扬之水.奢华之色：宋元明金银器研究 [M].北京：中华书局，2010.

[129]赵园.明清之际士大夫研究[M].北京：北京大学出版社，1991.

[130]赵园.制度·言论·心态：明清之际士大夫研究续编[M].北京：北京大学出版社，2006.

[131]赵园.聚合与流散：关于明清之际一个士人群体的叙述[M].北京：中国文联出版社，2009.

[132]陈长文.明代科举文献研究[M].济南：山东大学出版社，2008.

[133]王运熙，顾易生主编.清代文论选[M].北京：人民文学出版社，1999.

［134］吕明涛．见证生命：墓志铭［M］．北京：中华书局，2010.

［135］杨宽．古史新探［M］．北京：中华书局，1965.

［136］俞汝捷．仙鬼妖人：志怪传奇新论［M］．北京：中国工人出版社，1992.

［137］孔令纪，等．中国历代官制［M］．济南：齐鲁书社，1993.

［138］杨随平．中国古代官员选任与管理制度研究［M］．北京：中国社会科学出版社，2008.

［139］阎廷琛，杜九西，张辉编．中国历代清官廉吏（宋辽金元卷）［M］．北京：中国文史出版社，2001.

［140］李泉主编．中国通史教程教学参考（古代卷）［M］．济南：山东大学出版社，2001.

［141］胡翼鹏．中国隐士：身份建构与社会影响［M］．北京：社会科学文献出版社，2011.

［142］孙适民，陈代湘．中国隐逸文化［M］．长沙：湖南出版社，1997.

［143］王瑞来．宰相故事：士大夫政治下的权力场［M］．北京：中华书局，2010.

［144］李向明．大学人文基础知识积累卷［M］．长沙：湖南人民出版社，2007.

［145］郭绍虞．中国历代文论选［M］．上海：上海古籍出版社，1980.

［146］严耕望．严耕望史学论文选集［M］．北京：中华书局，2006.

［147］赵庆培编．古代小品文精华［M］．北京：人民文学出版社，1992.

［148］傅璇琮编．中国古典散文精选注释［M］．北京：清华大学出版社，2009.

［149］蔡镇楚．中国文学批评史［M］．北京：中华书局，2005.

［150］袁行霈主编．中国文学史［M］．北京：高等教育出版社，1999.

［151］游国恩，等．中国文学史［M］．北京：人民文学出版社，1998.

［152］郑振铎．中国俗文学史［M］．北京：中国文联出版社，2009.

［153］李建中．中国古代文论［M］．武汉：华中师范大学出版社，2002.

［154］王国维．宋元戏曲史［M］．北京：中华书局，2010.

［155］王国维．观堂集林［M］．上海：上海古籍出版社，1983.

［156］鲁迅．鲁迅全集［M］．北京：人民文学出版社，1981.

［157］鲁迅．鲁迅自传［M］．南京：江苏文艺出版社，1997.

［158］鲁迅．中国小说史略［M］．长沙：岳麓书社，2010.

［159］鲁迅．且介亭杂文二集［M］．北京：人民文学出版社，1973.

［160］费孝通．乡土中国［M］．北京：人民出版社，2008.

［161］钱理群，温儒敏，吴福辉编．现代文学三十年［M］．北京：北京大学出版社，1998.

［162］王忠祥，聂珍钊．外国文学史［M］．武汉：华中理工大学出版社，1999.

［163］王先霈，王又平主编．文学批评理论术语汇释［M］．北京：高等教育出版社，2006.

［164］苏东斌．人与经济［M］．北京：人民文学出版社，2002.

［165］陈明远．文化人的经济生活［M］．上海：文汇出版社，2005.

［166］闻一多作品精选［M］．北京：人民文学出版社，2009.

［167］叶舒宪．阉割与狂狷［M］．上海：上海文艺出版社，1999.

［168］王蒙．双飞翼［M］．上海：上海三联书店，2006.

［169］罗钢，刘象愚主编．文化研究读本［M］．北京：中国社会科学出版社，2000.

［170］王逢振，盛宁，李自修编．最新西方文论选［M］．桂林：漓江出版社，1991.

［171］曹卫东．中国文学在德国［M］．广州：花城出版社，2002.

［172］徐颖果．文化研究视野中的英美文学［M］．北京：人民文学出版
社，2008.

［173］张汝伦．现代西方哲学十五讲［M］．北京：北京大学出版社，2004.

［174］赵一凡，等．西方文论关键词［M］．北京：外语教学与研究出版
社，2006.

［175］刘岩，等．后现代语境中的文化身份研究［M］．南京：凤凰出版
社，2008.

［176］张静．身份认同研究：观念、态度、理据［M］．上海：上海人民出版
社，2005.

［177］何成洲．跨学科视野下的文化身份认同：批评与探索［M］．北京：
北京大学出版社，2011.

［178］陈国强．简明文化人类学词典［M］．杭州：浙江人民出版社，1990.

［179］张玉能．西方美学思潮［M］．太原：山西教育出版社，2005.

［180］禹建湘．乡土想像：现代性与文学表意的焦虑［M］．长沙：湖南人民
出版社，2008.

二、国外主要参考文献

［1］丹尼·卡瓦拉罗．文化理论关键词［M］．张卫东，张生，赵顺宏，译．
南京：江苏人民出版社，2006.

［2］拉曼·塞尔登．文学批评理论：从柏拉图到现在［M］．刘象愚，等，
译．北京：北京大学出版社，2000.

［3］拉曼·塞尔登，等．当代文学理论导读［M］．刘象愚，译．北京：北
京大学出版社，2006.

［4］乔纳森·卡勒．文学理论入门［M］．李平，译．南京：译林出版

社，2008.

[5] 阿马蒂亚·森.身份与暴力：命运的幻象[M].李风华，陈昌升，袁德良，译.北京：中国人民大学出版社，2009.

[6] 特雷·伊格尔顿.二十世纪西方文学理论[M].伍晓明，译.北京：北京大学出版社，2007.

[7] 拉曼·塞尔登，彼得·威德森，彼得·布鲁克.当代文学理论导读[M].刘象愚，译.北京：北京大学出版社，2006.

[8] 乔治·拉伦.意识形态与文化身份：现代性和第三世界的在场[M].戴从容，译.上海：上海教育出版社，2005.

[9] 斯图亚特·霍尔，保罗·杜盖伊编.文化身份问题研究[M].庞璃，译.开封：河南大学出版社，2010.

[10] 爱德华·W.萨义德.文化与帝国主义[M].李琨，译.上海：上海三联书店，2003.

[11] 爱德华·W.萨义德.东方学[M].王宇根，译.北京：生活·读书·新知三联书店，1999.

[12] 薇思瓦纳珊.权力、政治与文化：萨义德访谈录[M].单德兴，译.北京：生活·读书·新知三联书店，2006.

[13] 大卫·格里芬.后现代精神[M].王成兵，译.北京：中央编译出版社，1988.

[14] 包弼德.斯文：唐宋思想的转型[M].刘宁，译.南京：江苏人民出版社，2001.

[15] 朱迪斯·巴特勒.性别麻烦：女性主义与身份的颠覆[M].宋素凤，译.上海：上海三联书店，2009.

[16] 凯特·米利特.性政治[M].宋文伟，译.南京：江苏人民出版社，2000.

[17] 佳亚特里·斯皮瓦克. 从解构到全球化批判：斯皮瓦克读本[M]. 陈永国，赖立里，郭英剑主编. 北京：北京大学出版社，2007.

[18] 彼得·毕尔格. 主体的退隐[M]. 陈良梅，夏清，译. 南京：南京大学出版社，2004.

[19] 于尔根·哈贝马斯. 现代性的哲学话语[M]. 曹卫东，译. 南京：译林出版社，2004.

[20] 于尔根·哈贝马斯. 现代性的地平线：哈贝马斯访谈录[M]. 李安东，段怀清，译. 上海：上海人民出版社，1997.

[21] 马克思. 1844年哲学经济学手稿[M]. 中央编译局，译. 北京：人民出版社，1985.

[22] 叔本华. 作为意志和表象的世界[M]. 石冲白，译. 北京：商务印书馆，1982.

[23] 尼采. 查拉图斯特拉如是说[M]. 孙周兴，译. 上海：上海人民出版社，2009.

[24] 阿尔都塞. 哲学与政治：阿尔都塞读本[M]. 陈越，译. 长春：吉林人民出版社，2011.

[25] 阿尔都塞. 保卫马克思[M]. 顾良，译. 北京：商务印书馆，2010.

[26] 雅克·德里达. 论文字学[M]. 汪堂家，译. 上海：上海译文出版社，1999.

[27] 阿尔弗雷德·格罗塞. 身份认同的困境[M]. 王鲲，译. 北京：社会科学文献出版社，2010.

[28] 米歇尔·福柯. 知识考古学[M]. 谢强，马月，译. 北京：生活·读书·新知三联书店，2003.

[29] 弗洛伊德. 释梦[M]. 孙名之，译. 北京：商务印书馆，1996.

[30] 索绪尔. 普通语言学教程[M]. 高名凯，译. 北京：商务印书

馆，1980.

[31] 宫崎市定．九品官人法研究：科举前史[M]．韩昇，刘建英，译．北京：中华书局，2008.

[32] 艾柯．诠释与过度诠释[M]．王宇根，译．北京：生活·读书·新知三联书店，1997.

三、主要参考论文

[1]钱穆．读文选[J]．新亚学报，1958(2).

[2]陈寅恪．论韩愈[J]．历史研究，1954(2).

[3]陈铁民．由新发现的韦济墓志看杜甫天宝中的行止[J]．文学遗产，1992(2).

[4]王先霈．以文为戏的文学观对明清艺人小说与文人小说之不同影响[J]．华中师范大学学报，1990(3).

[5]王先霈．"剪灯二种"与明初文人以文为戏的小说观[J]．华中师范大学学报，1986(2).

[6]黄珅．"温柔敦厚"析[J]．文艺理论研究，1983(3).

[7]刘占祥．儒家人伦之"道"、道家自然之"道"与中国古代文论[J]．内蒙古大学学报，2009(4).

[8]郭明辉．略论中国古代文学中的美刺传统[J]．承德师专学报，1986(3).

[9]张明．皮陆小品文浅论[J]．镇江师专学报，1988(2).

[10]周晓琳．明清艳情小说性描写的文化心理解读[J]．船山学刊，2004(3).

[11]袁晓薇．柳宗元对"以文为戏"的贡献[J]．东方丛刊，2006(1).

[12]蒋寅．权德舆与唐代赠序文体之确立[J]．北京大学学报(哲学社会科

学版），2010（2）．

［13］蒲若茜．族裔性的追寻与消解：当代华裔美国作家的身份政治［J］．广东社会科学，2006（1）．

［14］俞吾金．评新儒家的"道"与"道统"［J］．书城，1994（8）．

［15］杨靖．弦外之音细细品：古代诗歌中隐语现象初探［J］．安徽农业大学学报，2003（4）．

［16］刘泽华．战国时期的"士"［J］．历史研究，1987（4）．

［17］刘海峰．科举制的起源与进士科的起始［J］．历史研究，2000（6）．

［18］王希恩．民族认同与民族意识［J］．民族研究，1995（6）．

［19］曹顺庆．文论失语症与文化病态［J］．文艺争鸣，1996（2）．

［20］［英］雷蒙德·威廉斯．文化分析［J］．赵国新，译．外国文学，2000（5）．

后　记

本书的出版颇经波折，书稿的主要内容源于十多年前我的博士毕业论文，当时忙于其他事务，无暇顾及出版书籍，或者说，我在等一个更为合适的契机来出版。

世俗的忙碌让这个计划一拖就是八年，决心要出版时，却又开始担心书稿的内容在这八年间会不会已经落后，主要思想是否因为已有其他人形成论文或出版专著，从而成为已经过时的思想。众所周知，学术研究的价值就在于发现问题的早晚及其新颖度，某些观点放在几年前或许是行业新发现，几年后便成了老生常谈和学术成果层出的研究现象。怀着这种忐忑的心情，我根据本书所涉及的主要学术观点查询相关论文，以及购买与本书研究对象类似，或者某些研究角度比较类似的著作，并查询国外相关理论家的新观点，进行了认真研读。最终，发现我的研究依然有其独到之处和出版价值：

第一，传统研究对中国古代作者身份构成的认识较为简单，忽略了其构成的复杂性和特殊性，且从现有的研究成果来看，依然表现得对中国古代作者身份构成的特殊性认识不够。本文则将中国古代作者最为特殊的身份："官员"身份作为重点研究对象，分析"官员"身份对作者其他身份构成的影响，以及这种特殊身份对作者文学观念、文学趣味的影响等，为我们认识中国古代文学活动中的一些特殊现象提供了一个新颖的视角。

第二，目前学界普遍缺少对中国古代作者身份构成与文学活动进行系统研究的专著，笔者将后现代"身份"理论作为理论研究基础，从作者"文学"之外的身份出发，将中国古代作者群体身份的特殊性作为研究对象，并对其与文学活动的关系作了一个全面、系统的梳理。

第三，在中国古代作者的多重身份中，"官员"身份可以说是他们最为特殊的一个身份，也是区别于古今中外其他文学作者身份的一个显著特征。而现有的研究却没有对此作系统、专门的探讨，往往都是从其某个具体的官职(如"谏官")，或某个与"官员"身份有一些关联的身份(如"进士")去研究，很少将这些身份与"官员"身份的密切关系进行深入讨论。本文则将中国古代作者的"官员"身份对文学活动的影响作为一个专题来研究，从某种程度上可以说是弥补了一个缺憾。

因此，在经过反复地阅读、修改、增删之后，终于敲定了本书的样稿内容。

多年心血即将付梓，内心的激动无以言表，回想本书的写作和出版过程，堪称曲折和艰辛。但庆幸的是，受到了身边不少师友的鼓励和帮助，还有家人的支持，最终得以顺利完成。在这里要特别感谢华中师范大学给了我学习的机会，还有硕博士期间指导和帮助我的老师们和同学们，以及工作后身边的同事们，你们的意见和帮助是我心愿达成的主要助力，可以说，正是有了你们的鼓励和支持，本书才得以顺利完成和出版。最后，要特别感谢武汉大学出版社给了我出版的机会，真的不胜感激！

我所在城市，是个年轻、阳光又有着四季花开的城市，下午走在家附近著名的勒杜鹃花街道上，阳光透过树叶和花朵洒下来，温暖、美好！我的心情，也因为这阳光、花朵，和即将出版的成果，而倍感欢欣！

石中华

2024 年 8 月于深圳华侨城